Tatematsuri 奉
illust. mmu
無能と言われ続けた魔導師、実は世界最強なのに幽閉されていたので自覚なし 3
JN132292

CONTENTS

Presented by TATEMATSURI

プロローグ ——— 003

第一章　隷属 ——— 005

第二章　目覚め ——— 071

第三章　準備 ——— 126

第四章　訓練 ——— 175

第五章　戦争 ——— 247

エピローグ ——— 310

Munou to iwaretsuzuketa Madoshi jitsuha
Sekai saikyo nanoni
Yuhei sarete itanode Jikaku nashi

羞恥心から顔を真っ赤に
染めるユリアと、
どこか遠い目をしながらも
耳を赤く染めているエルザ。
そんな二人の見事な水着姿を見て
周りから感嘆の声が
漏れ聞こえてきた。
ユリア
亡国・ヴィルート王国の第一王女。
現在は〝ヴィルートギルド〟のメンバー。
聖法教会から〝聖女〟の称号を
授かっているが、その事実を
知る者はごくわずか。
稀代ギフト【光】の所有者。
エルザ

「なァ、クソガキ、
ここからが本番だ！
楽しもうぜ！」
グリム
魔法都市の頂点に君臨する
十二人の魔導師・魔王
（魔導十二師王）のひとり。
史上最年少で魔王の
座に至った神童であり、
〝マリツィアギルド〟の
ギルドマスター。
元々はユリアの
現在は〝ヴィルートギルド〟のメンバー。
聖法教会の聖天（聖法十大天）
ヴェルグの妹でもあり、ユリアが
〝聖女〟であると知る人物のひとり。
血統ギフト【氷】の所有者。

無能と言われ続けた魔導師、実は世界最強なのに幽閉されていたので自覚なし 3

奉

イラスト／mmu

プロローグ

世界は崩壊の一途を辿っていた。

穏やかな風は厳粛な空気に支配されて、優しく漂う雲は殺意によって切り裂かれる。

天空を支配していた太陽は、巨大な土塊によって遮られて大地に影を落としていた。

異変を察知した人々は、美しい白亜の宮殿から飛び出してきて空を見上げている。

それでも天空に脅威が広がるのを指を咥えて眺めることしかできなかった。

やがて、空を埋め尽くした土塊が砕けて、その破片が地上に勢いよく降り注ぎ始める。

地上で立ち竦んでいた人々の顔に絶望が浮かび上がった。

土塊に潜んでいた巨大な岩が地上に衝突すれば、凄まじい揺れを引き起こして宮殿の一部が崩落していく。更に遥か上空から降り注いだ小石や泥もまた猛威を振るって、人的被害に繋がっていった。

悲鳴、怒号、慟哭、恐慌、様々な感情が入り交じった怨嗟の絶叫が響き渡る。

破壊された宮殿、陥没した地面、周囲から立ち上る砂埃が天空を覆い尽くした。

地上が地獄絵図に支配される中、蒼天は風が吹くだけで砂埃が消えて平穏が訪れる。

しかし、そんな蒼穹にも確かな変化が訪れていた。

浮かんでいるのは二つの影。雄大な大空と比べれば矮小すぎる体軀。

それでも黒衣の少年は泰然自若としながら絶大な存在感を放っている。

そんな彼に対峙するのは狼のように鋭い眼をもった青年だ。

「……クソガキが、やってくれんじゃねえか」

「最初に始めたのはお前だよ」

挑発的な言動を前に、淡々と呟いた黒衣の少年――アルスの瞳にあるのは憤怒の炎だ。

「誰に仕掛けたか、誰を相手にしたのか、後悔するまで魔法を叩き込んでやる」

「はっ、上等だ。俺ァ、魔導十二師王、第八冠――グリム・ジャンバールだ」

「そうか……なら、オレは〝魔法の神髄〟アルスだ」

少年の言葉は触れてはいけない禁断の箱にして、世界中の誰もが欲している甘い果実。

されど、奇しくも本物が偽物の世界最強を無自覚に名乗ってしまった。

此処に否定する者はおらず、肯定する者もおらず、ただ静寂だけが是である。

故に、賽は投げられた。

「なぁ、魔王グリム・ジャンバール、敗北を知る覚悟はできたか？」

「クソガキがァ、こっちの台詞だろうがッ」

――頂上決戦が幕を開けた。

第一章　隷属

闇に包まれた森の中、月の光が強く差し込む空間があった。

木々が深い影を伸ばして、風に揺れる葉が騒いで不気味な雰囲気に支配されている。

夜風が吹き抜けていくことで、湿った土や草の匂いが漂っていた。

そんな緊迫に満ちた空間は、無造作に足を踏み入れられて壊されてしまう。

「ここですか……」

天空から降り注ぐ月光を受けて、白銀の髪を輝かせた少女が姿を現した。

ユリア・フォン・ヴィルート。

類(たぐ)い希(まれ)なる美貌。汚れを知らぬ清艶。

佇(たたず)む姿は絶世であり、洗煉(せんれん)された動作の一つ一つが彼女の魅力を引き立たせている。

「ユリア様、お気をつけください。どこから攻撃を受けるかわかりません」

ユリアの背中に声をかけたのは青髪の美女。

豊満な肉体を惜しげもなく月下に晒(さら)している彼女の名はエルザだ。

「ええ、わかっています」

ユリアはつい先ほどまで退廃地区にいて、聖法教会の〝第九使徒(テイサ)〟ヴェルグと密談していた。しかし、その合間にエルザが現れて、アルスとカレンが本拠地〈灯火の姉妹（ヴィルート・シュヴェスター）〉から姿を消したという報告を受けたのである。

すぐさまヴェルグとの話し合いを打ち切ったユリアは迅速に行動を開始した。

事前に得ていた情報に導かれて、訪れた場所は〝失われた大地〟だ。

そんなユリアの眼前には森の中に埋もれるようにして佇んでいる洋館があった。

「……本当にこんな場所に洋館があるとは驚きました」

「三大禁忌――〝魔族創造〟の研究を秘密裏に行うには絶好の場所ではありますね」

「ええ、でも……逆に浮いてしまっていますけどね」

エルザの言葉を引き継いだユリアは、改めて周囲を警戒するように見回した。

「……洋館の主（あるじ）は隠す気はなく、露見することを恐れてもいない」

朽ちることなく森の中に埋もれた洋館は、あまりにも自然体すぎて違和感しかない。

ここは魔物が蔓延（はびこ）る〝失われた大地〟だ。

目立つ建造物が壊れることもなく、ただ建っているなど逆に不自然すぎる。

「この洋館を建てた人物の歪（いびつ）な精神が伝わってくるかのようですね」

まるで見つかることを前提にした造りで、滲（にじ）み出てくるのは所有者の陰湿さだ。

洋館に侵入すれば沢山の罠（わな）が待ち受けていることだろう。

「アルスは大丈夫だとして、カレンとシオンさんが心配ですね」

ヴェルグから提供された情報によれば、魔王グリムの側近クリストフは〝廃棄番号(アンチテーゼ)〟と呼ばれる魔族を何体か確保しているそうだ。その中でも一桁の数字を与えられているのは上級魔族のみで、それ以下の中級魔族は二桁の数字が割り当てられている。

カレンの実力を考えれば、一桁を相手にするには少しばかり厳しいかもしれない。

シオンに関しては元〝二十四理事(ケリュケイオン)〟でもあることから、簡単に負けることはないと思っている。しかし、今の彼女は人造魔族であることから大きな欠点――強大な力を得た代償で魔力欠乏症という難病を患っていた。その点を鑑みるとシオンの実力は第三位階程度まで落ちている可能性もある。

「アルスがいるのでカレンが無茶をするとは思えませんが……それよりもシオンさんが無茶をしてそうで怖いですね」

ユリアはその予想が外れることはまずないと思っている。

ヴェルグから与えられた資料には、シオンが率いていたギルドのシューラーたちがクリストフの実験素体にされていたことが記されていた。

悪逆非道の数々、資料を読むだけで犠牲者たちの悲憤と憎悪が伝わってくる。

全く関係のないユリアでさえ怒りが沸き上がってくるのだ。

もし、当事者であれば――果てなき絶望と共に憤慨を抱くのは間違いなかった。

ならば、記憶を取り戻したシオンが、どういった感情を抱くのか予想するのは容易(たやす)い。

「無事であってほしいですが……」

ユリアは改めて不気味な雰囲気に包まれる洋館に視線を投げた。

すると、奇妙な気配が入口から漂ってくるのを感じる。

そして、すぐにその原因を知ることができた。

月光に照らされて、いくつもの影が屋敷の入口から飛び出してきたからだ。

「へぇ……魔族ですか」

瞬時にその正体を看破したユリアは、魔族たちの進行方向に足を進める。

ゆったりとした動作に緊張は微塵(みじん)も感じられない。

だからか、背後に控えていたエルザも落ち着いた様子で口を開いた。

「ユリア様、気をつけてください。どれも手練(てだ)れのようです」

不安そうな言葉とは裏腹にエルザの声音は淡々としたものだ。

心配した様子もなければ憂いもない。実に両者の実力を見極めている発言であった。

「ええ、わかっています」

魔族たちとの距離が縮まると、相手もユリアたちの存在に気づいたようで足を止めた。

月明かりに照らされているのは五人の魔族、どれも強大な魔力を内包している。

四人の額に伸びる角は一本、しかし、一人だけ二本持ちがいた。

「上級魔族までいるとは……これも〝黒き星(フラヴン・アース)〟の導きなのでしょうか」

ユリアは夜空を見上げ、困惑を滲ませた嘆息を一つ。

そこに恐怖は一切ない。

なぜなら突如として現れた魔族たちを、ユリアは脅威とは思えなかったからだ。

それよりも――、

「……面倒ですね」

ユリアは煩わしそうに魔族たちを睨みつけた。

アルスと早く合流したいが、五体もの魔族を相手に戦えば時間が無駄に消費される。

しかし、彼らを無視して屋敷に乗り込むわけにはいかない。

「普通なら今すぐ始末したほうがいいんでしょうけど……」

負けるとは思わない。

今の自分なら敗北することなどありえない。

なら、先ほどからユリアを悩ませているのは何かと言えば、彼らがどちらに属しているか、であった。〝人造〟なのか〝天然〟なのか、そのどちらかで対処が変わるのだ。

前者であればシオンの関係者の可能性もあることから保護する必要がある。

しかし、後者であれば有無を言わせず処分しなければならない。

それが国際法で定められている魔族への対処であるからだ。

さて、どの選択肢を選ぶべきか……脳裏を巡ったのは、そんな些細な問題だった。

「考えても仕方ありませんか……まずは無力化しておきましょう」

いくらなんでも五体もの魔族に先手を与えるのは危険であり愚の骨頂である。

ならば、こちらが先制して殺さずに相手を無力化するほうが楽だ。

「〝光速〟」

詠唱破棄によって唱えられた魔法名。

それは世界を置き去りにする魔法であり、彼女だけに与えられた唯一無二の魔法だ。

ユリアは身体を駆け巡る驚異的な力の奔流を感じていた。

最初に変化が訪れたのは〝眼〟だ。

景色を捨て去り、次いで〝耳〟が音を置いて、身体が空間さえも超えていく。

小さく地面を蹴る——たったそれだけの動作で世界は様変わりする。

一呼吸、それよりも早く、白銀の少女の姿が消えた。

もはやユリアの速度についてこれる者は世界中を探してもいないだろう。

そして、魔族たちは瞠目すら——させてもらえなかった。

ユリアは一人の顎を手の甲で叩き、次の魔族の鳩尾に蹴りを放ち、別の者の急所を狙って拳を打てば、勢いよく身を翻して剣柄で喉を突いて新たな犠牲者を生み出した。

瞬きすら許されず四体の魔族が地面に沈む——が、それよりも早く剣閃が迸る。

ユリアの手元から放たれた切っ先が狙うのは二つの角を持つ上級魔族の首だった。

　だが、首に当たる直前で火花が散る。上級魔族が交差させた両腕に防がれたのだ。

　その不可思議な現象にユリアは怪訝そうに眉を顰めるも、すぐさま理解したような表情になると同時に魔法の効果が失われて通常の世界へと引き戻される。

「なるほど……〝魔壁〟で攻撃を止めましたか」

　〝魔壁〟とは獣族が得意としている魔力を操り身に纏う特殊技。

　しかし、その扱いは非常に困難を極める。

　魔力の消費が激しいこともそうだが、精緻な操作が必要なのが最たる理由だ。

　そして、人類の中でも人族は魔力操作を最も苦手としており、扱える者はごく僅かとなっている。それは魔力の保有量が他種族と比べて劣るからで、魔力操作を得意としているのは獣族といった一部の種族だけだからだ。

　それでも例外というものは存在する。

　アルスだ。

　何度も狩りに付き添い、その戦う姿を見てきたが、それでも規格外すぎてユリアも未だに正当な評価ができていない。

「それでも私の剣を腕だけで止めるとは……なかなか魔力操作が上手みたいですね」

「所詮は小細工だ。この程度の力しか私にはない」

「あら……褒めたつもりなんですが、気に障るような言葉でしたか？」

「すまんな。人間の娘よ。今の私はその言葉を素直に受け取れるほど余裕はない。先ほど自身の限界を悟らされたところだからな」

　自嘲の笑みを浮かべる上級魔族を、不思議そうに見やってからユリアは距離をとる。

「それは失礼、なら、質問を変えましょうか」

　首を傾(かし)げるユリアだったが詮索するようなことはせず、話が通じる相手と判断して一番重要なことを聞くことにした。

「あなたは〝人造〟か、それとも〝天然〟ですか？」

「〝天然〟――〝廃棄番号Ｎｏ．Ⅷ(アンチテーゼナンバーエイト)〟だ。お前たちが憎む純血の魔族と言えば満足か？」

「なるほど。なら、生かしておく必要はなかったようですね」

　上級魔族から答えを得たことで、ユリアは容赦なく強烈な威圧を放った。シオンと無関係であるなら、もはや生かしておく理由はない。だからその殺意は周囲で気を失っている魔族たちにも向けられる。

「……同胞を苛(いじ)めるのはそこまでにしてもらおうか」

　ユリアの気を逸(そ)らすためか〝廃棄番号Ｎｏ．Ⅷ(アンチテーゼナンバーエイト)〟は静かに呟(つぶや)くと、拳を握り締めて彼女と対峙(たいじ)する。その同族を庇(かば)う姿にユリアは眉を顰めると、ようやく上級魔族の奇妙な状態に気づいた。

　身に纏った服は所々破けており、どこか怪我(けが)を負っているのか重心も定まっていない。

更に武器も持たずに徒手空拳、魔法すら使ってこないというのもおかしな話だ。

油断を誘っているのか、それとも既に戦えない状態なのか。

「なんにせよ。あなたたちを見逃すことで犠牲者が生まれるのは避けなければいけません。あとで後悔するのは嫌ですからね」

「ッ!?」

ユリアの腕が霞(かす)めば、幾多もの剣筋が宙に吹き荒れた。

〝廃棄番号Ｎｏ.Ⅷ(アンチテーゼナンバーエイト)〟の身体に無数の傷が刻み込まれていく。

「頑丈ですね。でも、いつまで耐えられるでしょうか？」

玩具(おもちゃ)を与えられた子供のように、恍惚(こうこつ)の表情を浮かべたユリアは〝廃棄番号Ｎｏ.Ⅷ(アンチテーゼナンバーエイト)〟に刃を慈悲なく振り下ろしていった。まるで鈍器のように強引に刃を叩(たた)きつけ、時に撫(な)でるように斬りつけて、あるいは激烈に容赦なく刺していく。

〝廃棄番号Ｎｏ.Ⅷ(アンチテーゼナンバーエイト)〟はユリアの速度についていけず一方的にやられ続けた。

「亀のように丸まっているだけですか？」

「ぐっ!?」

ユリアの猛攻に耐えられず、〝廃棄番号Ｎｏ.Ⅷ(アンチテーゼナンバーエイト)〟は片膝を地面についた。

そんな彼にユリアは冷淡に支配された眼を向ける。

なぜ、抵抗すらしないくせに立ち塞がったのか、そんな彼女の苛立(いらだ)ちと疑問を乗せた刃が彼の首に突きつけられる。

「なにがしたいのですか？」

「これでいい」

そう呟いた上級魔族の顔は満足気だった。

死を目前にして、なぜそんな表情を浮かべるのか謎だったが詮索する時間も勿体ない。

「そうですか、なら、死になさい」

有無を言わせぬ迫力を前に、〝廃棄番号Ｎｏ．Ⅷ〟は己の最期を悟ったかのように笑みを浮かべたまま目を閉じる。けれども、彼の首が地面に落ちることはなかった。

なぜなら、ユリアの腕が途中で止まってしまったからだ。

「……………アルス？」

ユリアの視線は森に埋もれた洋館に向けられていた。

洋館から溢れ出た膨大な魔力が周囲一帯に拡散されている。

常日頃から感じていた馴染み深い魔力、ユリアはこれまで余裕だった態度から表情を一変させると、魔族たちにトドメも刺さずに洋館へ向けて駆け出していく。

そんな豹変した彼女の後ろ姿を〝廃棄番号Ｎｏ．Ⅷ〟は目を丸くして見送った。

「良かったですね、生き長らえることができて。時間稼ぎが狙いだったのでしょう？」

声をかけてきたのはユリアに置いていかれたエルザだ。これまで気配を殺していた彼女の登場に目を見開いて反応した上級魔族だったが、やがて彼女の言葉の意味を理解したのか口元に苦渋を滲(にじ)ませた。

「私の考えを読まれてしまったということは……次は、お前が相手をしてくれるのか？」

「いえ、遠慮しておきます。今の弱ったあなたなら、わたしでも倒せるでしょうが……彼が生かしたようですから、何か理由があるのかもしれません。なので、その命を摘み取ろうとは思いませんよ」

「そうか、ならば行け。我々はこれ以上戦うことはない」

疲労感を滲ませた嘆息と共に、上級魔族は大地に腰を下ろした。

敵対する意思がないことを確認したエルザは、小さく頷(うなず)いた後にユリアを追いかけようとする。しかし、彼女の背に上級魔族が声をかけてきた。

「最後に一つだけ……あの娘は何者だ？」

「あなたが知る必要はありません。それと命が惜しいなら二度と彼女の前に姿を現さないことです。次は確実に殺されますよ」

振り返りもせずに告げて、エルザはユリアを追いかけて洋館の中に消えていった。

残された〝廃棄番号No.Ⅷ(アンチテーゼナンバーエイト)〟は緊張から解放されて地面に仰向(あおむ)けに倒れる。

「…………一日で化物が二人……しかも、人族が……恐ろしい時代になったものだ」

最初こそ逃走する自分たちの前に立ち塞がったユリアを排除しようと思っていた。

だが、部下の魔族たちが一瞬で大地に倒れたことから、底知れぬ圧力と共に勝てないことを悟ってしまった。それに、このようなタイミングで白銀の少女のような実力者が現れたということは、自身を圧倒的な強さで倒した少年——アルスの関係者という可能性が高いだろう。

「万が一にもあの女どもを傷つけていたら……考えたくもないな」

きっとあの黒衣の少年は自分を許さないだろう。

地の果てまで追いかけてきて、自分は悲惨な末路を迎えることになっていたはずだ。

少年とは会話らしい会話もなかったが、一度しか戦ってなくとも推し量れるものはある。

だから少女に反撃もせず、時が解決することを願って攻撃に耐え続けたのだ。

「決して手をだしてはいけないものは存在する」

上級魔族は洋館に視線を向けた。凄(すさ)まじい殺気と共に魔力がここまで届いている。

「少年を怒らせた者には同情するよ」

まさか自分が一日で二度も追い詰められるとは思わなかった。

〝廃棄番号Ｎｏ・Ⅷ(アンチテーゼナンバーエイト)〟は生き残った安堵(あんど)から大きく嘆息するのだった。

＊

魔力には〝質〟というものが存在する。

様々な種族がこの世界に存在しているが、体内に存在する魔力の質はどれも違う。

魔族の魔力は上質であり、それ故に低級魔法であろうとも強力だと言われている。

逆に人族の魔力は低質で、同じ魔法を使ったとしても魔族よりも劣っていた。

なぜこのような種族格差が生まれるのか、その理由は単純明快で住んでいる場所が違うからである。

魔力は空気に混じった魔素と呼ばれる物を体内に取り込むことで生成される。

魔素が濃ければ濃いほど体内の魔力の質は上がっていく。

そんな魔素が最も濃い地域と言えば、神々と魔帝が争った〝失われた大地〟だ。

戦争の影響で残された魔力の吹き溜(だ)まり——それが魔素になり空気を汚染することで瘴気(しょうき)となる。それを取り込んだ魔物が進化することで、長い年月をかけていずれは魔族に至るのだ。つまり魔物のように生まれながらにして瘴気に耐えられる強靭(きょうじん)な肉体を持つ種族だけが、上質な魔力を体内で生成することができるのだ。

だからこそ、魔王グリム・ジャンバールは、目の前の少年に驚嘆せざるを得なかった。

「……なんだ、てめェは？」

突如として現れた黒髪の少年が凄まじい殺気を発している。

その身に纏うのは尋常ではない魔力、その質は吐き気を催すほど濃密だった。

様々な種族と戦ってきたグリムだが、これほどの質を持つ者と出会ったことがない。

「……その魔力、瘴気に近ぇな」

魔王に至ったグリムだからこそ気づけた。少年が持つ魔力の異様な質に。

黒衣の少年が放つ呪いにも似た魔力は人間が作り出していいものではない。

「それに、ふざけた魔力量だ。見た目は人間だが……本当に気味が悪ぃな」

魔力の質も驚くべきものだが、それ以上に魔力量の底が見えないのが不気味だった。

グリムは相手がどれほどの魔力量か、正確ではないがある程度の推測はできる。

なのに、眼前に現れた少年の魔力は底が見えない。ありえないことだ。どのような種族であろうとも、魔力量の限界というものは存在するからだ。

「ちっ、クソガキが……答える気はないか、だったら殺されても文句言うんじゃねェぞ」

どんなに声をかけても、殺気を飛ばしても、少年は反応してくれない。

怪訝そうにグリムは少年の観察を続けたが、彼の興味が自分にないことに気づいた。

グリムは少年が視線を向けている先を追いかけることでその理由を察する。

そこでは紅髪の少女が血だらけの桃髪の少女を抱きしめながら泣いていた。

これが人間同士なら可愛げもあるが、残念なことに片方は魔族を庇う大罪人で、もう片方は元凶の魔族で存在そのものが死刑囚のようなものだ。

彼女たちは魔王グリムが排除すべき犯罪者で、それを悲哀の混じった瞳で見ている少年

もまた仲間であることは間違いなく、グリムの邪魔をした時点で同罪である。

「おい、そんなに仲間が大事かよ。だからって、俺を無視してんじゃねェぞ」

グリムは優先順位を魔族の少女から目の前の少年に切り替える。

今も怒りに呼応するように、少年の魔力は異常なほど膨れ上がっていた。

そんな異様な光景を確認するのに特殊な技能は必要としない。少年の周りの空間が彼から滲みでる魔力に耐えられず、歪（ゆが）み始めているのだから誰だって認識できてしまう。

「〝音速（クラングファルベ）〟」

知識にない魔法名を耳にしたことで、瞬時にグリムは大鎌を構えると戦闘態勢をとる。

グリムから先に手を出しても良かったが、なぜか足が動かなかった。

つまり、自ら仕掛けるのを躊躇（ためら）うほどの脅威を本能が感じ取っているということだ。

ならばこそ、最大限の警戒心をもって相手をする。

魔王になる以前——無意識に危険を察知することを何度か経験したことがあった。

そして気のせいだと慢心することなく、それら全ての障害を粉砕して乗り越えてきた。

「しかし、まぁ……詠唱破棄かよ。ますます得体の知れねェやつだ」

〝音速（クラングファルベ）〟にどういった効果があるのか知らないが、何も起きないということはないはず。

それでも、さっきから少年は微動だにせずこちらを睨（にら）みつけてくるだけだ。

もしかしたら、魔法の発動に失敗したのかもしれない。

詠唱破棄を覚えたばかりの連中によくある失敗だ。

だが、同時に疑問も思い浮かぶ。これほどの魔力を持つ者が、そんな初歩的な失敗をするだろうかと。そこまで考えた時、グリムの視界から——彼の姿が消えた。

「ッ!?」

最初に異変があったのは視界だった。

突如、浮遊感に襲われて世界が暗転する。

まるで水面に落とされて、そのまま沈んでいくような感覚に襲われた。

意識が途切れそうになる間際、切れかかっている糸を手繰り寄せるように、グリムは体内に魔力を循環させることで強制的に意識を繋ぎ止める。更に急速に身体が浮上する感覚を手に入れると、視界が良好になることで手足に力が入って自由になるのを感じた。

「くそ、がっ！」

絞り出すように悪態混じりの言葉を吐き出すことで完全に意識が覚醒する。

グリムが身体を起こせば、今まで自身が埋もれていた瓦礫が足下に広がっていた。

「ちぃ……この野郎ッ」

疼く頬を手で触れたら気味の悪い感触が返ってきた。

指先が真っ赤に染まっているのを視界の端で捉える。

攻撃を受けて吹き飛んだのは間違いない。だが、その瞬間を見ることが敵わなかった。

「……見えないってことは、速度系の魔法ってことか」

所有者の身体能力を上げるギフトや魔法は意外と多い。

稀代ギフト【光】には〝光速〟という魔法が存在しており、標準ギフトに至っては【速力】、【機敏】などギフトそのものが身体能力を上昇させる効果があったりする。

と、思考していれば、容赦なく二度目の攻撃を受けた。

瞬く間の出来事――自分が仰向けに倒れていることに気づいてグリムは苦笑する。

「あぁ、痛ェな……あと他の系統だと【雷】には〝迅雷〟って魔法があったか……」

口から溢れる血を拭いながら立ち上がり、グリムは口端を楽しげに吊り上げる。

「対処法がないわけじゃねえが――……」

少年が視界から消えていることに気づいたグリムは腰を深く落として気配を探る。

少年から放たれる凄まじい殺気は隠しようがない。否、グリムを殺すことしか考えていないのだろう。そんな肌を刺すような殺意を感じ取りながら、攻撃を捕捉したグリムは大鎌を持ち上げると足腰に力を込めた。すぐさま腕に強烈な衝撃が伝わってきたので、魔力を全力で纏わせてみたが耐えることができずに吹き飛んでしまう。

地面を何度も跳ねながらも大鎌を地面に突き刺して強制的に止める。

「はっ、そうかい、考える時間もくれねえってか……」

力が入らない左腕を一瞥すると、グリムは相も変わらず楽しげに舌舐めずりする。

「折れたか……速度と威力を考えればギフトは稀代ってとこかね」

標準ギフトまでの速度なら、これまで培ってきた経験から簡単に対応できる。

しかし、血統や稀代ギフトとなると今の状態だと分(ぶ)が悪い。

ましてや〝魔壁(アンムート)〟で守った腕が一本持っていかれたということは、相手の力量は現時点でグリムを上回っている。そこから考えれば相手のギフトは稀代である可能性が高い。

「あァ……はは、まじかよ」

グリムは側頭部に受けた衝撃に抵抗することなく身を委ねる。

今の状態とはいえ、魔王である自分が手も足もでない状況には、もはや笑うことしかできなかった。

壁に勢いよく衝突して瓦礫の中に消えたグリムだったが、頭から血を流しながら砂煙の中から飛び出した。

「さて、どうすっか……これは死ぬなァ――――ッ!?」

他人事(ひとごと)のように呟(つぶや)けば、目の前に少年の姿が現れた。

殺意しかない瞳――冷たい眼差(まなざ)しに滲(にじ)んだ激情を感じたグリムは背筋を凍らせる。

「〝衝撃(ウェグブラセン)〟」

詠唱破棄した魔法と共に、グリムの鳩尾(みぞおち)へ拳が叩(たた)き込まれる。

魔法まで活用した打撃の威力は、グリムの五臓六腑(ごぞうろっぷ)を突き抜けた。

叫ぶ声すらあげられず、グリムは背中をくの字に曲げて、喉にこみあげてくる血を地面に吐き出す。それでもグリムは倒れることなく、両足に力を込めて耐え抜いた。

「それで……てめえ、何モンだ？」

「オレはアルス——単に耳が良いだけの魔導師だ」

散々グリムを痛めつけたことで溜飲が下がったのか、それとも反撃してこない——正確にはできなかったのだが、そんなグリムを不思議に思ったようで、アルスは怪訝そうにこちらを眺めながら反応を示した。

「ふざけた野郎だ。それだけの実力がありながら、これまでどこに隠れていやがった」

「過大評価だな。オレはそんなに強くないし、別に隠れてるつもりはないよ」

アルスは肩を竦める。その表情からは嘘をついている様子はない。

「それに、オマエも本気だしてないだろ？　そんな奴に実力だとか言われたくはないな」

アルスの言葉にグリムは瞠目する。そんな彼に対してアルスは改めて目を向けてきた。

「あとは戦う気もないようだったからな」

「……気づいてたのか？」

「そりゃな。魔王にしては随分と弱い気もした」

「……まあ、正解だ。今の俺はギフトの能力による分身体——本体は別の場所にある」

相手が気づいている状況で隠しても意味がない。それにアルスの指摘通りに、グリムは早々に勝つことを諦めて相手の力量を測ることに重きを置いていたのも確かだ。

結果は上々、少年の情報はある程度は揃った。

だからこそ、感謝の気持ちも込めて正直に答えたのだが、そのせいかアルスの殺気が幾分か和らいだ。ここにいるグリムが本体じゃないことを確信したからだろう。

あるいは、もうグリムを脅威と思わなくなったからかもしれないが。

「しかし、余計にありえねえな」

アルスのような存在が魔法協会に知られていないのが不思議で仕方がなかった。

いくら分身体とはいえ、魔王グリムを圧倒できるほどの力を所有している者が誰にも知られずにいられるだろうか。それが仮令、魔法都市に隠れ住んでいたり、もしくは最近訪れたのだとしても、魔王たちの眼を掻い潜ることができるものなのか。

「二十四理事が情報操作したって可能性もあるが……わかんねェな」

苛立ちを隠そうともせず、無造作に後頭部を掻き毟りながらグリムはアルスを見る。

身に纏う雰囲気は強者であるが、佇む姿は戦闘もできない素人にしか見えなかった。

洗煉と粗野が混じり合う異様な存在に、グリムはより一層の混迷を極めるが、

「……あァ、てめぇみたいなクソガキでクソッタレな存在がいたな……」

グリムは一つの答えに辿り着いた。

「そうか、そうかよ。てめぇ……もしかして〝魔法の神髄〟か？」

誰もが知らず、誰もが畏れて、誰もが見つけられずにいる。

目の前にいるアルスと、世界で噂されている〝魔法の神髄〟の姿が重なってしまう。

なぜかグリムの中で不思議と一致してしまったのだ。

「ん？ それは、ちが——ああ、そうだった。今のオレは〝魔法の神髄〟だったな」

奇妙な反応を示したが、アルスはあっさりと認めてきた。

「そうかい……それなら納得できる」

答えは得た。否定する気持ちは一切ない。

詠唱破棄、緻密な魔力操作、未確認の魔法、魔王を相手に退かぬ胆力。

世界最強の魔導師、魔法界の頂点、〝魔法の神髄〟に似た異質な少年。

嘘か真か、定かではないが、ようやく、ようやく尻尾を摑むことができた。

誰もが探し求めていた魔法の叡智に繋がる手がかり。

「ちっ、見逃すのは惜しい……しかし、俺が本体じゃねェのが悔やまれるな」

忌々しいことに分身体では少年の実力を引き出すことが敵わなかった。

だからこそ、底は未だわからない。

まだ隠し持っているはず、〝魔法の神髄〟は全属性の魔法を知り尽くしているからだ。

「本当に惜しいなァ」

「悔やむ必要はない。惜しむ必要もない。とりあえず、お前はここで殺すからな」

吐き捨てるように言ったアルスは、再びグリムに肉薄してきた。

そしてグリムの胸元に手を置くと、

「〝死音（デスフリユスタン）〟」

心臓が握り潰されるような感覚。重力に逆らうことができず両膝を地面についた。

「ハハッ——なんだそりゃ」

グリムは一笑する。

自身の身体が崩壊していく様を見ながら、未知なる魔法の威力に感動していた。

それ以上にアルスの容赦のない判断力に打ち震える。

殺意が小さくなったことから隙ができるかと思った。

しかし、とんだ勘違いだったのだ。

アルスはもう殺したつもりであっただけ、グリムがアリのように無意識に踏み潰される存在まで成り下がっていただけの話である。

「楽しめたぜェ……」

グリムは満足感から獰猛（どうもう）な笑みを浮かべる。

それに対してアルスは興味はないとばかりに背を向けていた。

魔王を相手に最後まで傲慢な態度を崩さない。

アルスにとって今のグリムは眼中にないのだろう。

彼の強さの前では魔王も常人も等しくアリに過ぎないのだ。

グリムに怒りが湧くことはなかった。当然だ。それが強者の特権だからだ。

なにより、分身体という極めて安全な状態で戦ったグリムへの評価が、相手にする価値もないという最低評価になるのも真っ当な話だった。

「……次は本気で相手をしてやるよ」

その言葉を最後にグリムの身体は完全に崩壊して消え去った。

アルスはすぐさまカレンたちの下(もと)に向かう。

「あ、アルス？」

血塗(まみ)れのシオンを抱きしめるカレンが、アルスの気配に気づいたようで顔をあげた。

涙に濡(ぬ)れた頬、後悔に支配された瞳、華奢(きゃしゃ)な絶望を身に纏った姿。

そんなカレンを見た時、アルスが抱いたのは罪悪感だった。

自分が選んだ選択肢が間違いだったとは思わない。

けれども、アルスがカレンの背中を押して送り出したのも確かであり、こうして追い詰めたのもまた事実だ。

「ご、ごめんなさい……ごめんなさい。あたし、なにも――」

最後まで言わせるつもりはなかった。だからアルスは彼女の頭を一撫(ひとな)でして黙らせる。

「大丈夫だ。任せておけ」

　自分のせいでカレンに余計な罪を背負わせるわけにはいかない。シオンを失うことがあれば彼女は今度こそ自らの足で立ち上がることができなくなるだろう。

　だからこそ、ふつふつと消えない苛立ちが沸き上がってくる。

　これを解消するには魔王グリムにもう一度会わなければならないのだろう。

　八つ当たりなのかもしれないが、この行き場のない怒りを発散する術(すべ)をそれ以外に思いつかないのだ。だが、今はシオンのことだけを考えなければならない。だから怒りを押し潰す。いずれ来(きた)るべき時に解放するために、心の奥底に圧縮して沈めておく。

「これから治療を始める。シオンをそこに寝かせて少し離れてくれるか？」

「う、うん。でも……大丈夫なの？」

　シオンを床に優しく寝かせると、カレンは不安そうな表情をしながら離れていった。

　シオンは生きているのか、死んでいるのか、その判断すら難しい状況になっている。

　だが、アルスは生きていると確信していた。

「安心しろ。全ての知識は頭に入ってる」

　アルスはシオンに近づくと彼女の胸に手を置いた。

「〝聴診(シュテトスコープ)〟」

　ギフト【聴覚】で使用できる身体の検査魔法。

　負傷した箇所、見えない部分の損傷も含めて正確な情報が脳内に駆け巡る。

シオンの状態は見た目通り〝瀕死(ひんし)〟だ。

魔力は枯渇寸前、魔王グリムから受けた致命傷、いつ息を引き取ってもおかしくない。

色々と想定外の出来事もあったが、概(おおむ)ね予定通りの流れとなったので安堵(あんど)もある。

「悪かったな」

シオンに謝ってから、アルスは一つの丸薬――黒い塊を取り出す。

ずっとシオンを救い出す方法を探し続けていた。

シオンのように改造を施された者――人造魔族を苦しめている病は魔力欠乏症。

自身の頭の中にある世界中から掻き集めた知識、その中で見つけた解決策は一つだけ。

それを保険に準備する傍らで、他にも何かないか探し続けていたが、ついぞ見つけることはできなかった。だから、先ほどの謝罪には怪我(けが)を負わせた理由も含まれているが、一番はたった一つしか解決する手段を見つけられなかったことへの詫(わ)びもあった。

しかし、本格的な治療を始めるには、魔力が完全に枯渇しなければならない。

今のシオンはまだ若干の魔力を残している。

だから、魔力が枯渇するまで待つ必要があった。時間はそれほどかからないだろう。

魔族の生まれ持った能力〝肉体再生〟が今も発動しているため魔力は必ず枯渇する。

あとは見極めるだけ、どのタイミングで治療を始めるか注視するのみだ。

「アルス、待ってください」

「……ユリア?」

声が聞こえた先にユリアの姿があった。

彼女はアルスの姿を認めると立ち止まることなく歩み寄ってくる。

「お姉様……それにエルザも来たのね」

カレンは姉の登場に呆気(あっけ)にとられていたが、その背後からエルザも現れたことで目を見開いた。なぜ、こんな場所に現れたのか、誰にも居場所を告げずに来たのだから、カレンが驚くのも無理はない。

そんな妹を一瞥(いちべつ)したユリアは柔らかい笑みを浮かべる。

「カレン、お互い聞きたいことがありますけど、今はシオンさんを優先しましょう」

「……そ、そうね。今はシオンの治療が先よ」

ユリアの提案にカレンは素直に頷(うなず)いた。

それからユリアは、アルスに書類を手渡してくる。

「なんだこれ?」

何枚か捲(めく)ってから首を傾(かし)げたアルスは問いかける。

「人造魔族の魔力欠乏症について記された書類です。役に立つかと思って持ってきたのですが……必要ありませんでしたか?」

ユリアに言われてから改めてアルスは流し読みする。

どれも知っている情報ばかりだ。特に物珍しさもなく、どれも目新しさは感じない。

アルスがこれからやろうとしている方法も記述されていたが、

「細かい部分で相違があるな……これは確かに間違ってないけど正解でもない」

アルスは渡された書類をユリアに返した。記されていた方法を試そうものならシオンは確実に死ぬだろう。

「ありがとう。ユリアも色々と調べてくれてたんだな」

「役に立てずに申し訳ありません」

頭を下げるユリアを見て、アルスは苦笑してから首を横に振る。

「いや、改めて他の方法がないことを知ることができた。おかげで決心がついたよ」

最初からシオンを助ける方法は決めていたことだが、それでもユリアの気持ちを無下にはできない。改めて感謝の言葉を告げてからアルスは治療の準備を始めた。

その後ろ姿を眺めていたユリアだったが、ふと視線を外してカレンに足を進める。

「……カレン、どうしてそんなに頬が腫れ上がってるんです？」

痛々しい姿の妹を見て眉を顰めるユリアは腕を横に差し出した。

「エルザ！　回復薬をお願いします！」

「はい、こちらをどうぞ」

主の命令に楚々と従うエルザは回復薬が入った小瓶をユリアに手渡した。

「それで、この怪我は誰にやられたんです？」

ユリアが理由を問いただせば、カレンは躊躇った後に口を開いた。

「魔王グリムよ……手も足もでなかった……けど、アルスが助けてくれたから」

ぽつぽつと理由を話し始めたカレンに、ユリアは頬の治療をしながら相槌を打つ。

この洋館に来る経緯も含めて、話を聞き終えた時にはカレンの頬の腫れも引いていた。

「お姉様、おかげで痛みが引いたわ。ありがとう。シオンのところに行ってくるわね」

「ええ、アルスの邪魔をしてはいけませんよ」

妹の背を見送ったユリアの瞳には静かな怒りが湛えられていた。

「魔王グリム……よくも私の可愛い妹を傷つけましたね」

ユリアの手に収まっていた瓶が彼女の怒りに反応したのか破裂する。

「ユリア様、大丈夫ですか？」

エルザが心配そうに駆け寄ったが、ユリアは手の中にある破片を床に捨てた。

「この程度で怪我はしませんよ。それよりも行きましょう。準備が終わったようです」

ユリアが視線を向けた先では、アルスが最終確認をしているところだ。

エルザを引き連れて歩み寄ればカレンがアルスに質問していた。

「ねえ、アルス……魔法陣なんか床に描いてるけど必要あるの？」

「念のためだ。失敗したくないからな」

千年以上前は魔法陣を描くことのほうが一般的だった。

現在よりも魔法技術が発達しておらず、魔素も少なかったせいで詠唱だけでは魔法を行使するのが難しかったそうだ。今では当然存在する魔法協会や聖法教会もなく、魔法属性やギフト研究も進んでいない。なにもかもが手探りの試行錯誤の時代である。

「だから今回は詠唱破棄もしない。魔法陣と詠唱の組み合わせで確実に成功させる」

アルスは魔法陣の上に寝かされたシオンの前に立つ。

今から行使する魔法は〝失われた大地〟にある魔族の国家ヘルヘイムの女王が所持する秘法だ。

「結べ　繋げ（つなげ）　天秤（てんびん）　無情は散り　天情を知れ　我が意に従え」

死に行く者の魂を現世に繋ぎ止めて、魔法によって存在を特定の人物に縛り付ける。

即ち（すなわち）対象を隷属させる魔法であった。

「〝隷属（ナイグン）〟」

この魔法が使えるギフトは【洗脳】、【魅了】、【言霊】【聴覚】、【死霊】と他にもいくつか存在する。

ただし隷属魔法は使用条件が厳しく、成功確率も低い。なので隷属魔法を使えるギフトは多いが、ほとんどの者にとって持ち腐れとなる魔法としても有名であった。

しかし、一定条件を満たせる者、アルスのような実力のある魔導師なら使い方次第で魔法界の頂点に上り詰めるほどの可能性がある魔法でもあった。

現にヘルヘイムの女王はこの方法で千体以上もの魔物を隷属して国家を築いている。

そして、相手を〝隷属〟させる方法は、相手の魔力の枯渇を前提にしており、空になった器に使用者の大量の魔力を流し込むことで相手を隷属させる。また定期的に魔力を供給しないといけない為(ため)、使用者には膨大な魔力が必要とされていた。

「……成功かな」

魔法名を唱え終えたアルスが、シオンに視線を落とせば変化が訪れる。

隷属紋と呼ばれる証(あかし)が下腹部に現れると、魔族が持つ能力〝肉体再生〟が発動した。

致命傷だったシオンの傷が瞬く間に治り始めて、浅い呼吸を繰り返すようになった。

「成功したのですか？」

目覚めないシオンを見て不安に思ったのかユリアが声をかけてきた。

カレンも心配そうな表情で、眠るシオンの顔を覗(のぞ)き込んでいる。

「ああ、無事に成功したはずだ」

微妙に断言できなかったのは〝隷属〟魔法を使ったことがないからで、それでも成功したと思えるのは【聴覚】で聞いた話と今の状況が似通っていたからである。

「アルス、シオンはすぐには目覚めないのかしら？」

カレンの問いかけにアルスは彼女たちの不安を払拭するために説明することにした。

「今は身体(からだ)がオレの魔力に馴染(なじ)もうとしているところだ」

先ほどの〝隷属〟魔法で、シオンの空になっていた器にアルスの魔力が注がれた。

今は全身を駆け巡って身体が新たな魔力に馴染もうとしている段階だ。

そういった説明をすると納得したように皆が頷く。元よりアルスのすることを疑ってはいなかったようだが、本人から直接話を聞けたことで安心した様子だった。

「アルス……なぜ、浮かない顔をしているんです？　何か懸念でもあるんですか？」

ユリアの言葉に、アルスは思わず自身の顔を撫(な)でてしまう。

「ん……そんな顔をしてたか？」

「怖い顔をしてたわよ。シオンのことでなにか問題でも？」

カレンも気になったのか首を傾げた。

「……二人とも〝隷属〟魔法のことは、どこまで知っている？」

と、アルスが神妙な態度で発言すれば、意味が理解できたのかユリアが頷いた。

「そういうことですか、アルスが不安に思っていることがわかりました」

「ああ、あたしも助けたいってずっと思ってたから……そこは見落としていたわね」

ユリアに続いてカレンも気づいたようでアルスは首肯する。

「そうだ。〝隷属〟は生殺与奪を強制的に握ってしまう」

シオンは今後アルスから定期的に魔力を供給してもらわないと生きていけないのだ。

「シオンを救うつもりでやったが、彼女の承諾も得ずにやってしまったからな」

シオンがどういった反応をするのかわからないが、素直に納得はできないだろう。

自分だったら悪夢にしか思えない。

目覚めたら他人の魔力なしでは生きられない身体で逆らうことがほぼ不可能。

つまり強制的に奴隷に落とされたようなものだ。

しかし、現時点で彼女を救う方法はこれしかなかった。

傷だけを癒やすことも可能だったが、それだけではシオンは魔力欠乏症で死亡していた。

根本的な問題を解決するには、隷属魔法を使用するしかなかったのだ。

「う～ん。シオンの反応は目覚めるのを待つしかないけど、怒りはしないと思うわよ」

「そうですね。アルス以外だと……難しかったかもしれませんが問題はないかと」

アルスの悩みとは裏腹に、二人の反応は想像していたものと違った。

「そ、それに魔力の代わりに何か変な要求するわけじゃないんでしょ？」

何を想像したのかわからないが、頬を赤く染めながらカレンが言ってきた。

「ああ、別に対価を要求するつもりはない。今後は定期的に魔力を与えつつ、いずれはシオン自身で魔力を回復できるような方法を探すつもりだよ」

今は一時的な処置であって恒久的なものではない。

シオンが生きてさえいれば、いずれは魔力欠乏症を治す手段を発見できるだろう。

「アルスが何に悩んでいたのか納得できました。それで魔法を使う前にシオンさんに謝っていたんですね」

「それもある。あとは新たな治療方法が見つかるまで耐えてもらうしかないな。シオンの目が覚めたら説得するつもりだ」

「シオンなら大丈夫だと思うけど、何か問題があったら、あたしも手を貸すわよ」

と、カレンが口にすれば、ユリアも同意するように微笑(ほほえ)んだ。

「その時は私も助力しますよ。でも、アルスは隷属魔法がシオンさんを救うことによく気がつきましたね」

隷属魔法の一般的な使い方は、魔物などを含めた動物を従わせることだ。

しかし、過去に奴隷制度が大陸中に蔓延(はびこ)っていた時は、他種族と比べて魔力の少ない人族にも使われていた歴史もある。今でも一部の地域では奴隷制度が残っているので、隷属魔法が重宝されている国もあった。

つまり従来の方法は自身の魔力で相手を縛り付けるのが隷属魔法であって、自身の魔力を分け与えて生かす方法などには使われていないのだ。

そもそも、自分の魔力を分け与えることができるのは一部の――ヘルヘイムの女王のような膨大な魔力を持つ〝逸脱者〟だけである。

「まあ、それに聞いてたからな」

ヘルヘイムの女王が千体以上もの魔物を従えているのを聞いたこと、それによって彼女に興味を持ちその秘法を【聴覚】で盗んだ。それが成功すると確信に至ったのは、シオンが時折アルスの部屋に来て魔力を奪っていたことだ。

毎日のようにシオンはアルスの部屋で寝ていた。

なぜか〝黒猫〟の姿で。

本人も気づいていなかったので、おそらく無意識なのだろうが、彼女はアルスに密着することで僅かながら魔力を回復させていたのだ。

また発見当時、衰弱していたのに人型に戻れたのにも、自分と密着していたことで魔力を取り込んだのだろうというのがアルスの推測だった。

「だから、オレの魔力と相性が良かったんじゃないかな」

「なるほど。魔力には〝質〟が存在しますからね。アルスの魔力が合ったんでしょう」

事は単純ではないとユリアは複雑な感情を表情に乗せて頷き(うなず)ながら、ヴェルグに渡された書類に目を通した。

聖法教会の研究結果――そこには〝黒き星(フラヴン・アース)〟の魔力は濃密で、〝失われた大地〟にある瘴気(しょうき)に近い性質があると書かれていた。

魔物もそうだが魔族は基本的に瘴気から生まれている。それと似た性質を持った魔力をアルスは持っているのだから人造魔族といえども必ず合うだろう。

アルスは隷属魔法で助けたと勘違いしているが、彼の魔力じゃなかったらシオンは助かることはなかったとユリアは思っていた。

「もう危険はないと思うが、安全な場所に移動してシオンの目覚めを待とうか」

「そうですね。新手が現れることはないでしょうけど、気をつけるにこしたことはありません」

洋館に残っていた者たち――アルスたちと戦うことのなかった元気な敵は、合流する前のユリアとエルザが無力化している。気を失わせただけだが、目が覚めたとしてもエルザによって凍らされているので逃げることはできないだろう。

「……カレン、先ほどから周囲を見回してどうしました？」

「彼らをどうしようかと思って……出来れば連れて帰ってあげたいんだけど」

カレンたちがいるのは広間のような場所だ。

ここで何が行われていたのか、それを想像することは容易(たやす)かった。

壁に並べられた円柱型の硝子(ガラス)の中身を見れば一目瞭然である。

人造魔族を造ろうとして失敗した人間の成れの果て、この洋館を支配していたクリストフの悪事の数々、これを放置して去ることなどできるはずもなかった。

全ての遺体を運ぶにしては時間が足りないし、犠牲者の数もまた多すぎる。

だからと言って洋館に火を放って一斉に燃やすなど雑な弔いもしたくはない。

　そんなカレンの感情を読み取ったユリアは彼女の肩を撫でるように優しく叩(たた)いた。

「カレン、大丈夫ですよ。すでに手配はしています。エルザ、そうですよね？」

「はい。すでに二十四理事(ケリュケイオン)の一人がこちらに向かっているそうです」

「二十四理事(ケリュケイオン)が？　大丈夫なの？」

　カレンが不安そうな表情を浮かべる。証拠の隠滅を恐れているのだろう。もしくは、かつての仲間たちの遺体を乱雑に扱われるのを想像したのかもしれない。

　三年前のことも含めたら、そう思うのも無理はない。

　二十四理事(ケリュケイオン)は魔法都市でも最高権力者だが、その上をいくのが魔王である。もし魔王から圧力が加えられたら二十四理事(ケリュケイオン)といえども屈するしかないのだ。

「安心してください。魔王を引きずり降ろす好機だからと張り切っているそうですよ」

「そ、そうなの？　なら、任せても大丈夫かしら……」

　カレンはエルザの言葉に奇妙な違和感を覚えたようだが、いつものような無表情のせいでそこに隠れ潜んだ意味に気づくことはなかった。

「ですが、この数です。シオンさんの目覚めを待つことなく弔うことになるかと」

　どれほど遺体があるのかわからない。シオンが率いた〝ラヴンデルギルド〟のシューラーたち、その家族も含めたら膨大だ。それに加えて他にも無関係の者たちも存在するだろう。これほどの数を回収していつ目覚めるかも知れないシオンを待って保管しておくのは至難の業だ。

「それは仕方ないわね。シオンにはあとで説明しましょう。その二十四理事(ケリュケイオン)と引き渡しの日時を決めておいてもらえる?」

カレンは自ら交渉するつもりはなかった。エルザが自ら二十四理事(ケリュケイオン)の名を告げなかった時点で察するものがあったからだ。ならば、あとはエルザに丸投げしておけば間違いなかった。優秀な彼女だからきっと悪いようにはならない。

「なら、口惜(くや)しいけど、この場所は二十四理事(ケリュケイオン)に託しましょう」

カレンの言葉を最後に帰還の準備を各々が始める。

アルスがシオンを抱き上げて指輪に魔力を込めて先に帰還した。

あとに続いてカレンも消えれば残されたのはユリアとエルザだけだ。

「エルザは残るのですか?」

「いえ、一度帰還します。おそらく我々がいなくならないと入ってこないでしょうし」

すでに洋館は聖法教会の息のかかった者たちに包囲されている。

そこには件(くだん)の二十四理事(ケリュケイオン)も同行しているはずだ。これからクリストフの洋館は徹底的な調査を受けて、魔王グリムを引きずり降ろす材料になるだろう。

「てっきりエルザは二十四理事(ケリュケイオン)を見張っておくのかと思いました」

「それは必要ないでしょう。さすがに彼らもアルスさんの心証を悪化させても得はない。

遺体を弄んだり、細工をするようなことはしないはずです」

「ふふっ、そのようなことをすれば、アルスが怒る前に私が始末しますよ」

紫銀の瞳——その奥にある光は暗く澱んでいた。背筋が凍るほど冷ややかな気配を発している。その本人は穏やかな笑みを浮かべているのだから恐ろしい。

そんなユリアを見て視線を逸らしたエルザは嘆息する。

指摘すべきか、改善を促すべきか、それとも同調すべきなのか。

どれを選んでも自身に得はないと判断したエルザは放置することにした。

「では、帰還しましょう」

「はい、ユリア様」

ユリアの言葉にエルザは素直に従うのだった。

＊

青い空、白い雲、広がるのは、ありきたりな風景だ。

まさに平穏の一言に尽きる。特筆すべき物はなにもない。

けれど、静寂を破るように現れるのは、暴力的な風を巻き起こす巨大な鳥である。

その生物が両翼を広げて、地上に大きな影を落としていた。

しかし、それは大地に座すためではない。まるで逃げるように、慌てた様子で飛び立とうとしている。だが、その判断は遅すぎた。野生の本能を笑ってしまうほど致命的で愚かだ。

巨鳥の首が唐突に落ちた。

呆気(あっけ)ない最期、悲鳴をあげることもなく大地に沈む。

『よっし、俺が仕留めたぜ。お前らもみたよな？』

『あぁ、今日は奢(おご)りかよぉ……つまんねーな』

『おーい、そっち終わったなら、こっちも手伝ってくれや』

殺伐とした空気の中、平原に笑い声や落ち着いた声、いくつもの声が響き渡る。

ここは〝失われた大地〟にある高域と呼ばれる地域だ。

凶悪、残虐、強大な魔物が蔓延り、常人では一秒も生きていられない場所である。

だからこそ、ほんの一握りのギルドのみが、この場所に立ち入ることができた。

平原には視界を遮る物はなにもない。

あるとすればいくつもの人影――大勢の魔導師たちが先ほどの巨鳥と似た魔物を取り囲んで魔法を放っていた。

『逃がすなよ。確実に息の根を止めろ！』

『そっち行ったぞ！　ははっ、死ぬんじゃゃ――いてぇ！』

『おい、油断すんな。あっ、馬鹿、怪我してんじゃねえか、ヒーラー、こっちこっちー』

まるで戦場のように血が流れる場所で、飛び交うのは緊張感の欠片もない言葉ばかり。

誰もが恐れる魔物を楽しげに狩る彼らの後方では、大きな天幕がいくつも並んでいる。

簡易式の休憩所。そこには狩りをする彼らを率いる者たちが身を休めていた。

「ん〜、ここ飽きた。次はもっと楽しい場所で狩ろうよ」

幼い少女が口を尖らせながら呟いた。その赤い瞳は狩りを続ける者たちを映している。

「それに見なよ。あの子たちも余裕って感じで危機感足りない。成長させるためにも、もっと強いところへ行こうよ」

続けて我が儘を言った幼女に、隣で紅茶を飲んでいた女性が苦笑を浮かべた。

「キリシャ嬢。あんたサブマスターなんだから……あんまり無茶言わないでおくれよ」

どこか男勝りな雰囲気を纏い、胸の薄さも相俟って中性的な印象を受ける女性だ。

「ノミエちゃんだって、暇だと思ってんでしょ？　そもそも、なんで今更こんなとこで狩りしなきゃなんないの？」

キリシャの不満も当然のことだった。高域は確かに強力な魔物が沢山いる。油断をすれば命取りになるだろう。しかし、自分たちは魔王グリムが率いるギルドの幹部なのだ。

〝マリツィアギルド〟は序列八位、規模も実力も高域の入口で戦うほど弱くはなかった。

「仕方ないじゃないか。二十四理事の連中がなぜか強制依頼を発行したんだからさ」

〝数字持ち（ナンバーズ）〟、いわゆる上位ギルドには強制依頼というものが発生する時がある。

　二十四理事（ケリュケイオン）でも対応できない難度の高い依頼が主で、それらは魔王の義務として受けなければならない。断ることも可能だが、その場合は罰金と共に期限内で面倒な依頼をいくつか達成しなければいけなくなる。もちろん、魔王だからそれも断ることができるのだが、その場合は非常に面倒な事態を招く。魔王の資格なしと見なされ、魔王の討伐案を二十四理事（ケリュケイオン）が議会に提出できるようになる。可決されたなら最後、他の魔王たちへ討伐依頼が発行されるのだ。

　そうなったら悲惨だ。

　暇を持て余した魔王たちが手を組んで本拠地を襲撃してくるだろう。

　二十四理事（ケリュケイオン）もまた魔王の後釜を狙って全力で潰しにかかってくる。

「あいつら何か企（たくら）んでるのかな。最近、他の魔王もちょっかい出されてるみたいだよ」

　キリシャは深刻そうな言葉を紡いだが、その声音は気楽そのものだ。

　お菓子を食べる表情もまた憂いもなくて天真爛漫（てんしんらんまん）な笑顔だった。

「だろうね。最近になって活動が活発になってる。二十四理事（ケリュケイオン）同士で牽制（けんせい）してるなんて話もあるからね。気をつけたほうがいいのは確かだが……それにしても珍しい、キリシャ嬢も世情に興味がでてきたのかい？」

「ん～、どうだろう～……。でも、陰湿で慎重なあいつらが手当たり次第にちょっかいを出してくるのは珍しいから気になるって言えば気になるかな～」

「本当かどうかわかんないけどね。それは〝魔法の神髄(ミーミル)〟が魔法都市にいるって噂(うわさ)が流れ始めてからだよ。そっから今まで大人しかった連中――聖法教会の連中も動き始めたってわけだ」

紅茶がなくなったのを確かめてからカップを置いたノミエは嘆息する。

「そこにきて、いきなりうちに強制依頼だよ。他の魔王たちも同様みたいだから、狙いは明らかにうちらの眼(め)を何から逸らすか隠すためだろうね」

「だから、クリスちゃんを置いてきたの？」

「クリストフの奴(やつ)は頭はおかしいが優秀だからね。あいつを抑えに置いとけば二十四理事(ケリュケイオン)たちも、こっちが留守中でも動けやしないだろうさ」

「おい、姉貴、なんの話をしてんだ？」

乱暴な口調と足取りで天幕に入ってきたのはノミエの弟ガルムだ。

毛を剃(そ)り落とした禿頭(とくとう)は魔物の返り血を浴びて紫に染まっている。

得物である三節棍(さんせつこん)を自身の足下に無造作に放り投げると空いている椅子に座った。

そんな彼に呆(あき)れた様子でノミエが反応する。

「幹部が誰一人前線に立たずに、ギルドメンバーを放っておいてどうするのさ？」

「こんなところで死人はでねえよ。おい、俺には茶をくれ」

給仕をしているメンバーに声をかけてから、切れ長の目をノミエに向けてきた。

「それでクリストフがどうしたって？」

「なんだい、聞こえてたんじゃないのさ。抑えにクリストフを置いとけば問題ないって話をしてたんだよ」

「どうだかな。頭が良いのは確かだが、あいつは昔っから何を考えてるかわからねえ」

昔から――幼少の頃からクリストフとガルムは仲が悪かった。

水と油、性格も正反対、なにもかもが合わない。

〝マリツィアギルド〟の幹部になってからも会話をしたのは両手で数えられるほどだ。

なによりクリストフは自身が認めた相手でないと人間として扱わない。

だから、ガルムだけじゃなくノミエとも何度か衝突したことがある。

「気持ちはわかるけどね。でも、あの子はグリムへの忠誠心だけは確かだからさ」

魔王グリムに寄生する無能であれば問題はなかった。

それこそ排除するのは簡単だったろう。

しかし、そうはならなかった。クリストフは有能で、ギルドがここまで大きく発展できたのも彼の采配によるところが大きい。なにより魔王グリムへの忠誠は本物で、部下の扱いは苛烈ではあるものの、それでギルドが不利益を被ったこともない。

そんな中で大きな成果をあげている彼を批判すれば、嫉妬しているなど余計な憶測を生んでしまう。だから同じ幹部といえどもノミエの発言力はクリストフより下で、彼の増長を止めることもできなかった。

「あいつは本当にグリムを慕ってるからね。だから置いてきたんだよ」

もし、今回の遠征に同行させていたら、きっと仲間内で不和が起きていただろう。

だが、連れてこなければ問題は起きず、残せばクリストフもまた職務を全うする。

「最近、自由にさせすぎじゃねえか？　なんかあいつ独立を企んでるって噂もあるぜ」

クリストフは他の幹部と衝突するようになってから、独自に人を雇い入れて与えられた領地からでてくることもなく魔法に関する研究に没頭しているそうだ。

「さすがにクリストフの部下はあいつが直接雇ってるから口出しはできないよ。うちのギルドに所属してるんじゃないから何も言えないさ。もちろん、監視をつけてるけど今のところ普通に活動してるみたいだ……表向きはだけどね」

「不気味だな。あいつのことだから裏で暗躍してそうだ」

不機嫌そうなガルムの言葉に、苦笑しつつもノミエは同意する。

「動ける有能ほど厄介なものはないよ。独善的じゃなければ受け入れたんだけどね」

文殊とするなら頼もしいが、敵に回すと非常に厄介だ。

それに最近、奇妙に思っていることもある。

〝マリツィアギルド〟が治める領土にだけ魔族の出没頻度が偏っているのだ。

どうやって見つけてくるのか、魔族の討伐要請をクリストフが頻繁に送ってきていた。とある過去の出来事があってから、魔王グリムは魔族に対して一切の容赦がない。だから、現れたと聞いたら即座に出撃して討伐する。場合によっては生死を彷徨うこと数回、それでもグリムは執念から戦い続けた。誰もが恐れる魔族を単独で何度も撃破したことから、今では〝鬼喰い〟とまで呼ばれている。

しかし、大陸南部に魔族が現れるのは数年に一度あるかないか、彼らは追放されない限り〝失われた大地〟から離れることはないからだ。なのに、クリストフは容易く魔族を見つけてグリムに討伐させている。

他の魔王も魔族を討伐しているそうだが、グリムの討伐数と比べれば偏りがすごい。なら、自ずと誰の仕業か知れる。クリストフしかいない。だが、巧妙に隠されているおかげで、ノミエは調べ続けているが未だに尻尾すら摑めていない。

「グリムも最近は調べてるみたいだけどね」

ノミエは不満そうに言うと天幕の奥――影が濃い場所で眠りにつく男に眼を向けた。精悍な顔つき、荒々しい短髪に、雪が降り積もったかのような真っ白な髪色。服の下に隠された鍛え抜かれた肉体は神々の如く引き締まっている。今は眠っているため見えないが、その眼は猛禽類のように鋭く、激烈な炎を灯した瞳は非常に美しい。

そんな男性――魔王グリムは唐突に目を覚ますと起き上がった。

「グリちゃーん！　おはよ！」

幼女のキリシャが気づいてグリムの腹に頭から突撃する。

骨が砕けてもおかしくないほどの強烈な音が響いた。音から察するに凄まじい衝撃だったはずだが、グリムは呻くこともなく受け入れている。

「お前はいつも突っ込んでこなきゃいけねェのか、俺じゃなきゃ死んでるぞ」

苛立ちを含んでいるが、優しげに目元を和らげてキリシャの頭を撫で繰り回す。

しばしの間を置いて、キリシャを隣に追いやるとグリムは立ち上がった。

そんな彼の表情に喜色が混じっていることに気づいたキリシャが首を傾げる。

「あれ、グリちゃん機嫌良いね〜？　クリスちゃんからまた魔族プレゼントされたの？」

と、キリシャが言えば、唐突にグリムの顔が不快そうに歪む。

先ほどの機嫌が嘘のように急降下だ。

「グリム、なにかあったのかい？」

ノミエの問いかけに深く嘆息したグリムは椅子に座る。

「……ノミエ、お前の部下を使ってクリストフの施設を探ってくれ」

グリムはアルスとの戦いばかりに気を取られていたわけじゃない。

あの広間の異様さにも気づいていた。出来ればあの場所も調査をしたいところだが、現

時点では確保できるほどの戦力がない。もし、アルスたちが二十四理事(ケリュケイオン)に訴えたりしたら更に困難を極めることだろう。

「了解。でも――」

グリムは手を突き出すとノミエの言葉を途中で遮った。

「待て、さっきのは取り消す。施設の調査じゃなくて、これまでのクリストフの足取りを追ってくれ。誰と会って、何処(どこ)に行き、何を買ったか、徹底的に調べてみてくれ」

クリストフの施設が相次いで紅髪の少女から襲撃を受けたことは知っている。

そういった噂は以前から届いており、本人にも確認がとれたのだから間違いない。

それも作戦の内のような口振りだったが、あの本心を隠した笑みから真実かどうかは読み取ることはできなかった。

故に今から調査をしようと部下を向かわせたところで、クリストフの施設や研究所は残っていない可能性が高く、情報も十分に集まることはないだろう。だから、グリムは先ほどの命令を取り消して、クリストフの行動を調べるように命令し直したのである。

「わかったけど……急にどうしたのさ？　なにやらかしたのアイツ」

「さぁな……それが気になるから調べるんだよ」

秘密主義のクリストフが徹底的に証拠の隠滅を図っているのだから、良きにつけ悪(あ)しきにつけ、グリムの与(あずか)り知らぬところで様々なことをしていたのだろう。

「ふぅん……最近、変な噂もあったけど、もしかしてクリスちゃん、相当追い詰められてたりする？」

コテンと小首を傾げたのはキリシャだ。天真爛漫、何も考えていないような顔をしているが、その瞳の奥にある光は鋭くただならぬ雰囲気を発していた。

聡い幼女にグリムは渋面を作ったが、内心を悟られないように口を開く。

「ああ、確かに追い詰められてはいるな……だから、その噂に関しちゃ事実だ。おい、ノミエ、うちに絡んできているのは〝ヴィルートギルド〟って言うらしい。そこも一緒に調べておいてくれ」

追い詰められているどころか、もうクリストフは死んでいる。

しかし、それをギルドメンバーたちに告げる必要はないとグリムは判断していた。

なぜなら、クリストフが何をしていたかによって方針が変わるからだ。

今、彼の死を告げたことでメンバーが義憤に駆られて〝ヴィルートギルド〟に仕掛けないとも限らない。グリムはクリストフに常日頃からメンバーたちとの仲を改善するように伝えていたが、それでも孤立することを選んでいたので、そこまでの人望はなさそうだが念のためにである。

「はいはい。聞いたことないギルド名ね。強いの？」

「序列は二桁だろうな。一部に強い奴が何人かいるのは確かだ。だから、どんな奴がいて、どんなギフトを所持しているのか、それを調べておけ」

「〝数字持ち(ナンバーズ)〟じゃないってことは格下ってことじゃないか。クリストフの奴(やつ)そんな連中に追い詰められてるのかい？」

ノミエが驚愕(きょうがく)から目を見開いているが、隣でお茶を飲みながら話を聞いていたガルムが口端を吊(つ)り上げた。

「へぇ、ざまぁねえなぁ。そいつは面白いことを聞いた。たまにはあいつも痛い目を見た方がいい」

愉快そうに喉を鳴らしたガルムは、愉悦を滲(にじ)ませた視線をグリムに向ける。

「マスター、その仕掛けてきた連中は潰すんですか？」

礼儀も知らないような見た目をしているが、その実、ガルムの中身はしっかりとしているのだ。目上や上司――つまりキリシャに対しても彼は堅苦しい態度になる。周りもそれを知っているので態度が変わったことに疑問を持たなかった。

「売られた喧嘩(けんか)は買わなくちゃならねェ。だがな、仕掛けてきた理由を知りてェんだ。後ろにどんな連中がいるのかもわかんねェしな。もしいたら一緒に潰すだけだ」

「それは楽しみですね。最近は仕掛けてくる奴もいないので、久しぶりに気骨のある連中と戦えそうだ」

最近の魔法協会は平和だった。

なぜなら、歴代でも類い希なる才能を持った者たちによって魔王の座が埋まっているからだ。そんなギルドに戦争を仕掛ける愚かな連中なんていなかったのである。

ピンキリではあるが、一応強者が揃っている二十四理事でさえ裏でコソコソしているだけで実力行使にはでなかった。

それが〝数字持ち〟でもない、背後関係があるにしても二桁のギルドが仕掛けてきたのだから、グリム以外の者たちが興味を示すのも無理はなかった。

「それじゃあ、クリストフを探るのと並行して、そのギルドについても調べておくよ」

ノミエの言葉を最後にして、グリムは堅苦しい空気を取り払って笑みを浮かべる。

「それで強制依頼のほうはどうだ？　それが終わらなきゃ動けないだろうしな」

「順調、順調！　あと五日ぐらいで終わると思うよ」

無邪気な笑顔でキリシャが飛び跳ねながら伝えてくる。

「そうか、問題がないなら大丈夫そうだな。俺はしばらく別行動をとるぞ」

「ええ……またあ？」

キリシャの不満そうな声、瞳には探るような色もあった。

そんな彼女の頭を撫でたグリムは面倒そうに口を歪める。

「俺は魔王だからなァ。色々と用があんだよ」

「ふぅん？」

明らかに疑いの目を向けてくる。

心情を覗き込んでくるキリシャに対してグリムは思わず視線を逸らした。

昔から一緒にいるせいか、この幼女はグリムの嘘を見破るのが上手い。

これ以上の会話は墓穴を掘りそうだった。

「俺が必要とされる状況になるとは思えないが、何かあったら起こせ。いいな？」

「ぶぅー、わかったよ。おやすみ～」

キリシャが不満そうに頬を膨らませて、犬を追い払うように手を振る。

苦笑しつつもグリムは彼女の頭を無造作に撫でてから離れた。

先ほどまで自身が寝ていた簡易型の寝台に寝転がると目を閉じる。

そして――眠りにつくように自身のギフトを発動するのだった。

＊

魔法都市――退廃地区。

そこは地獄のような場所であるが、世界で最も自由な場所でもあった。

退廃地区に住む者は総じて痩せ衰えている。その身に纏うのはボロ布で、薄汚れた姿で彷徨い歩く姿はゾンビやグールを連想させるものだ。

場所も不衛生の一言に尽きる。

荒れた道は糞や尿を含んだ汚泥が溢れて、その上で横になって眠る者もいた。

まともな人間が近づくことがない場所だ。

少しでも正気であるなら、足を踏み入れる気さえ起きないだろう。

きっと本能が足を進めるのを拒否するからだ。

しかし、そんな場所を煌びやかな姿をした女性二人が歩いていた。

まるでそこだけ違う世界のように輝いている。

誰もが眼を奪われて蜜に吸い寄せられるように近づいていくが、彼らはやがてその花の正体を知ると足を止めて、すぐさま引き返すことになった。

「相変わらず鬱屈とした場所ですね」

近づいてきた男を美しい紫銀の瞳で睨みつければ、すぐさま拝むようにブツブツと何かを呟きながら男が平伏する。それは一人だけじゃなく次々と白銀の少女——ユリアを眼にすると同じ行動をとり、まるで神々が降臨したかのように頭を下げるのだ。

「……前回来たときから、あんな反応をされるんですが、エルザが何かをしました？」

隣を歩くエルザに問いかけながら、気味が悪いと言わんばかりに嫌悪感を視線に乗せて、ユリアは平伏していく人々を眺める。

「怪我人を含めて百人以上が犠牲になりましたからね。彼らもようやく逆らってはいけない相手に気づいたのだと思います」

満足そうに頷くエルザだが、その手には弓が握り締められており、時折動いては陰になった死角へ向けて放つ。その度に暗闇から呻き声が聞こえて何かが倒れる音がした。

「エルザは先ほどから何をしているんです？」

「建物の陰からコソコソと隙を窺っている連中を先手で潰しています。先ほどの者たちのように素直であればいいのですが、どうしてもこのような場所になると色々と面倒な連中も多いものです」

「私も手伝いましょうか？　首を一つか二つ並べてあげれば素直になるのでは？」

物騒なことを言うユリアにエルザが珍しく苦笑を浮かべる。

アルスから離れると清楚な雰囲気を彼女は捨て去ってしまう。

残虐な一面を覗かせて、どこか匂い立つような色香が加わるのだ。

しかし、性格が豹変するからといって人格が二つあるわけではない。

もちろん猫を被っているわけでもないし、アルスの前で演技しているわけでもない。

ただアルスを含めた身内判定した者以外を、ユリアが認めていないだけである。

彼女はそれ以外に対してとことん冷淡になれる。どこまでも冷徹に敵と認識したならば、血の繋がった親族でさえも容易く斬り捨てる。

「いえ、ユリア様が動かれる必要はありません。殺気を向けてくる連中も消えましたから、さっさと目的の場所に向かいましょう」

「そうですね。色々と話し合いたいこともありますから。それにしてもいつ来てもこんな場所に家を建てる者の気が知れません」

ユリアとエルザがしばらく歩いて行けば、ボロ家が建ち並ぶ一角にやってきた。

そんな中、一際目立つ小屋がある。

まだ真新しく、他と比べてもしっかりした造りをしている。

明らかに浮いているが、近づく者は存在しない。財産を隠し持っていそうな立派な家であるが、なぜか退廃地区に住む者たちは視線すら向けることがない。

ただ何かを恐れるようにその一帯にだけ誰も近づかず、まるで別の空間から持ち込んだかのように綺麗に周辺は掃除されていた。

家の玄関に近づくと、エルザが前にでてユリアの代わりに扉を何度か叩く。

退廃地区にある奇妙な小屋は、聖法十大天の一人であるヴェルグが隠れ住んでいる。

「おや、誰かと思えば聖女様と愚妹ではないですか、本日はどのような用事で？」

相変わらず胡散臭い笑みを浮かべながら、扉を開け放ったままヴェルグは家の中に戻っていく。彼についていけば応接間に通された。高そうなソファに見事な細工が施された黒檀の机。それだけじゃなく部屋の中には値段をつけられない調度品まで存在する。

退廃地区に建っているとは思えないほどの豪華さだ。

ヴェルグがソファに座ればその対面にユリアが座り、彼女の背後に控えるようにしてエルザが待機する。

「早速ですが本日のご用件を伺いましょうか」

ヴェルグは事前に用意していたのか紅茶をカップに注ぐと差し出してきた。

ユリアが口にすれば程よい温度と共に爽やかな香りが口内を抜けていく。

適温なことから、ヴェルグはユリアたちの来訪を事前にわかっていたのだろう。

「まずはこちらの資料をお返ししますね」

ユリアが差し出したのは前回訪れた時にヴェルグが手渡した資料だ。

中身は人造魔族について書かれており、シオンの魔力欠乏症を治すヒントになればと思ってヴェルグが取引と共にユリアへ手渡したものである。

「……別に返さなくてもよいのですが？」

ユリアを見るヴェルグは心底不思議そうな眼をしていた。

「私も中身を確認しました。そもそもアルスは全て知っていたようなので必要なかったようです」

その言葉を聞いたヴェルグは愕然（がくぜん）とした様子で目を丸くした。

当然だ。ユリアに手渡された資料は聖法教会で秘密裏に行われた実験であり、その結果は秘匿とされて上層部のみが確認できるようになっている。

そんな情報を全て知っているのはありえない——いや、より確信できたと言うべきか。

「資料を返すと同時に……情報提供というわけですね」

アルスが〝魔法の神髄〟である証拠をユリアが改めて提出してきたということだ。

そして、シオンに関する事柄はユリアの表情を見る限り最悪の結果は免れたのだろう。

故にユリアは遠回しに告げてきた——アルスの情報一つ一つが価値あるものだと。

今後は些細な情報であっても対価を求めるという証左だろう。

改めてユリアに対しては気が抜けないなとヴェルグは内心嘆息する。

「では、資料はこちらで処分しておきます。それで何か聞きたいことがあるのでは？」

「ええ、シオンさんについてですが、隷属魔法は成功したみたいなんですが、目が覚める様子がありません」

「ふむ、そうですか、まだ目覚めないというわけですね……」

顎に手を当てヴェルグは自然と受け答える。

もちろんユリアが探りをいれてきたのには気づいていた。

普通ならどういった手段でシオンの魔力欠乏症を治したのか、駆け引きを含めて問いかけるべきなのだろう。しかし、ヴェルグはどのような手段をもってシオンを癒やしたのか既に知っているのだ。

あの洋館は最初からこちらの手の内にあった。そのため内部の状況も含めて聖法教会の監視下にあり、アルスがどういった方法でシオンを治療したのか把握している。

だから、本来ならこちらが知り得ない情報である隷属魔法を彼女が口にしたということは、お前たちの監視に気づいているぞ、という宣言だろう。もしくは、あまり調子に乗るなという警告かもしれない。

「アルスが言うには身体（からだ）が魔力に馴染（なじ）んでいる段階だと言っていました。しかし、私が知っている隷属魔法だと魔力は簡単に馴染む――それも一瞬でと習っていたので不思議に思ったのです」

隷属魔法は魔力を持たない人間に、自身の魔力を注いで強制的に従わせる魔法だ。

常に魔力の供給が必要とされるので、魔導師といった大量の魔力を持つ者を隷属させ続けるのは難しい。だから奴隷化の際には魔力を持たない人間が大量に使われていた。

奴隷制度が多くの国に残っていた頃は、隷属魔法のあるギフトの人気は凄（すさ）まじかったが、奴隷制度が廃止された今となっては無能ギフトに分類されるほど凋落（ちょうらく）してしまった。

「……おそらくですが、身体に馴染むのではなく、身体も共に造り替えられているのではないかと思います」

ヴェルグは監視していた映像を思い出しながら己の推論を述べた。

「どういうことです？」

「本来、隷属魔法というものは、相手に自身の魔力――毒を打ち込んで強制的に従わせるようなものです。だから一部では奴隷魔法とも言われていますが、本来なら魔力を持たない人間に使うところをアルス様は人造魔族に使用したのです」

　魔導師でもない人間であれば少量の魔力を注げば従わせることができる。たまに魔物を使役する時に隷属魔法を使う場合もあるが、こちらは魔族でしか成功は確認されていない。それさえも超えて人造魔族ともなれば膨大な魔力を必要とする。だから、アルスがやった方法は現実離れしており、成功することなどありえなかったのだ。

（隷属魔法の意外な使い道を知ることはできましたが、思い通りにいかないものですね）

　ヴェルグは自嘲の笑みを浮かべる。

　今回の事件で確認したいことが一つあったのだ。

　アルスがまだ魔法都市を訪れて間もない頃、〝ヴィルートギルド〟の本拠地〈灯火の姉妹(ヴィルート・シュヴェスター)〉が襲撃を受けて、致命傷だった者たちを癒やしてしまった神の奇跡。その魔法を今回も行使すると期待していたが結果はありふれた隷属魔法で解決してしまったのだ。

「でも、アルスの場合は……」

「ええ、見てわかる通り〝黒き星(フラヴン・アース)〟の魔力は特別製です。だから、四日経(た)っても目覚めないのでしょう」

　〝黒き星(フラヴン・アース)〟とは――無限の魔力を持つ者のことを指す。

　ただし本当に無限なのか確認されたわけではない。

　かつて存在した〝黒き星〟が、いくつもの絶大な魔法を使用しても魔力が枯渇しなかったことから無限と呼ばれているに過ぎない。

　その魔力は普通の魔導師とは一線を画す密度であり、その質や濃さは瘴気にも匹敵する。故に隷属魔法を使えば、瘴気を好む魔族や魔物を従わせることができると言われていた。

　また身に纏った魔力が黒い輝きを発しているのを一部のエルフが見ることができたことから、〝黒き星〟と名付けられることになった。聖法教会では信仰対象にもなっており、ヴェルグの部屋の片隅に飾られている黒い木像がその証である。

「しかし、さすがアルス様ですね。こちらの期待以上の動きをなされる。今後はシオン嬢が魔力欠乏症に悩まされることはないでしょうね」

「それは確実に言えることなのでしょうか？」

「さあ、それはわかりません。しかし、アルス様――〝魔法の神髄〟であれば失敗することはないでしょう。なので、結果もわかりきっているではないですか」

　別に妄信的になっているわけではない。

　だが、アルスの態度を見ていれば出来て当然という気がしてくるのだ。

　ヴェルグの頭の中では、彼が〝天領廓大〟を行使した姿が今も脳裏に焼き付いている。

　だから、疑いはしない。

遥(はる)か高みに至った彼をヴェルグ如(ごと)きが推し量るなど度し難い罪であるからだ。

「そうですね。そもそも聖法教会も把握できていない事象であれば悩むだけ無駄ですか」

と、ユリアは問題を先送りにすることに決めた。

そもそも世界で初めて人造魔族に隷属魔法を使った事例なのだ。

誰もが納得する答えなど、シオンが目覚めるまで得ることはできないのだ。

詰まるところアルスの言葉を信じるしかなく、ただ目覚めるまで見守るしかない。

「では、もう一つ質問を——あれからクリストフの洋館はどうなりましたか?」

「ああ、それならご安心を。クリストフの屋敷はこちらが——我々に味方している二十四理事(ケリュケイオン)の一人が押さえました。他の者も色々と巻き込んだみたいなので魔王グリムといえども返還させるのは難しいでしょう」

「では、その二十四理事(ケリュケイオン)の方にお礼を。シオンさんの仲間たちを無事に弔うことができました。協力していただき大変感謝していると、そうお伝えください」

ユリアが丁寧に頭を下げたことで、ヴェルグは意外そうに目を細めた。

先日、クリストフの洋館にあった遺体が全て〝ヴィルートギルド〟に引き渡された。

一部は見分けがつかないほど腐敗した遺体もあったので、すぐさま弔われたようだが——身内以外のことで真摯に感謝を示すユリアが珍しくてヴェルグは驚いたのである。

「必ず伝えておきます。聖女様からの感謝があったとなれば喜ぶことでしょう」

協力者の二十四理事(ケリュケイオン)の正体を明かすことはできないため、遺体の引き渡しも聖法教会が用意した人員であった。それだけじゃなく、巧妙に変装させているがクリストフの洋館の警備や掃除をしているのも聖法教会の人間だ。

兎(と)にも角(かく)にも、今回の事件のおかげで聖法教会の息のかかった人員を魔法協会に大勢潜入させることができた。今後の活動もやりやすくなるだろう。

「それに全面的に協力をすると言ったからには全力で手をお貸ししますよ」

今回、聖法教会が得られた多大な利益と比べたら、遺体の引き渡しや、その他雑用など大して苦でもない。

「感謝します。それで魔王グリムの動きはどうなっています？」

「静かなものですよ」

「意外ですね。噂(うわさ)で聞いた程度ですが、直情的な性格をしていると聞いたものですから」

「今は強制依頼を達成しないと帰ってこれませんからね。粗暴ですが根は真面目なようです。それに、依頼の内容が高域に生息する魔物十種以上の討伐と素材の確保ですからね。広範囲に渡って移動しなければなりませんから、結構な時間がかかることでしょう」

「強制依頼とはそこまで拘束力のあるものなんですか？」

「魔王に発行される強制依頼は通常とは違って、魔王のギルドにしか達成できないものばかりですからね」

拒否すれば罰則が与えられる。それだけじゃない、公にはされていないが重要な依頼が拒否された場合は他の魔王へ強制依頼を引き継がせるそうだ。

　そういった制度を利用して強制依頼の押し付け合いが一時期流行（はや）ったそうだが、二十四理事（ケリュケイオン）は魔王同士の争いを避けるために、罰則を設けて抜け穴を潰したことで今の状況に落ち着いたそうである。

「まあ、今回は嫌がらせ目的の強制依頼ですけどね」

「クリストフから魔王グリムを引き剝がすのが目的でしたっけ？」

「そうですよ。聖女様の妹君の負担を減らすために色々と頑張ったみたいですね」

　シオンが発見されて、アルスが関わり、カレンが動き出したことで、ヴェルグは聖法教会に支援を要請して、二十四理事（ケリュケイオン）に紛れ込ませた味方の協力を取り付けた。

「恩着せがましいですね。確かにそう言えば聞こえはいいでしょうけど、この状況を利用して、二十四理事（ケリュケイオン）が魔王グリムの力を削（そ）ぎにかかっただけでしょう」

「そうかもしれませんが、妹君の助けになったのは事実でしょう。お互いが損をしてないのですから受け入れてもらいたいものです」

　今の状況はお互いにとって悪くない。むしろ、ユリアのほうが得をしているだろう。

　なので、言葉の綾（あや）一つぐらいは許してほしいものだ。

　本人もわかっているのだろうが言質（げんち）となったら今後の交渉に響くのが嫌なのだろう。

仮令、そうなったとしても、彼女が優位なのは変わらない。絶対的な切り札である〝黒き星〟を持っている限りは彼女は誰よりも強い権限を持つ。

「まあいいでしょう。それで、魔王グリムはしばらく戻ってこれないということでいいんですね？」

「あと一週間は何もできないでしょうね。動けたとしても焼け石に水でしょう。すでに外堀も埋め始めていますから、一度でも転べば奈落の底まで一瞬で落ちていきますよ」

ヴェルグが笑い声で喉を震わせれば、ユリアもまた笑みを深めた。

「では、協力してほしいことがあります」

「ふむ……協力ですか」

ヴェルグは思わず身構える。無理難題を言われるかもしれないという不安からだ。

しかも、ユリアが発する雰囲気に殺気が混じっているのだからたまったものじゃない。

「せっかくの機会ですし、魔王グリムを引きずり降ろして、魔王の席を空けようではないですか。そのほうが聖法教会にとっても都合が良いのではありませんか？」

「…………なぜ、そんなに乗り気なのか聞いても？」

ヴェルグはユリアの反応を奇妙だと思った。

聖法教会の今後の方針は魔王グリムを如何に弱体化させるかであったが、まさか彼女から提案されるとは思ってもみなかった。

アルスや彼女の位階で魔王グリムに挑んで勝ったとしても、その玉座には座ることができない。なぜなら、魔王への挑戦権は第二位階――二十四理事にしかないからだ。

それ以下の位階だと挑戦することもできないし、戦争を仕掛けることもできない。

だから彼女たちが魔王グリムともし戦えたとしても、メリットがないのである。

「魔王グリムに殴られたせいで、カレンの頬が腫れていたんですよ。可哀想に……許せないでしょう？」

ユリアの瞳から光が消えて暗く澱んでいた。

ヴェルグは喉を引き攣らせるほどに彼女の気配が恐ろしく感じてしまう。

これほどの感情を曝け出すのだ。きっと、ユリアにとって妹は大事な存在なのだろう。

もし、ヴェルグが断ったことで、暴走して単独で挑まれては敵わない。

そんな短絡的な思考はしていないと思いたいが、どのような結果を生むのかわからない今は安易に断ることもできない。

と、色々と考えてみたが、そもそも断る理由もなかった。

ユリアが協力してくれるなら、自然とアルスもついてくるだろう。

今後のことを考えれば、彼女の協力を受け入れたほうがやりやすくなる。

「わかりました。それは許すことができないでしょう。ご協力させていただきます」

ヴェルグはいつものような笑みを貼り付けると素直に頷くのだった。

第二章　目覚め

〝ヴィルートギルド〟の本拠地〈灯火の姉妹（ヴィルート・シュヴェスター）〉の三階にカレンの部屋がある。

カレンは贅沢（ぜいたく）があまり好きではないことから調度品の類いは少ない。

そもそも寝ることができたらいいので、大きな家具と言えば寝台ぐらいしかなかった。

あとはソファと小さな机のみで、ギルドの長らしい大きな部屋なのだが活用できているとは言えない。そもそも来客は応接室で対応するので、カレンの部屋を訪れるのは身内ぐらいのもの。だから、見栄（みえ）を張る必要もないので簡素な部屋が完成したのである。

そんな最低限の家具だけ揃（そろ）ったカレンの部屋だが、奇妙なことに寝台は二つ存在する。

一つはカレン専用だったが、もう一つは最近になって居候になった少女のものだ。

そこには清潔な布団に包まれている桃髪の美女シオンが眠っていた。

彼女は規則正しい呼吸を繰り返して眠り続けている。その近くでは簡易椅子に座った紅髪の少女にして部屋の主（あるじ）カレンが彼女の様子を見ていた。

「朝食を持ってきたぞ」

扉を開けて入ってきたのはアルスだ。

その手には皿があってサンドイッチが載っていた。

「あら、ありがとう」

サンドイッチを受け取ったカレンは微笑むとソファに移動して食事を始める。

嬉しそうにサンドイッチを頬張るカレンを横目に簡易椅子へアルスは座った。

「シオンの命に危険はないんだから、一階で皆と食べても問題ないんだぞ？」

「ん〜、そうね。それでもいいんでしょうけど……シオンに何も説明してないからさ。目が覚めた途端に訳もわからず、混乱してまた突撃しちゃったら大変だしね」

致命傷だった怪我も治った。魔力欠乏症という懸念も解消できた。

もはやシオンに死の危険はない。

もう四日も飲まず食わずだが、痩せたりといった見た目の変化はなく、むしろ以前よりも健康的な肌をしている。アルスの魔力が身体に馴染んできている証拠だろう。あるいは身体の変化が終わったかだ。

故に見守る必要はない。けれども、カレンには一つだけ懸念があった。シオンの記憶が魔王グリムに斬られた記憶で止まっていることだ。

もし、そんな状況で目覚めた時にどのような行動をとるのかわからない。

だから、カレンはずっと付き添っているのだ。

「クリストフとかいう奴の首はとったんだ。目が覚めても暴走はしないと思うけどな」

帰還する前にアルスは【聴覚】で調べたが確実にクリストフは死んでいた。

他にも【隠蔽】や【偽装】といったギフトが使われていないかも確認してある。

遺体は二十四理事に回収されたらしいが、間違いなく本人だったという報告をユリアが受けていた。

「わかんないわよ。だから目覚めるまでは出来る限り付き添うわ。それにまだ全部解決したわけじゃないし」

「厳重注意も受けたからな」

魔王のギルドに戦争を仕掛けるにはいくつかの条件を達成しなければならない。

レーラーの位階が第二位階以上、ギルドの序列が〝数字持ち〟であること、魔法協会に申請――つまり二十四理事の内四人から許可を得ることで、日時が指定されて戦争を行う場所が提供される。

しかし、これらを無視して襲撃しようものなら魔法都市からの追放は免れない。誰だって魔王の座を狙っているのだ。順番を飛ばしてまで挑戦することなどできはしない。

だからこそ、今回〝ヴィルートギルド〟が厳重注意だけで済んだのが不思議なのだ。

「本当に訳わかんないのよね。てっきり良くて追放、最悪見せしめに処刑されると思ってたもの」

「クリストフが研究していた三大禁忌の資料を渡したからじゃないか？」

カレンは襲撃した施設から回収した資料の全てを二十四理事に提出している。

それを武器に責任を追及して、魔王グリムを揺さぶるには絶好の機会だ。

しかし、それだけで魔王グリムを引きずり降ろすことは難しい。

クリストフが幹部ということもあって多少は揺らぐだろうが、既に本人は死んでいることから独断だったと体（てい）よく彼に全てを押しつけてしまえばいいからだ。

「あたしもそうかなって思ったけど、二十四理事（ケリュケイオン）が譲歩した理由とするには弱いわね」

魔王は魔法協会の象徴であり魔導師の憧れだ。

そんな魔王のギルドが〝数字持ち（ナンバーズ）〟以外のギルドに襲撃されて好き勝手にされたとなれば外聞が悪い。箝口令（かんこうれい）を敷きつつ問題を起こした〝ヴィルートギルド〟を取り潰し、魔王グリムの弱みを握って、それをネタにして徐々に弱らせていく。

それが陰湿な二十四理事（ケリュケイオン）のやり口である。彼らが競い合うのは最初だけ、それ以降は互いに足を引っ張り合い、罪をなすりつけ合って、他人を蹴落とす陰湿な方法を考える。

そんな連中が〝数字持ち（ナンバーズ）〟以外のギルドなど気にするはずがないと思っていたのだが、蓋を開けてみれば〝ヴィルートギルド〟に多大な配慮をした対応だった。

「二十四理事（ケリュケイオン）たちの派閥争いとか起きてるのかもしれないわね。こっちに構っていられないぐらい忙しいのか、それとも後々何か利用するつもりかもしれないわ。まあ、いずれ機を見て接触してくるでしょ」

食事を終えたカレンがソファから離れて、簡易椅子を持ってくるとアルスの隣に腰を下ろした。

「そういえば感覚的にどうなの？　ちょっと変化はあった？」

カレンが問いかけてきたのは、アルスの変化についてだ。

隷属魔法を使用した後、シオンとアルスとの間に繋（つな）がりが生まれたのである。

それは触れもせず、目に見える物でもなく、繋がっているという感覚が漠然とわかるだけ。それが何重にも糸を結んだかのように日に日に強固になっていた。

そんな根拠のない繋がりが、もうすぐシオンが目覚めると告げている。

「だから、確認するためにも部屋に残ってるんだ。もうすぐ目覚めるんじゃないか？」

アルスがそう言った時、眠っていたシオンの長い睫毛（まつげ）が震えた。

「……ん」

小さく呻（うめ）いたシオンは重い瞼（まぶた）を開き、やがて上半身を起こすと周囲を見回した。

静かな目覚めだ。

慌てて起きないのはシオンらしいとも言えるが、あまりにも自然な起床だったので逆に見ていた者が呆気（あっけ）にとられる瞬間だった。

「…………アタシは生きてるのか」

呟（つぶや）かれた言葉にアルスとカレンは安堵（あんど）のため息を吐（つ）いた。

なぜなら、人造魔族は魔力欠乏症により、魔力を自己回復できなくなっている。

人造魔族は怪我を負うと魔力を消費して自動的に〝肉体再生〟を行うのだが、魔力が足りない場合は記憶を代償とするのだ。しかし、今のシオンは名前呼びではなく、かつての一人称に戻っているようで、記憶も無事だということが確認できた。

「シオン、よかったわ！」

必死に堪えていたようだが、感情が堰を切って涙を流しながらカレンはシオンに飛びついた。そんなカレンの突撃を目覚めたばかりだというのにシオンはあっさり抱き留める。

「カレン……ありがとう、それと色々と聞きたいことがあるんだが、いいか？」

その微笑は柔らかく憑きものが落ちたような表情をしていた。

仇を討ったことで落ち着いたのか、それとも身体が造り替えられたからか、どちらにせよシオンの調子は良さそうだ。

「んと、生きていることかしら？　それとも魔力が回復していることかしら？」

「それもあるが……魔力って……な、なんで魔力が回復してるんだ？　いや、でもこの感じはアタシのじゃない……ッ？」

ようやく自身の身体を巡る魔力に気づいたのかシオンが喫驚する。

「簡単に言えば、魔力が枯渇したシオンに隷属魔法を使ってオレの魔力を供給したんだ」

「……隷属魔法。それだけで人造魔族の魔力を？」

「そうだよ。だが、最後の仕上げが残ってる」

アルスは懐から一個の黒い丸薬を取り出すとシオンに差し出した。

「なんだこれは？」

「へぇ、綺麗な黒曜石ね」

黒い丸薬を受け取ったシオンが首を傾げて、カレンが興味深そうに覗き込む。

「まずは勝手に隷属魔法を使ったのを謝罪するよ」

アルスが頭を下げれば、慌てた様子でシオンは口を開いた。

「あ、アルス……頭をあげてくれ。アタシを助けるためなんだろう？　なら、謝罪なんて必要ない。それよりも、この黒曜石の説明をしてほしい」

「今のシオンの状態だと魔力が切れる度にオレの魔力を分け与えないといけないんだ」

現状シオンの身体は隷属化によって安定しているが、それは一時的なものに過ぎない。

もし今後、魔力が枯渇した状態に陥り、〝肉体再生〟が発動した場合は、前と同じように記憶を代償に回復することになる。それを避けるためにはアルスが定期的に魔力を分け与える必要があるのだが、常日頃から一緒にいるとも限らない。

「そこで、この黒い丸薬だ。これを飲めば離れていても魔力が分け与えられるようになる」

「これを飲めば……だが、本当にいいのか？」

シオンの懸念も理解できる。

彼女の都合次第でアルスの魔力をごっそり奪う可能性があるからだ。

もしそれが戦闘時だった場合、致命的な状況に陥りかねないだろう。ならば、今の状態を維持して魔力が切れた時に、魔力を分け与えてもらったほうが都合は良い。

「気にしなくてもいいぞ。隷属化で結構減るのかなって思ったけどな。それほどでもなかった」

自身がどれほどの魔力を内包しているのか調べる方法は現在のところ存在しない。

【鑑定】や【測定】といったギフトもあったりするが、数値として正確に計れるものではなかった。なので自身の魔力量は感覚で理解するしかないので、他人の魔力をある程度感じ取って自分と比べるのが主流であった。つまり魔力が多い、少ない等には主観が入ってしまうので、感じ取り方に個人差が生まれるのである。

「えっ……それほどでもないのか？　いや……うーん？」

アルスと天井を交互に見て、シオンは何度か不思議そうに首を捻る。

「本当に大したことなかったぞ。感覚的には〝衝撃〟が三回分かな。シオンは燃費がいいのかもしれないな」

「そ……そうか……いや、それでも……気にする必要ないのか？」

壮大なボタンの掛け違いが起きている気配が漂う。

しかし、それを証明する手段もないことからシオンも納得せざるを得なかった。

「……仕方ない。それじゃ、この黒曜石のような丸薬を飲めばいいんだな？」

「ああ、数日かけてオレの魔力を込めて圧縮したんだ。それで完全にオレの魔力が馴染むはず――〝従属化〟って言うらしい」

アルスの説明を聞きながらシオンは黒い丸薬を口に放り込む。

「あっ、水……」

カレンが水を用意していたが、シオンはそのまま飲み込んでしまう。

「もうせっかちなんだから……」

と、呆れながらもカレンは瞳を輝かせてシオンを眺める。

彼女に変化が起きるのを期待したのだろう。

しかし、一向に何も起きないことからカレンが首を傾げた。

「大丈夫？　もしかして失敗した？」

「こういうのは本人にしかわからないからな」

身体の一部が変化したり、光ったりするようならわかりやすいが、残念なことに今の状態を維持するだけの固定化であるため変化など起きるはずがなかった。

「アタシもよくわからないけど……たぶん成功してるんじゃないかな」

手を握ったり開いたりしているが、シオンも不思議そうな表情をしている。

それも無理はないだろう。別に魔力が増減するわけでもないのだ。ただ薬を飲んだだけなのだから体感するのは難しい。

「拒絶反応もでていないようだし、今はそれでいい。いずれわかることだ」

アルスがそう言えば、部屋の扉が何度か叩かれた。

控えめな音は誰が叩いているのかすぐにわかってしまう。

「はいはーい。どうぞ〜」

カレンが軽く返事をすれば、扉を開けて入ってきたのはユリアだった。

その背後にはいつもと変わらずエルザが付き従っている。

「あら、シオンさんお目覚めになられたんですね！」

埃が立たない程度の静かな動作でユリアはシオンに駆け寄った。

「あ、ああ……ユリアにも迷惑をかけた。本当にありがとう」

前から苦手意識があるのか、シオンは頬を引き攣らせつつも頭を下げた。

「いえ、私たちは仲間なんです。感謝の言葉なんて必要ありませんよ」

聖母の如き微笑を浮かべながら、シオンの背中を優しく撫でたユリアは首を横に振る。

その際にビクッとシオンは肩を震わせたが、それが恐怖によるものなのか、驚きによるものなのか判断はつかない。

けれども、そんな反応をされてもユリアの顔を見る限り気を悪くした様子はなかった。

「シオン、それで他に聞きたいことがあるんじゃないの？」

硬直するシオンに助け船をだしたのはカレンだった。

数分前の会話を思い出しての話題転換だったのだろう。

「ああ、そうだ。一つだけ教えてほしいんだ」

カレンから差し伸べられた手をとったシオンは、一番気にしていることを口にした。

「……アタシの仲間がどうなったのか聞きたいんだ」

一気に緊張感が漂う。どうやって説明するべきか、誰もがシオンの心情を慮（おもんぱか）った。

最初に硬直を抜け出したのはカレンだ。

「勝手しちゃって申し訳ないんだけど、皆はあたしが引き取って弔わせてもらったわ。その理由なんだけど——」

カレンが発言するのに躊躇（ため）らいを見せた時、シオンは手を向けて言葉を遮った。

「いや、全て言わなくても大丈夫だ。大体の予想はつく——だから、彼らが眠っている場所を教えてくれないか？　今すぐにでも行きたいんだ」

「ええ、教えてもいいけど、目覚めたばかりなんだから様子を見てからでも……」

カレンが言い終えるよりも先に、シオンは寝台から降りて立ち上がる。

唐突な動きに誰もが呆気にとられた。

シオンは長い間眠っていたせいで筋肉が衰えているはず……と誰もが思っていたようだが、彼女は目覚めたばかりとは思えないほど軽く床の上を跳びはねていた。

「体調ならもう万全だ。むしろ前より元気な気がする」

シオンの言葉は嘘ではない。従属化前は魔力が枯渇寸前で、記憶を代償に回復している状態だったのだ。本人は何も言わなかったが身体的にも多大な影響があったはず。その時と今を比べれば天と地ほどの差があるだろう。

「わかったわ。それなら彼らが眠ってる場所まで案内する」

止めても無駄だと悟ったのかカレンが立ち上がり、ユリアたちに視線を向けた。

「お姉様、アルス、エルザたちはどうする？」

「もちろん、ご一緒しますよ」

即答したユリアに、アルスも軽く手をあげて応え、エルザは無言で首肯した。

＊

蒼穹を支配する魔物が雲を切り裂き、隙間から太陽が顔を覗かせている。

緩やかに流れる雲が千切れて流れていき、穏やかな空気は身体を優しく包み込む。

魔法都市から少し離れた場所にある丘の上にシオンの仲間たちは弔われていた。

地上に降り注ぐ光の中、草花が溢れる美しい場所に五人はいた。

「ああ……ここなら彼らもゆっくりと眠れるだろう」

感動に声を震わせながらシオンは片膝をつく。
眼の前にあるのは華美な装飾もない至って普通の墓石だ。
ギルド名が刻まれた墓標。更にかつてのシューラーたちの名が刻まれている。
その家族も含めれば膨大な数だ。
「すまなかった」
万感の想いがその一言に詰められていた。
そこに込められた感情を口にするのは野暮だとアルスは思っている。
しばらくの間、黙禱を捧げることで、自然の音だけが鼓膜を震わせていた。
満足したのかシオンが立ち上がる。
その背中に哀愁はない。前のように死に急ぐような緊張も感じられない。
優美、あまりにも自然体の彼女の横顔には豊かな笑みが浮かび上がっていた。
「また来る」
そして、振り返ったシオンの表情には何の気負いもなかった。
何かを吹っ切ったのは確かだろう。彼女の中で何かが変わったのは間違いない。
前に進むと決めた者――特有の気配を身に纏っていた。
そんな決意を秘めた彼女を皆が眺めていたが、急に空腹を訴えてシオンの腹が鳴った。
「ふむ、安心したら……腹が減ったな」

照れくさそうに頬を朱に染めながら自身の腹を撫でるシオン。

緊張感の欠片（かけら）もない声音、先ほどまでの厳（おごそ）かな空間は一瞬で壊れてしまった。

「それでは、そろそろ昼食の時間ですし、シオンさんも久しぶりに目覚められたんですから外食にしましょう」

誰もが唖然（あぜん）として口を開けない中、エルザが懐中時計を確認してから提案してきた。

断る理由もないので皆が頷（うなず）くのだった。

＊

魔法都市――商業区、中央通り。

定期的に清掃が行われている清潔な石畳、その両側には並木と水路が整備されており、等間隔に並ぶ店舗もまた様々な色で溢れて商業区を彩っていた。

道路の中央は馬車が走り続けているが、その脇道は歩行者専用となっている。

そこを歩くのは目当ての食べ物を手に食べ歩く五人であった。

「たまにはこういう食べ歩きもいいわね～」

カレンが嬉（うれ）しそうに串焼きを頬張っている。

商業区に立ち並ぶ屋台は主に串焼きが多い。客の舌が肥えているのか、客を引き寄せるためか、どちらかわからないが、高域などに生息する魔物の希少部位が使われていた。

「ほむあれふぉも、たべふぁい」

シオンが串焼きを口に頬張ったまま次の屋台に早足で向かっていった。

「シオンは目覚めても変わらないわねぇ……それでお姉様はもう食べないの？」

「はい、もうお腹いっぱいです。カレンもですか？」

「ん～、あたしも満腹だけどシオンを一人にするわけにもいかないしね。それじゃ二手に分かれましょうか。あたしはシオンに付き添うから、お姉様たちはこの辺で買い物でもしておいて～！」

カレンはそれだけ言い残すと後ろ手を振りながらシオンの背中を追いかけていった。

置いて行かれた三人は、顔を見合わせると同時に嘆息を一つ。

「まったく、カレンは本当に勝手気ままなんですから……」

「仕方ない。なんか適当に買い物でもするか。二人は買いたいものとかないのか？」

アルスがユリアとエルザに目を向けるも、二人は顔を見合わせて同時に首を傾げた。

「特に欲しい物はありませんね」

「わたしもありません。アルスさんは何か欲しい物はないんですか？」

エルザの質問にアルスも腕を組んで考える。

「ないな。そもそも手持ちも少ないからな」

アルスは常に金欠だ。お金が入ってきた端から出て行くのである。

きっとあの日からだ。一人でも十分に稼げる見込みがあると思って、カレンたちに〈灯火の姉妹（ヴィルート・シュヴエスター）〉を出て行くと伝えた時から金欠に陥っている。

最近でもユリアに装飾品を買わされ、エルザにぬいぐるみを買わされ、カレンには高い服を買わされている。他にはシオンの食費が大半を占めていた。支払えなかった場合はカレンに借金をして報酬が入り次第払っていく予定だ。

「でしたら、エルザの下着を買いませんか？」

アルスの言葉を無視して、ユリアが唐突に提案する。彼に何かを気づかせないような強引な話題の逸（そ）らし方だったが、当の本人であるアルスは全く気づいていなかった。

「ユリア様、お待ちください。なぜ、わたしの下着を？」

「カレンが言ってました。地味な下着しかないから、機会があれば選んであげてと」

「地味ですか……？」

いまいちピンとこなかったのか、エルザは今日着ている下着を脳裏に思い浮かべるように視線を斜め上に向けた。

「カレンが言うにはですけどね。なので、今日はせっかくアルスもいるんですから下着を選んでもらおうって考えたわけです」

「……わかりました。アルスさん、下着を選んでもらってもよろしいですか？」

「地味なのかそうじゃないのか、オレには判断できないぞ？」

毎日のようにエルザの下着姿は風呂場で見ているが、派手なのか地味なのか考えたことなどなかった。

「それでも構いません。時間を潰すにはちょうどいいでしょう」

「それもそうか……なら、あそこかな？」

アルスが視線を巡らせたら、すぐに下着専門らしき店舗を発見することができた。

しかし、こんな都合良く下着を売っている店を発見できるものだろうか。

ここでカレンが離れたことを考えれば何か作為的なものを感じる。

「では、早速入りましょうか」

ユリアの声を合図に店舗に入った三人だったが、物珍しさから辺りを見回す。

「へぇ……本当に下着しかないんだな」

「すごい華やかな場所なんですね。天井にまで下着を吊してるなんて別世界です」

「初めて来るのか？　下着を買う時とかどうしてるんだ？」

「カレンが買ってきてくれるんです」

その言葉を聞いて、きっとカレンはエルザだけじゃなくてユリアの下着も買わせたかったのだろう——と思ったが、お姉様至上主義を掲げるカレンのことだからユリアの下着を嬉々として選んでいる可能性もあった。

「そうか……カレンはそういうの得意そうだな。じゃあ、エルザはどうだ？　自分で買ってるんだよな？　こういう店に来たことあるんじゃないか」

「こういった大きな店舗ではなく、小さい店で三枚セットのを選んで買っています」

いつも無表情なのに、胸まで張って今は誇らしげな表情をしている。

よくわからないが眩しさを感じるほどの自信に満ち溢れていた。

「さ、さすがエルザ、三枚セットですか……よくわかりませんが、すごそうですね」

「上級者だな。オレが選ぶよりエルザが選んだほうがいいんじゃないか？　一枚だけじゃなくて三枚セットまであるんならオレの手には負えない」

ユリアとアルスが喫驚を含めた反応をすれば、エルザの口元に珍しく笑みが浮かぶ。

「仕方ないですね。わたしは地味な下着を選ぶようですが、この中で一番の熟練者だと判断致しました。少しお待ちを、三枚セットはどこに置いているのか聞いてきます」

エルザは先ほどの会話を根に持っていたのか皮肉交じりに言った。

それから店員を見つけると意気揚々と近づいていく。その背をアルスは頼もしげに見ていたが、服の袖を引っ張られる感触に気づいて視線を向ける。

「ユリア、どうした？」

「魔王グリムについてです。エルザが調べてくれたんですが、詳細はまだわからないんですが……蠢動しているようで気をつけたほうがいいかと」

「まあ、一度やりあったんだ。あのまま黙って退くとは思えなかったが……ユリアたちには、また迷惑をかけるかもしれないな」

「それはアルスのせいではないでしょう。あちらから絡んできたんですから気にする必要はありません。今後もエルザに探ってもらうので、くれぐれも先走るようなことはやめてくださいね？」

「わかってるさ。こちらは居候の身だ。勝手に動くような真似はしない。ただカレンとの情報共有を忘れるな」魔王が仕掛けてくるのは〝ヴィルートギルド〟だろうからな」

アルスは居候の身だ。所属しているギルドは存在しない。だから、魔王グリムが言葉通り本気で仕掛けてくるなら〝ヴィルートギルド〟ということになる。

「わかりました。カレンとは後ほど話し合おうと思います」

ユリアが頷いた時、エルザが不満そうな表情で戻ってきた。

「残念ですが、このお店では三枚セットは扱っていないようです。でも、低価格の下着がこちらにあるみたいなので、そこから選びましょうか」

エルザに案内されたのは他と比べても、さほど景色が変わらない下着売り場だった。

低価格と言われても高価格との違いがよくわからない。

「どんな違いがあるんだ？」

アルスは近場にあった派手な下着二枚を手に取ってみる。見比べてみても、その違いは理解できなかった。そんな彼の背後から現れたのはユリアだ。

「肌触りが違うんですよ。材質、耐久性、他にもありますが概ね価格の違いはそれです」

「へえ、防具の品質みたいなものか？」

「その考え方で良いと思いますよ。戦闘向けの下着もあったりしますからね」

「何か良いものがありましたか？」

二人して下着を真剣に眺めていれば、エルザがアルスの手元を興味深そうに見てから尋ねてきた。

「アルスさんはそういう下着が好みなんですか？」

「いや、値段の違いが気になっただけだな」

と、言ったところで、アルスの視線はエルザの後ろにある物体に注がれた。

「なあ、これ上下セット？　三枚セットがないならこれでいいんじゃないか？」

手に持ってみると下着とはまた違った材質が使われているようだった。

「それは水着ですね。下着とはまた違います。主に海で泳ぐための装備らしいです。もうすぐ夏ですから売り始めたんでしょうね」

「海か……夏になったら行ってみるか……」

「それは良いですね！　確か〝失われた大地〟にも海があったはずです」

ユリアが嬉しそうに言えば、アルスは過去にちらっと耳にした情報を思い出した。

「確か……岸から離れすぎたら二度と戻れない海だったか？」

〝失われた大地〟は不思議な環境の下に成り立っている。

神々と魔帝が残した瘴気の影響によって、四季を失った大陸北部は不安定な気象に見舞われていた。だからこそ、様々な魔物が生み出されて、魔導師のような特殊な生業を営む連中だけが生き残れる過酷な大地となったのだ。さらに魔族という強力な個体まで生まれてしまうのだから、〝失われた大地〟の特殊性というものは大陸南部よりも際立っているだろう。そんな特殊な環境下にある〝失われた大地〟は、周りが陸に囲まれていながら海まで作り出した。

果てのない海。

一度境界線を越えれば命の保証はできない。

なぜなら、何度も調査が行われたが、果てを目指した者たちが二度と戻ってくることはなかったからだ。しかし、あまりの美しさから高域に進出できる熟練の魔導師たちから〝楽園〟とも呼ばれるほど賑わっており、観光名所として管理しているのは魔族の国ヘルヘイムである。

「岸から離れすぎなければ大丈夫みたいですよ。それに、せっかくですから今日は水着を買ってもいいかもですね。三枚セットもないようですから、無理に下着を買う必要もないでしょう」

「なら、これでいいんじゃないか？」

アルスが差し出したのは先ほどから手にしていた水着だ。

派手な装飾もなく、簡素ながらも機能性と美しさを追求した造りで、黒い生地を基調として大人の魅力を漂わせている。

「えっ、これを、わ、私が着るんですか？」

「試着できるみたいだ。そこで着替えてくるといい。似合ってるかどうか見ないとな」

押しつけるように手渡すと、ユリアは顔を真っ赤にしながら受け取った。

背後にある試着室とアルスを交互に見ながら躊躇(ためら)いを見せている。

「ユリア様、諦めるしかありません。こうなったら着るしかないかと」

エルザがどこか嬉(うれ)しそうな雰囲気を醸し出している。ユリアが犠牲になることで自分が着る必要がなくなったことを喜んでいるのかもしれない。

「わかりました。着替えてきますから──」

試着室に向かうユリアだったが、途中で振り返ってきた。

「アルス、その間はエルザの水着も選んであげてくれますか？」

まさかの反撃にエルザは驚いたのか、口をポカンと開けたまま固まってしまった。

「ああ、わかった。選んでおくよ」

硬直するエルザを放置して、アルスは新たな水着を探すことにした。

もうすぐ夏がくるせいか、女性向けの店なだけあって水着が豊富にあった。

その中で、アルスは布面積が一番少ない水着を手に取る。

「ほら、エルザこれどうだ？　涼しそうだぞ」

「あ、アルスさん……これは紐では？」

アルスが差し出したのは紫の水着。大事な部分を隠せるぐらいの面積しかなかった。

さすがのエルザも顔を真っ赤にしてしまうが、そんな彼女を見てアルスは首を傾げる。

「紐かどうかは、着てみたらわかるんじゃないか？」

「えっ……ですが、さすがに人前でこれを着るのは恥ずかしいと言いますか……」

「いいじゃないですか、エルザ、私も着たんですよ」

声が聞こえた方角に目を向ければ、ユリアが試着室の幕を開けていた。

腰に左手を当てながら、天上の美とも言える見事な造形を惜しげもなく晒している。

「似合ってるな。さすがユリアだ」

「ほぇ……？」

挑発的な笑みを浮かべていたユリアだったが、アルスにしては珍しい褒め言葉に動揺を隠せなかった。彼の口から女性が喜ぶ言葉が咄嗟にでてくることが信じられなかったのだろう。しかし、アルスは日頃からカレンの買い物に付き合わされている。衣料品店にも何度か訪れたことがあるし、そこでカレンから女性の喜ばせ方――随分と偏った知識ではあるが一応は教わっていた。

「でも、もっと綺麗なユリアが見たいな。だから、次はこれを着てくれるか」

エルザとは色違いの紐状の水着を手渡す。ユリアの顔から血の気が引いていく。

「あっ、待ってくださいね。ちょっとこの水着を脱ぐのに時間が――」

「お待ちください。ユリア様、お手伝い致しますよ」

「け、結構です！　一人で着替えることができます！」

「そうですか、それは安心致しました」

「あっ……」

「ふふっ、では、わたしはユリア様が着替え終えるのをお待ちしておりますね」

絶望的な表情を浮かべるユリアの肩を押したエルザは、そのまま幕を閉めると同時に勝利を確信したのか笑みを浮かべた。

しかし、彼女の喜びも束の間で、一瞬にして地獄に叩き落とされる。

「エルザ、隣が空いてるから、そっちで着替えたらいいだろ」

「えっ……？」

「いや、ユリアの隣が空いてるんだから、そっちで着替えたらいいだろう？」

「ですが……」

安堵から恐怖へ流れるような表情の変化は見事なものだ。

反論もできずにエルザは背中を押されて、そのまま試着室に水着と共に押し込まれた。

やがて二つの試着室から会話が漏れ聞こえてくる。

足に絡まったやら、着にくいやら、一緒に見せるやら、様々な言葉が飛び交っていた。

そんなやり取りも聞こえなくなると、試着室の幕が同時に開かれた。

羞恥心から顔を真っ赤に染めるユリアと、どこか遠い目をしながらも耳を赤く染めているエルザ。そんな二人の見事な水着姿を見て周りから感嘆の声が漏れ聞こえてきた。

アルスが周りに視線を向けると、女性店員たちがいつの間にやら集まっている。

同性でも見惚れてしまう見事な美貌を持つ二人なのだから、女性店員たちが頬を赤く染めるのも仕方がないことだ。

そして、誰もが無言になってしまい、全ての視線は黒衣の少年に向けられた。

つまり、早く感想を言えという重圧であったが、アルスは腕を組むと二人をジッと眺めるだけで何も言わない。そのせいで二人の身体はどんどん桜色に染まっていく。そのせいで余計な色気を醸し出しているが、それでもアルスは動じない。

「似合ってる――……と思うが、これは着る意味があるのか？　いや、だからこそ？」

アルスは褒めようとしたが、我慢できずに思わず本音が口から飛び出してしまった。

裸に糸を垂らしているようにしか見えない。むしろ、邪魔なんじゃないかとアルスにはそう思える。しかし、これには何か芸術的な要素が盛り込まれているのかもしれないと考えれば評価が難しいところだった。

「やっぱりそうですよね!? これ裸と変わりませんよね!?」

「いえ、これは………裸よりも恥ずかしいとは思いませんでした」

アルスの言葉で現実に引き戻されたのか、ヤケになった様子のユリアとエルザが羞恥心に耐えられず、すぐさま幕を閉めて消えていく。

「あ、アルス! 先にカレンたちと合流してくれませんか?」

試着室のユリアから動揺と照れが入り交じった声が届いた。

「わかった。なら、先に合流してるぞ」

アルスは店を後にすると、中央通りにでて辺りを見回す。

獣族、エルフ、ダークエルフ、様々な人種が行き交い、豪華な装飾が施された馬車も走っている。眺めているだけで飽きることなく時間が潰せるほど圧倒される光景だ。

こんな場所から目的の人物を探せるかと言えば難しくはない。

屋台が並ぶ一角に目を向けると大量の白煙を立ち上らせる店を見つけた。

他の人と衝突しないように気をつけながら、アルスが目的の場所に辿り着くと呆れた表情のカレンと、大量の串焼きを手にして、肉を口に頬張るシオンの姿があった。

「あら、アルスじゃないの。買い物は終わったの?」

何やら企んでいそうな含みのある笑みを浮かべながら、その紅眼は観察するようにアルスを捉えていた。

「ああ、選び終わったし、本人たちも満足そうだったから、たぶん買うんじゃないか？」

アルスは耳が良い。ギフトが【聴覚】なのだから当然のことだが、退店する前にユリアとエルザが互いに買うかどうか相談している声が聞こえたのだ。

声音から判断するに照れが混ざっていたが、かなり前向きに購入を検討していた。

「へえ、どんなの選んだのか楽しみね」

「すぐそこの店だ。入って確認してみるか？」

「いえ、やめておくわ。今から揶揄ったりしたら買わなくなっちゃいそうだし、それに店内は食べ物の持ち込みは禁止よ」

カレンが親指でシオンを示した。

器用なことだが両手いっぱいに串焼きを摑んだ彼女は満足そうな笑顔を作っていた。

元々が健啖家だから四日も眠り続けた彼女の胃袋は餓えに餓えているだろう。

止めるつもりもなければ止める術もないので、彼女の胃袋が落ち着くまで放置だ。

「すぐそこに噴水広場があるから休憩しましょう」

「ユリアやエルザに言わなくてもいいのか？」

歩き始めたカレンの背中に向けてアルスは言った。

「それなら大丈夫。結構有名なのよ。商業区ではぐれたら噴水広場で待ち合わせするのが暗黙の了解みたいになってるわね」

「そうなのか……なら、シオンも今の量で十分そうだし、そっちで待つか」

後ろを一瞥して黙ってついてくるシオンを確認する。

他の屋台に目移りしないところを見るに、今の手持ちだけで十分満足できるのだろう。

「いい場所だな」

端的にアルスは評価する。噴水広場に辿り着けば和気藹々とした空間が広がっていた。

子供を連れた男女、玩具の剣を掲げて駆け回る少年たち、お洒落な屋台に群がる少女たち、噴水の周りに置かれた長椅子には幸せそうな顔をした老いた男女の姿もあった。

アルスたちは他の人と同じように噴水の縁を椅子代わりに座ることにする。

「ユリアに聞いたが、魔王グリムが妙な動きをしているらしいな」

先ほどユリアから聞いた話を伝えれば、カレンは難しそうな表情で唸った。

「ふむぅ……こちらから仕掛けることはできないから待つしかないのよねぇ」

カレンが言うには奇襲の心配はしなくても良いそうだ。

魔王だとしても魔法協会の許可なく他のギルドに戦争を仕掛けることはできない。

しかも、それが〝数字持ち〟でもないギルドだとすれば、魔王からの申請だとしても許可が下りるかどうかわからない。なので、許可を得るために奔走しているのではないか、それがカレンの推測だった。

「魔王っていうのも窮屈なんだな」

「まあね～。昔はそういったルールもなかったから、魔王が好き勝手に戦争を起こして魔法都市が壊滅寸前まで、なんて話もあるのよ。一時期は殺し合いをしすぎたせいで魔王がいなくなった時代もあったみたい。そういう馬鹿な時代を反省して、または参考にすることで魔王の数も増えていき、ギルド同士の戦争ルールが明確化されるようにもなったみたいよ」

カレンは苦い笑みを浮かべる。そんな彼女もまた魔王を目指す一人だ。

最初はヴィルート王国をアース帝国の侵略から守るために魔法都市を訪れた。

しかし、魔法都市で暮らすことでその想い(おも)より自身の夢が勝るようになったのだろう。

最初、アルスが彼女に出会った時、二十四理事(ケリュケイオン)まであと二つだと言っていた。

その一つ上は魔王、目指さない理由はない。手を伸ばせば届く位置にいるのだから。

言葉にしたことはないが、その心の内では決めているはずだ。

「聞いておきたいことがあるんだが……もし魔王グリムが仕掛けてきて、その戦いに勝ったとしたらカレンは魔王になれるのか？」

「あ～……それね。たぶん無理だと思う」

曖昧な答えを呟(つぶや)くと、説明が足りないと思ったのかカレンは続けて口を開いた。

「正確に言えば〝数字持ち(ナンバーズ)〟以外で、魔王ギルドに勝ったギルドはないからわからない。

でも、魔王への挑戦権もない第四位階のあたしが率いる二桁ギルドが勝ったところで、魔王の座が貰えるとは思えないわね。そもそも前例のないことだから、古き良き時代を好む二十四理事は絶対に受け入れないと思うわ」

「そうか、なら魔王グリムは負けても失うものは――」

と、アルスは途中で言葉を止めた。脳裏になにかが引っかかったからだ。

その答えが形になる前に、隣のカレンが立ち上がって駆けていった。

「お姉様～！」

彼女が抱きついた相手はユリアだ。その手には派手なデザインをした袋があった。

アルスが選んだ水着を買ったのだろう。

カレンも興味を抱いたのか、その手にあるものに視線を注いでいた。

「あら、お姉様、下着買ったのね？」

「いえ、三枚セットがなかったので下着は買いませんでした。そちらは後日として、今日は水着を買ったんですよ」

「へぇ……なんで水着になってんのかわかんないけど、見せてもらってもいい？」

「だ、ダメです！」

「そんなに顔を真っ赤にしちゃって、一体どんなの買ったのよ」

呆れた視線を姉に向けるカレン。ユリアは抵抗するように袋を抱きしめていた。

そんな二人から気配を消して眺めるのがエルザだ。巻き込まれないようにしているのだろう、見事に気配を殺していた。

そんな三人を眺めていたら、アルスの頬に何かが押しつけられる。眼を動かして隣を確認すれば串焼きの肉をアルスの頬にぶつけるシオンがいた。

「シオン、これはなんの真似だ……いつから串焼きは武器になった？」

「食べさせてやる。口を開けろ。あ〜んだ」

前回、一緒に食べ合ってから、シオンが妙に嵌まっていたのを思い出した。

食べなかったら五月蠅そうなのでアルスは素直に肉に齧りついて引き千切る。

そんなアルスの姿を見て、シオンは満足そうな表情を浮かべた。

「さっきの話だが――」

シオンの言葉を制してアルスが自身の言葉を被せた。

「まさか、また一人で行くつもりか？」

仲間の仇だったクリストフは彼女の手で終わらせた。しかし、シオンたちが負けた原因は魔王グリムであり、彼もまた復讐対象となっていてもおかしくないのだ。

だから、確認だけはしておかないといけない。

固執してまた単独突撃するような真似はもう許すことはできなかった。

「勘違いするな。もう無茶はしない。ただ協力したいだけだよ。これでも二十四理事の一人だったんだ。三年前で情報は止まっているが多少は役立つかもしれない」

串焼きを美味しそうに頬張る姿からは想像できないが、一応はシオンも三年前までは魔王の補助的役割を務めている二十四理事の一人だったのだ。魔法都市の頂点に立っていたと言っても過言ではないだろう。

「確かにそうだな。なら、エルザに協力してやってくれないか?」

魔法協会や二十四理事についてはエルザが情報収集を担当している。

魔法協会について詳しい友人がいるらしく、ユリアと共に足繁く通っていた。

「わかった。後で情報を共有しておこう。まあ、三年前と違って、現在は魔王も含めて二十四理事のほとんどが入れ替わったようだがな――ほら、食べろ。あ～ん」

差し出された串焼きについた肉にアルスが噛みつけば、その様子を満足そうに見たシオンが反対側から肉に齧りついた。

「ちょっと、紐じゃないのこれ!?」

悲鳴のような叫び声が聞こえて、目を向ければカレンが派手な袋からユリアが購入した水着を引っ張り出していた。

周囲に意識を向ければ人々の視線が紐状の水着へ向けられている。そんな大勢の視線に晒されたユリアは羞恥心で顔を真っ赤に染めており、そんな清楚な雰囲気を身に纏う彼女とは真逆をいく水着の登場に周りの人々から、どよめきのような声があがった。

「な、なにをしてるんですか、すぐに片付けてください！」

ユリアはカレンから水着を奪い取ると、すぐに袋にしまい込んでもう奪われないように胸元に抱きしめた。

「お姉様がこれなら、エルザは何を買ったのよ——いや、えっ、もしかして、全裸だったりする？」

「はぁ……いいですか、カレン様、全裸は買うものではありません。そもそも、わたしをなんだと思っているのですか、ちゃんとユリア様と色違いの水着を買っていますよ」

わざとらしく表情がコロコロと変わるカレンに、エルザは胡乱げな眼を向けてから頭痛を抑えるようにこめかみに手を当てる。

「いや……それ、どうせ紐なんじゃん。それはそれで問題はあると思うんだけどさ……それにエルザならもっとこう——なんていうか、透明とか卑猥で大胆なものを買ってもおかしくはないかなって思ったわけ」

「本当にカレン様はわたしのことをなんだと思っているのですか」

「んと、アルスがいるお風呂場に全裸で突撃するムッツリでスケベな女ね。紐のような水着で満足するはずがないじゃない」

即答だった。会話の内容もそうだが断言されたことでエルザは口をパクパクさせる。

珍しい表情を引き出せたことで、カレンは満足そうに何度も頷いた。

奇妙な盛り上がりを見せる三人、興味を覚えたのか食事を終えたシオンが近づく。

「そんな面白い水着があるのか……」

「あら、シオンも興味があるの？」

「ああ、アルスが喜ぶなら買っておいたほうがいい。カレンも一緒に買いにいこう」

「えっ、ちょっと待って、なんで、あたしまで買わなきゃいけないのよ」

シオンがカレンの肩に腕を回して、先ほどの衣料品店に向けて強制的に歩ませる。

カレンが抗議の声をあげてもシオンは無視して首だけをアルスに向けた。

「アルス、さっきの水着だけど、他にも種類は？」

「紐なんだから種類があるのかわからないが、色違いならいくつかあったと思うぞ」

「なんで色違いまで置いてんのよ。そんなに需要あるのアレ!?」

素直に答えたアルスに反応して、カレンは天を仰ぐとこの世の無情を込めて叫んだ。

「いいじゃないですか、姉妹でお揃いにしましょう。きっとカレンも似合いますよ」

「さすが、ユリア様。素晴らしいご提案だと思います。美人姉妹のあられもない姿を見れば朴念仁のアルスさんも喜んでくれるかと」

ユリアやエルザにとって犠牲者が増えることは歓迎であった。

シオンだけ若干乗り気なのが気になるところではあったが、これで水着を着る場合に備えての対策が可能となった。本当に海へ行くことが可能になった時、出来る限り人目につかない場所で水着を着るためにだ。カレンを犠牲者側に引き込んだことで、ユリアたちはそれが容易(たやす)く達成できることになったと、内心でほくそ笑んでいたのである。

「さあさあ、売り切れる前に店に行きましょう。試着もしましょうね。アルスに見せましょう」

ユリアはカレンとシオンの背を押しながら中央通りに向かっていく。その後ろに付き従うのはエルザだ。

そんな彼女たちから視線を切ったアルスは、頭上を越えて雲を貫く塔を見上げた。

バベルの塔——最上階付近は魔王たちが支配する階層であり、上階が二十四理事(ケリュケイオン)たちが住まう場所となっている。他にも彼らが率いるギルドの店舗などが入っており、世界中から集まる魔導師たちが利用することで莫大(ばくだい)な利益をあげている。

それが魔法都市の頂点に立っている彼らの特権であり、それを奪われまいと必死になって這(は)い上がってくる者たちを蹴落としている。

「……少し早い気もするが、後悔させないといけないからな」

アルスは淡々と呟く。

嘲ることはない。虚勢があるわけでもない。油断しているわけでもなかった。

その瞳の奥にあるのは、これまで抑えていた凄(すさ)まじい怒り。

「オレから奪おうとしたんだ。魔王グリム、その報いは受けてもらうぞ」

瞬きを何度か繰り返した後、アルスは歩み始める。

その視線は既にユリアたちに向けられていた。

＊

〝失われた大地〟には〝魔都〟と呼ばれる魔族が造り上げた小都市が存在する。

国家の名はヘルヘイム。

高域に存在する都市は魔物の侵入を阻むように高い壁に囲まれており、人々が出入りする巨大な門は一切合切を拒絶するように固く閉じられている。

しかし、ひとたび中に入れば、そこは魔法都市と変わらない活気で溢れていた。

建造物の大きさは魔法都市と比べても大きい。その理由は住んでいる者たちのせいだ。

〝失われた大地〟に住むのは、ほとんどが魔族であり、その身体は人間と比べても二倍から三倍も個体によって大きさが違う。だから建造物は比較的大きく造られている。

そんな魔都と呼ばれる小都市にはエルフはいない。なぜなら聖法教会がヘルヘイムと国交を結んでいないどころか敵対しているからだ。そういった理由により、聖法教会に所属していないエルフでも、勘違いや悪目立ちを避けるため魔都に近づかない。

それにヘルヘイムは魔族を認めている国とだけ交易を行っていた。

だから獣族や竜族といった亜人と呼ばれる者たちの姿が魔都には多く見られる。

あとは女王によって隷属された魔物と魔族が街を闊歩していた。

しかし、例外が存在するのは世の常である。

魔族の国家ヘルヘイムは、人類国家圏では珍しく魔法協会とは友好的な関係を築いている。その理由は魔法協会が〝失われた大地〟にある資源を定期的に入手する手段を模索しており、対してヘルヘイムは人類国家圏に存在する食料や情報を欲したことで両国はめでたく手を結ぶことになった。と、言われているが事実は違う。

実は二百年ほど前に魔法協会とヘルヘイムとの間に戦争が起きた。

その結果、魔法協会は幾人もの魔王を失って多大な損害を受けたとされている。

「はっ、情けねェよな。特記怪物六号〝女王〟──ヘルヘイムの女王ヘルに敗北したことで、当時の魔法協会はほとんどの要求を受け入れやがった」

悪態をついたのは魔王グリム──彼は現在、魔都にある高級宿屋の部屋にいた。

豪華絢爛な部屋で入口にはギルドメンバーが集っている。

出立の準備をしているのだ。

そして、グリムはソファに座って、目の前に座る人物と会話をしていた。

「そうねぇ……でも、魔法協会の主張としては敗北だけはしてないらしいわよ。あくまでも対等だからこそ条約を結んだらしいわ」

艶のある茶の髪を持ち、その肌は白くキメ細かい。端整な顔立ちだが、その鋭い茶眼は鷲（わし）のようで見る者に畏れを抱かせる。胸元が見えるほど大きく開かれた服装は、その人物の魅力を存分に引き立てるものであった。

言葉使いと格好さえ普通にすれば婦女子から黄色い声をあげられることだろう。

彼の名はサーシャ・レバン——魔王の一人にして第四冠であり、魔王グリムとは長い付き合いのある友人のようなものであった。

「その結果が〝廃棄番号（アンチテーゼ）〟だ。こっちが文句も言えない立場だとわかってるんだ。そのせいで被害は増える一方だぜ。ふざけやがって……手に負えなくなる前に——二百年前に確実に女王ヘルは殺しておくべきだった」

二百年前の戦争で魔法協会の被害は甚大だったと言われている。

数人の魔王を失ったそうだが、ヘルヘイムの女王も追い詰められていた状況だった。

勝つには更なる犠牲を必要としたが、新たな戦力を投入していれば戦争に勝てていただろう。しかし、当時の魔法協会は継戦を断念してしまった。

かつてのトラウマを思い出したからだ。

魔帝と神々が争ったことで魔法協会の存続が危ぶまれた時代があったことを。

ヘルヘイムの女王ヘルとの戦いで、魔法協会の権威が失墜することを恐れてしまったのである。そこからは早かった。相手の要求のほとんどを受け入れてしまったのだ。

そして、女王ヘルは今では手も出せないほど強大な存在になってしまった。

「なぁ、サーシャ……今やりあったらどうなると思うよ」

「勝てるでしょ」

お茶を飲みながら、笑みを浮かべたサーシャは気軽に言った。

「本気かよ？」

「魔法協会が全力を出せば勝てない相手はいないわぁ。それこそ聖法教会が相手でも負けるとは思えない。それだけの戦力が魔法都市にはあるのよ」

「全力で戦えればの話だろうがよ。そいつはただの現実逃避ってやつじゃねェか」

十二人の魔王を筆頭に、二十四理事(ケリュケイオン)たちが力を合わせて、〝数字持ち(ナンバーズ)〟以外のギルドも協力してヘルヘイムと事を構える。

そうすれば魔法協会の勝ちは揺るがないだろう。むしろ、負ける理由を探すほうが難しいかもしれない。しかし、所詮は夢物語、荒唐無稽(こうとうむけい)で馬鹿馬鹿しい話であった。

「今は歴代最強の魔王が揃ったなんて言われちゃいるが、どいつもこいつも——俺も含めて我(が)の強いやつしかいねェ。手を組んで仲良くヘルヘイムの女王を倒しましょうって言える奇特な魔王は存在しないんだよ」

「あらぁ、ワタシならグリムちゃんと手を組んでもいいわよ？　でも、勝算がないなら特記怪物を相手にするのは難しいわねぇ。だって負の遺産だもの。意味はわかるでしょ？」

特記怪物——魔法協会が討伐に失敗した魔物や魔族たちのことである。

過去の魔法協会は、凶悪な魔物や魔族と対話が可能であったり、友好関係が結べると判断されたなら、ヘルヘイムの女王のように望みを聞いて要求を受け入れることで大人しくしてもらっていた。もちろん聞き分けの良い者ばかりではない。その場合は魔王も重い腰をあげて討伐に乗り出すのだが、容易に討伐できたとは言えず多大な犠牲を払ってきた。情けない話だが、他国や聖法教会へ押しつけ巻き込んだりもして討伐してきた過去もある。

そもそも、そんな魔物や魔族が現れるのは珍しいことだ。

だから現在、特記怪物に数えられている魔物や魔族は少ない。

それでも過去に討伐できなかった特記怪物たちが残っているのは事実、問題の解決を先送りにしてきたことから負の遺産と呼ばれているのだった。

「過去の魔王たちがきっちり倒しておけば、俺たちが苦労することなかったんだろうけどな。記録を調べる限りヘルヘイムの女王ヘルは確実に殺せたはずだ。いや、他にも倒せた特記怪物は多い。間違いなく過去の魔法協会の怠慢だろ」

「だから、負の遺産なんでしょ～。それだけ強かったってことよ。そして今は昔よりも強くなっているの。それに女王ヘルは二百年前から友好的な態度なんだから、わざわざ仕掛ける必要もないじゃないの」

呆（あき）れた様子でサーシャが嘆息すれば、グリムは納得できないのか不満そうな表情だ。

「友好的ね……それが本当だったらいいがな。〝廃棄番号〟を流してくるような奴をどうやって信用しろってんだ？」

過去にヘルヘイムと魔法協会が結んだ条約の一つに、ヘルヘイムで罪を犯した者を人類国家圏に放逐する。というものがあった。

どんな話し合いをすれば、そのような取り決めが生まれるのか理解するのは難しい。

だが、過去にそのような理不尽な条約が結ばれてしまったのだから仕方がない。

魔法協会は何度も見直そうとしたのだが、誰が女王ヘルと交渉するのかと尻込みしてしまう。常日頃から高圧的な態度で他者に接する二十四理事や魔王たちも、魔族に頭を下げることができず、また討伐できるという自信もなく、ちっぽけな矜持を守るために条約が放置されてきたのが過去から続く現在の話だ。

「女王ヘルはな。長い年月をかけて人類を弱体化させてんだよ」

女王ヘルは自身に刃向かった者を犯罪者として人類国家圏に送り込む。

しかし、権力闘争に敗れて故郷を追い出された魔族は再起を図ろうとする。

力をつけて再び女王ヘルに挑戦するために強者を求めて戦いに明け暮れるのだ。

迷惑極まりない行動だが、それは女王ヘルの目論見通りだろう。

人類国家圏にいる将来的に敵になりそうな者たちを、自身が手を下さずとも追放した〝廃棄番号〟が勝手に始末してくれるのだ。

笑いが止まらないに違いない。失敗しても〝廃棄番号〟を失うだけで痛くも痒くもない。また新たに自身に刃向かった愚か者を送り込めば済むだけの話なのだ。

人類が〝廃棄番号〟の対処に追われている間に、女王ヘルは時間を稼ぎながら力を蓄え続けてきた。

「……あの性悪魔族は遊んでやがるのさァ。人類が慌てふためく様を、無様に殺されていく光景を見て嘲笑ってやがるんだ」

グリムは鼻筋に皺を作り、苛立ちを隠そうともせず舌打ちをする。

「グリムちゃん……あなた……」

サーシャは驚いたように目を見開くと何度も瞬きを繰り返した。

そんな彼の様子に気づいたグリムは、髪を無造作に掻いてから、何かを吐き出すように深く嘆息する。

すると、瞬く間、先ほどの興奮しすぎて殺気を放っていたグリムは鳴りを潜めた。

「……まあァ、なんだ、いずれ女王ヘルは殺すさ……いずれな……」

ソファに身体を預けて天井を見つめるグリム。その瞳には先ほどの激情が垣間見えていたが、決して表情にでることはなく数秒後には瞳からも霧散していった。

「その前にやらなきゃいけないことも多い——って、そんな顔すんなよ。心配しなくても魔王としての義務は果たすぜ」

「あら、いつもよりワタシ美しい顔になっちゃってたかしらぁ？」

筋肉質の身体をくねくねさせるサーシャが冗談を滲ませながら白い歯を見せた。

その様を見て鼻で笑ったグリムは口を開こうとするが、

「サーちゃん！　今日も筋肉すごいね！」

横合いから現れたのはサブマスターのキリシャだった。

「はろぉ～、キリシャちゃーん。お久しぶりねぇん」

何が楽しいのかわからないが、二人は手を叩き合って笑っている。

そんな彼女たちに苦笑を向けたグリムは興が削がれたのか、すっかり冷めた紅茶を飲みながらいつものように軽口という名の暴言を吐くことにした。

「ふん、てめぇら二人が揃うと相変わらず気持ち悪いな」

「もう、そんなこと言わないでよぉ～。乙女に向かってそれは禁句よ。グリムちゃんじゃなかったら張り倒してるところだわぁ」

上腕二頭筋をちらつかせながらサーシャが白い歯を輝かせた。

そんな彼の腕を叩きながらキリシャがケラケラと笑う。

「グリちゃんは嫉妬してるんだよ。あたしが大好きだからね」

「ちげェよ。なんで、てめェみたいなガキのために嫉妬しなきゃなんねェんだ」

「はいはい。わかってる、わかってるよ～。あたしはグリちゃん一筋だからね～」

グリムは否定するがキリシャは取り合わない。

むしろ、ニヤニヤと嫌みったらしい表情でグリムの頭を撫でにきた。

調子が狂う。しかし、キリシャが唐突に割り込んできた理由もグリムはわかっている。

サーシャとグリムの間に不穏な気配が漂っていたからだろう。

空気を壊すために現れたのだ。

キリシャはサブマスターなだけあって空気を読むことに長けた優しき幼女だ。

しかし、天使のような見た目に騙されると痛い目に遭う。

彼女は飾りではない。サブマスターに恥じぬ実力を有しており、その天真爛漫な容姿からは想像もつかないほど頭もよく回るのだ。

「それでキリシャ、帰り支度は済んだのか？」

「うん、さっき点呼もとったから、いつでも中域に向けて出発できるよ」

グリムたちは魔法協会から受けた強制依頼を終えていた。しかし、魔法都市に急いで戻るよりも、魔都で一度休息してから帰還することにしたのだ。

高域は帰還魔法の類いは使えない。もし、使ったとしても目的の場所には辿り着けない。

それは瘴気の影響だと言われている。高域は中域や低域に比べて瘴気が濃い。そのせいで転移魔法などが影響を受けて座標を狂わせる。

原因がわかっているので解決方法は単純で明快だ。

その元凶である瘴気を断ち切ればいい。しかし、魔物以外が瘴気に手をだせば精神が汚染されて廃人化に一直線である。しかも、その周りには強力な魔物も徘徊しているので迂闊に手をだせば待つのは死だ。

そういった様々な理由によって、人々は高域から徒歩で中域に戻ってから魔法都市に転移魔法などを使って帰還するのが常識となっていた。

それは魔王グリムが率いる〝マリツィアギルド〟も変わらない。

「準備が終わったなら、少し街で遊んでこい。昼飯を食ってから南門に集合だ」

グリムは金貨を取り出して何枚かキリシャに手渡す。彼女をこの場からさっさと追い払うという意味もあるし、メンバーたちにも食事を振る舞えということでもあった。

「サーシャとの話が終わったら俺も向かうからな」

「は〜い。なら、いつものところで食べてるからね」

「ああ、わかってると思うが念のために言っておく。魔族の連中と問題は起こすなよ」

魔族や魔物で溢れる魔都にも法は存在する。

無作法は許されず勝手気ままに魔族を狩ることは犯罪となる。

彼らの国なのだから当然のことだが、魔族が憎いからと言って問題を起こせば不利になるのはこちら側というわけだ。

人類国家圏では魔族に人権は無きに等しいが、〝失われた大地〟では人類と同等であり、その強靭さで比べたら若干であるが魔族のほうが格上かもしれない。

しかし、この事実を知るのは高域に進出できる一部の者たちだけである。

中域や低域を住処にする常人たちは、魔族の国があることは知っていても、〝失われた大地〟で彼らが人類と同じように法の下で生活を営んでいることなど知る由もない。

ほとんどの者がヘルヘイムを退廃地区のような場所と想像しており、無秩序で不衛生的な野蛮人の住処という認識が人々に植え付けられている。

だから、高域に進出できる実力を有してから、人々はようやく現実と向き合うことができる。女王ヘルが治める小都市を訪れて、整然とした街並みに驚き、ヘルヘイムという魔族国家の存在を改めて認識することで、彼らの本当の力を痛感するのだ。

「うん。ちゃんと言い聞かせるから大丈夫だよ」

嬉しそうに金貨を握り締めてキリシャが部屋からでていく。

その愛らしい姿を見送ったグリムは嘆息を一つしてから気持ちを切り替える。

「それで、サーシャ、てめェは一体なにしに来やがった？　女王ヘルの話を振って俺の気分を害しに来ただけなら、喜んでその喧嘩を買ってやるけどな」

いつもの調子を取り戻したグリムを見てサーシャの笑みが深まる。

「うふっ、ワタシのギルドも遠征だったから世間話に来ただけよん」

「いいから、早く答えろ。本当に顔を見に来ただけなら、俺はもう行くぞ？」

立ち上がろうとしたグリムに、サーシャは慌てたように両手を突き出して止める。

「わかったわよぉ、本当にもうせっかちなんだから！」

強引なところも嫌いではない。そう言いたげにサーシャは上半身をくねくねさせる。

それもグリムに睨まれたことで真面目な顔になったが、先ほどまでの軽い雰囲気は隠しようもなく、どこか珍妙な空気が滲み出ていた。

「ま、いいわ。変な噂が流れてるわよ」

「変な噂？」

「ええ、高域だと人類国家圏からの情報が入ってくるのは遅いし、なにより変な噂というのは誰でも知ってるわけじゃないから……だから、それを教えてあげようと思って来てあげたのよ」

一度言葉を切ったサーシャは意を決したようにグリムを見つめる。

「怒らないでほしいんだけど、クリストフちゃんが殺されたって噂が流れてるわ」

「…………そうかい」

怒りを買わないように言葉に気をつけたつもりだったようだが、グリムの返答はとてもあっさりしたものだったのでサーシャは驚いた。

「あら、その顔だと本当なの？　えっ、嘘でしょ？」

「本当だよ。クリストフの野郎がヘマして死にやがった」

「そう………あのクリストフちゃんが、ね」

近くの急須に手を伸ばしたサーシャは、勝手にお茶をいれて静かに喉を潤す。

「それで、黙ってるつもりはないんでしょう？」

グリムは苛烈な性格を思わせる言動が多く、癇癪持ちな人間だと周囲に思われている。

その認識は決して間違ってはいないが、グリム自身が体面を気にする余りに暴力的な言葉を選んだことから誤解を生んだとも言える。その辺りは自業自得なのだが、長い付き合いであるサーシャは彼の内面をよく知っていた。その実、意外に情が厚い人柄であり、身内に対してはとことん甘い性格をしていることを。

だからこそ、今の態度が信じられないのだ。

仲間が殺された。身内に甘いグリムにとって到底許しがたいことのはず。

なのに、なぜ、こうも冷静でいられるのか、呆気にとられるサーシャだったが、グリムが静かに視線を向けてきたことで緊張から思わず背筋を伸ばした。

「それで、相手が誰だか教えてほしいのか」

「あら、教えてくれるの？」

「いやァ、俺の獲物だ。渡すつもりはない」

「でしょ。なら、ワタシは何も聞かないわ」

サーシャは、ますますグリムのことが理解できなくなった。

先の会話から察するに、グリムがクリストフを殺した仇を知っているのは間違いないだろう。しかし、あまり固執していないように思えた。

どちらかと言えば、仇である相手を気にはしているが、クリストフの死に関してグリムが気概を持っているようには見えない。

一体どのような心変わりがあったのか気になるところだったが、探りを入れたところでグリムは追及を躱し続けるだろう。無駄な労力を割くぐらいなら、当初の目的であった話を進めておいたほうがいいとサーシャは判断する。

「話が逸れたけど……ここから本題。気をつけたほうがいいわよ」

「あァん？　なにをだよ？　俺が負けるってか？」

怪訝な表情を浮かべて憎まれ口を叩くグリムを見ていると、サーシャは懐かしい気持ちが込み上げてくる。そんな感情を表したところでグリムは気にも留めないのはわかりきっていた。だから今はその気持ちに蓋をする。

「さっきの話と無関係じゃないけど、その噂話に二十四理事が絡んでいるのよ」

「ちっ、相変わらず面倒な連中だな。それで俺の足を引っ張ろうとしてんのか？」

「それが奇妙な話なのよね。さっきのクリストフちゃんが殺されたって話に繋がるんだけど、二十四理事が裏から手を回しているらしくて、まだ噂程度で済んでるみたいよ」

二十四理事たちが魔王の座を狙っているのは周知の事実だ。

魔王グリムの頭脳とまで呼ばれた男が死んだ。しかも、グリムから留守を任されておきながら、〝数字持ち(ナンバーズ)〟以外のギルドに襲撃されて死亡したのだ。

普通ならその死を利用してグリムの権力を削ぎにかかったはずだが、現状はまるで庇(かば)うように情報を封鎖して、クリストフの死を隠匿しようとしている。そんな奇怪な動きを見せたことで逆にサーシャのような魔王に感づかれたとも言えた。

「ふぅん……何を狙ってると思う？」

「まず好意なんてもんじゃないわね。きっと何か企(たくら)んでるのは間違いない。クリストフちゃんが死んだことで、グリムちゃんのギルドが戦力低下したのは間違いないもの」

一度言葉を切ったサーシャは数字を数えるように指を折り曲げていく。

「研究施設もいくつか失ってるし、それに伴ってギルドメンバーにも被害がでてるでしょ。しかも、グリムちゃんを含めた主力は遠征中。こんなに隙だらけで狙い目なのに全く手を出さないっておかしいでしょうよ」

矢継ぎ早に飛んで来る言葉に、グリムは鬱陶しそうに顔を顰(しか)めた。

「落ち着けよ。よくそこまで調べたもんだと感心したいところだがな……」

サーシャに猜疑心(さいぎしん)を含んだ視線を投げたグリムだったが、やがて諦めるように肩を竦(すく)めた。長い付き合いだからこそ理解でき、触れられたら痛い部分もわかってしまう。

余計な詮索は二人にとってよくない結末を迎えることが容易に悟れる。

だから、グリムは息を深く吐いてから話を切り出した。

「ま、俺も同感だよ。黙ってやられるのは癪だったから、俺も裏で手を回してたんだが、全部が無駄になった。何もしなくても二十四理事たちが動いてくれたおかげでな」

「魔王の座を狙っている者は多い。あなたが転がり落ちていくのを願っている者は内外含めて数え切れないほどいるわ。だから、決して油断はしないこと、二十四理事を信頼するなんてもっての外よ？」

「はっ、もしかして、俺が二十四理事に絆されたと思ったのか？　それで心配して、わざわざ遠征先にまで訪ねてきたと？」

「そりゃ心配するわよ。グリムちゃんが優しくされただけで心を開くとは思わないけど、これまでと違った方法で攻めてきたのよ。少なくとも動揺するのは間違いないもの。その隙をついて仕掛けられる可能性も高いわ。だから不安は潰しておかなくちゃ、足を掬われてからじゃ遅いもの――ま、こうして伝えた今はもう安心かしらね」

「随分と優しいじゃねェか……そこまで気にするってことは、俺だけじゃねェな？」

しつこいぐらいに念押しされると背景が気になるのも当然のことだ。

わざわざ〝失われた大地〟まで訪ねてきて、遠回しに警告してくるのは、グリムの知らない間に魔王たちと二十四理事の間で問題が起きたということだろう。

「そうなのよ。他にも二、三人かな。グリムちゃんと似たようなことが魔王たちに起きてるの。でも、不思議なことに誰が仕掛けているのか、調べてもまったくわからないんだからお手上げなのよ」

「複数人の魔王を同時に相手取るか……大胆な奴(やつ)だが念入りに根回しもしているみたいだし、見事という他ねェな。相手に悟らせず、混乱している間に目的を達するつもりなんだろう。二十四理事(ケリュケイオン)にしちゃ頭が回るじゃねェか——いや、聖法教会か？」

ここ二年の間、魔王を含めて二十四理事(ケリュケイオン)にも入れ替わりは起きていない。

グリムは自身の記憶を探ってみるが、大胆なことができる人物に思い当たらなかった。

魔王を相手に大それたことをできる連中は少ない。それこそ聖天のような強者が後ろについていなければ難しいものだ。なら、これまで実力を隠していた者が今になって頭角を現してきたという可能性もある。

その他にも外的要因——聖法教会が後ろにいた場合、虎の威を借る狐(きつね)が暗躍して、魔王たちが慌てふためく様を見て聖天たちが喜ぶという構図もあった。

「正解よ。うちらに手をだす度胸があるとしたら聖法教会しかいないもの」

「なんだって急に動き出しやがったんだか……大森林に引きこもっていればいいものを」

「動き始めたのは、本当につい最近ね。ここ数ヶ月ってところかしら、何が原因なのかまだ摑(つか)めていないけど……これまで聖法教会は影すら見せなかったのに、急に表舞台にでてきたから、よほどのことがあったのは間違いないわぁ」

「そろそろ掃除も必要だろうな。他の魔王とも情報を共有したほうがいいだろ。そっちは任せてもいいか？」

「ええ、さすがにこれ以上放置すると面倒なことになりそうだしねぇ。でも、グリムちゃんはどうするの？」

「今は聖法教会なんて相手にしてる場合じゃねェんだよ。サーシャ、てめェだから教えてやるんだが覚悟はいいか？」

「……ええ、いいわよ」

「〝魔法の神髄〟だ。俺はその影を踏んだかもしれねェ」

「…………嘘でしょ？」

サーシャは驚いた表情で眉を顰め、言葉を探す仕草を見せるも黙り込んでしまう。

「本当だよ。だが、今思えば聖法教会の狙いもそっちだったりしてな」

分身体が消滅させられて以降、アルスの情報をグリムは掻き集めていた。

数ヶ月前に魔法都市を訪れて、第十二位階の魔導師になった〝ヴィルートギルド〟の居候――これ以上の情報は全く手に入らなかった。

ただわかっているのは、自己申告された〝魔法の神髄〟ということだけ。

「時代が動き始めたって言いたいのかねェ」

天井を見上げたグリムの小さな囁きは誰の耳にも届くことはなかった。

第三章　準備

夕陽が西の空に沈んでいく。

魔法都市が茜色(あかねいろ)に染まる光景は、まるで絵画のように美しい。

太陽の光が徐々に弱くなり、空が暗くなる中、夕陽(ゆうひ)の光が街並みを照らし出していた。

その中で、建物や人々の影が浮かび上がり、赤い雲が空を覆って大きな影を落とす。

夕陽の輝きが周囲を照らし出せば、暖かな光に包まれているような感覚に陥る。

沈みゆく夕陽の美しさを眺めながら、アルスたちは〈灯火の姉妹(ヴィルート・シュヴェスター)〉に戻ってきていた。

すでに夕食の時間だが、今日は定休日ではない。

アルスたちが裏口から入ると、酒と料理の匂いが混ざり合った酒場独特の空気に迎え入れられる。厨房(ちゅうぼう)に繋がる通路を覗(のぞ)けば、忙しく動いているのは本日の店番を担当するシューラーたちだ。

その中には厨房を指揮する肝っ玉母ちゃんのミチルダの姿もあった。

外で食事は済ませてきていたアルスたち一行は、邪魔をしないように早足で二階にある談話室に向かった。

「さてと、シオンもいることだし、今後のことを話し合いましょうか」

談話室のソファに座るなり、発言したのはカレンだった。

その脇ではエルザがお茶の用意をしている。

カレンの対面にアルスが座って、挟み込む形で左右にはユリアとシオンの姿があった。

そんな彼らの前にエルザが湯呑(ゆのみ)を置いて、机の中央にお菓子を添えれば準備は万端だ。

「アタシが目覚めるのを待ったということは……魔王グリムの件か？」

「そうよ。魔王グリムについて色々と調べたんだけど、いまいち詳細がわからないのよね。急に表舞台にでてきたっていうか……なんか、話を聞く限り唐突に現れてるのよ。だから、その辺りはシオンのほうが詳しいかなって思ったんだけど、どうかしら？」

「アタシも知っていることは少ないが、それでも良かったら話そう」

魔王グリムは退廃地区出身だ。それ以前はどこにいたのかはわかっていない。

ある日、唐突に彼は退廃地区に現れて、ならず者たちを纏(まと)めてしまった。

彼の前では大人も子供も関係ない。等しく平等であった。

逆らう者には容赦なくグリムは制裁を加えて、瞬く間に退廃地区の頂点に立っていた。

「〝神童〟グリム。アタシが魔法都市に来た頃には、もう既にそう呼ばれていた」

シオンが魔導師というものに憧れを抱いて、魔法都市を訪れたのは十年ほど前のこと。

その時からグリムは誰もが知る有名人だった。

魔法協会に所属していないが、いずれは魔王になるほどの逸材だと噂(うわさ)されていたのだ。

「退廃地区の王になったグリムは魔法協会に所属せず、無法者たちを率いて〝失われた大地〟で暴れ回った」

「遠征や冒険じゃなくて……暴れ回った？」

きょとんとした顔で疑問を挟んだのはカレンだった。

「ああ、帝国、王国、公国、女王国――グリムは彼らの〝失われた大地〟の支配領域に攻撃を仕掛けたんだ」

「それって問題にならなかったの？　いくら退廃地区出身と言っても、魔法都市に住んでるんだから抗議してきそうなものだけど」

「カレンの言う通り、当然のことだが問題になった。でも、魔法協会はグリムに罰を与えることもなく、他国の苦情も一切取り合わなかった」

当時のシオンは自身のギルドも設立しておらず、知り合いのギルドで下っ端の構成員として世話になっていたのだが、そんなシオンでもグリムの情報には事欠かないほどに彼は問題行動ばかりを起こしていた。しかし、魔法協会は咎めることもなく放置を続けてグリムは変わらず暴れ続けていた。そんなある日のこと、飽きたのか、新たな刺激を求めたのか、グリムは突然、魔法協会に所属することになった。

「元々、グリムは退廃地区の無法者たちを纏めてギルドのようなものを形成していた。それに良くも悪くも他国との争いで場数も踏んでいて、土台は完成していたようなものだったから、とんとん拍子で序列をあげていったよ」

遅れる形でシオンもギルドを結成して、驚異的な速度で序列をあげていった。

それでもグリムと比べれば劣るので、彼の栄光の陰に隠れてしまっていたが。

「今にして思えば背後に魔王か二十四理事の支援があったと思うべきだろうな。他国に攻撃を仕掛けても魔法協会は非難すらしなかった。しかも、常日頃から蔑んでいる退廃地区に住む者たちの暴挙にも拘わらず配慮するなど前代未聞だ」

「まあ、憶測にすぎないけど、当時の魔法協会の上層部と何かしらの密約があったと思えば自然かもしれないわね」

「だが、グリムを甘く見過ぎた。手に負えなかったのは想像に難くない」

魔王にしろ二十四理事にしろ、グリムを育てることに利点があったはずだ。

グリムを利用することで得られる利益を享受することを企んでいただろう。

その一つがグリムによる他国の支配領域への襲撃なのかもしれないが、領土か人材か、はたまた嫌がらせか、今となっては彼らが何を得ようとしていたのか知る由もない。

なぜなら、当時のグリムの背後にいた関係者は軒並み凋落の憂き目にあったからだ。

確実に言えることは、グリムが今もなお健在ということは彼らの企みが失敗したのは間違いないということ。それどころか逆に利用されてグリムによって地位を追われた、もしくは奪われたという見方をしたほうがいいのかもしれない。

「結果はご覧の通りだ。グリムは史上最年少で魔王に到達して、今では第八冠まで序列もあげた。これがアタシの知るグリムの全てだな。参考になったか？」

「ええ、とても参考になったわ。それと一つ聞きたいんだけど、クリストフもグリムが退廃地区に住んでる時からの仲間だったのよね？」

カレンの質問にシオンは頷く。

「そうだ。あそこは幹部が幼馴染み——退廃地区で共に育った者たちで構成されている。魔王グリムの頭脳と呼ばれたクリストフ、サブマスターのキリシャ、あと有名なのは双子のノミエとガルムだな」

他にも古参のメンバーはいるが過去のギルド抗争により数多くが命を落としている。

なにより、魔王グリムの〝マリツィアギルド〟は魔族と遭遇することも多く、ギルドの初期メンバーは数えるほどしか残っていなかった。

「なあ、マスターとか、メンバーって呼び名が違うのはどうしてなんだ？」

〝ヴィルートギルド〟なら、ギルドを率いる長のカレンのことはレーラー、所属している者たちは総じてシューラーと呼ばれて区別されている。

「ん？　ああ、アルスはその辺りの事情を知らないのか」

シオンがカレンに目配せしたら頷いた。説明してあげて、という無言の了承だろう。

「くだらない話だぞ……昔は全てのギルドがマスターとメンバーで統一されていたんだが、

ある時代の魔王が格下と同等なのが気に食わないと騒いだらしくてな。それ以来、マスターとメンバーの呼称は魔王のギルドだけが扱えるようになった。それ以外のギルドは二十四理事（ケリュケイオン）も含めてシューラーとレーラーとなったわけだ」

「そうか……うん？　えっ、本当にそれだけか？」

　アルスが呆気（あっけ）にとられた表情をする。

　珍しい顔をする彼をみて、その反応も仕方がないとばかりにシオンは苦笑した。

「だから言っただろ。くだらないって……ただの魔王の我が儘（わがまま）だよ。だから呼称が違うだけで特に深い理由はないんだ」

　話が大きく脱線してしまったので、咳払い（せきばらい）をして軌道の修正をシオンは図る。

「まあ、話を戻すが、魔王の頭脳と呼ばれたクリストフは死んだ。最も厄介な奴が消えたと思っていいだろう。でも、だからこそ、魔王グリムが今後どういった行動をとるのか読めなくなってしまった」

　もしクリストフが生きていたら二十四理事（ケリュケイオン）に根回しをして、他の魔王に交渉を持ちかけて味方につけていただろう。有利な状況を作るのに巧妙な罠（わな）を張り巡らせて、可能な限り時間を稼いだ後に、入念な準備を終えて一気呵成（いっきかせい）に滅ぼしにやってくる。

「だから〝マリツィアギルド〟は混乱しているところだと思う。本当ならこちらから仕掛けたいところだが、それをしてしまえば魔法協会が敵に回る。だから、向こうが動き出すまで待つしかない」

「どれほどの期間で動き出すと思いますか？」

ユリアが質問すれば、シオンは天井を眺めて考え込む仕草を見せる。

「確か強制依頼を受けて魔王グリムは〝失われた大地〟に遠征に行ってるんだったな？」

確認するようにシオンがエルザを見れば彼女は軽く頷いた。

「はい。調べた限り高域での依頼のようです。内容までは知ることができませんでしたが、時間がかかるのは間違いないでしょう」

「なら、一週間以内かな。魔法協会が発行する強制依頼はどれも難易度が高く、遠征を前提にしているものだから時間がかかる依頼ばかりだ。それに帰ってきている途中だとしても、ギルド同士の戦争には魔王といえども申請が必要だから、帰ってきた日に戦争とはいかない」

「そのまま忘れてくれたらいいんだけど、絶対に仕掛けてくるわよね」

いくつもの施設が破壊されて、幹部の一人を討ち取られ、魔王グリムはギフトの力でカレンたちの前に現れたが、アルスには手も足もでなかった。ここまでの出来事を鑑みれば、魔王グリムの性格を考えると報復をしないという選択肢はとらないはず。

「それにしても人体実験に関する書類も提出したのに魔法協会から返事がないのは意味わかんないわよね。せっかく掻き集めた証拠だったのに損した気分よ」

クリストフの罪を白日の下(もと)にさらすために、彼の研究施設から手に入れた資料は全て魔法協会に提出してあった。シオンの仲間たちの遺体を引き渡してくれた経緯もあり、今の魔法協会にならと少しばかり期待したからだが、効果はなかったようでカレンの表情にはありありと落胆が表れている。

「そうか、あの書類は渡してしまったんだな……」

「あ……もしかして、残しておいたほうがよかった？」

「いや、人造魔族についての貴重な資料だ。あれを勝手に処分したり、手元に置いといても危険だったはず。魔法協会に渡しておいて正解だ」

人造魔族――〝魔族創造〟は三大禁忌の一つだ。

その詳細が書かれた資料など所持しているだけでも罪に問われるほど非常に危険で、自分勝手に処分したり隠そうものなら余計な災いを誘(おび)き寄せていたかもしれない。

「あれほどはっきりとした証拠が提出されても魔法協会が動かないなら、二十四理事(ケリュケイオン)あたりが何か企(たくら)んでいるのは間違いないだろう。様々な思惑が絡んでいるのは間違いない。だから、あまり気にしないほうがいいだろうな。今は魔王グリムに集中したほうがいい」

「やっぱりシオンも魔王グリムが戦争を仕掛けてくると思ってるのね」

「当然だ。泣き寝入りするような人物じゃない。だが、クリストフがいないのは大きい。アタシの時のようにはいかないはずだ。根回しするような時間もないだろうしな」

「なら、当面は警戒はしつつも、いつでも戦える準備だけは整えておきましょうか」

「それがいいと思う。シューラーたちには伝えるのか？」

シオンの質問にカレンは頬に手を当て悩んだ末に首を横に振った。

「いえ、いつもと変わらないように過ごしてもらうつもり。今伝えても精神的に疲労させるだけだもの。戦争開始前——魔法協会から使者が来てから説明することにするわ」

「では、シューラーたちには怪しまれない程度に、実力に応じて魔法協会からの依頼を割り振って戦力の底上げをしておきましょう」

エルザが横合いから会話に割り込んでくる。その提案にカレンは苦笑を浮かべた。

「依頼を勝手にシューラーたちに割り振って鍛えるってわけね？」

「はい。気負うこともなく、いつも通りにするだけで鍛えられるよう仕向けます。ただし、実力に応じてギリギリ達成できるかどうかの依頼を選ぼうと思います」

「その見極めはエルザに任せてもいいのかしら？」

「お任せください。シューラーたちの実力は全て把握していますので、魔王グリムとの戦いまでに鍛え上げたいと思います」

「わかったわ。エルザの提案を採用します。魔法協会の使者が来るまでは戦力の底上げをしながら、いつも通りに過ごしておきましょう」

「わかりました」

エルザが頷けば、カレンは他の三人にも確認するように順次に視線を向けた。

「ああ、それとアルスとシオンは気が向いたらでいいから、たまにパーティーに入ってシューラーたちの依頼を手伝ってあげてくれないかしら？」

「別にいいぞ。シオンはどうだ？」

「そうだな。今のこの身体でどこまで戦えるのか確かめたいこともある。だから、アタシも出来る限り協力させてもらおう」

「二人とも、ありがとう。さてと、当面の方針も決まったから、今日の話し合いはここまでにしておきましょう」

カレンがソファから立ち上がれば、アルスたちも部屋をでようとして立ち上がった。

その時、シオンが壁にかけられた時計を見て口を開く。

「もうこんな時間か、そろそろ皆でお風呂に入ろう」

唐突な提案にアルスとシオン以外の時間が止まった。

ユリアは湯気がでるかと思うほど首から上を真っ赤に染めて口を開閉させている。

そんな姉とは対照的にカレンは頬を染めることもなく顔を俯かせていた。

彼女の現在の心境を読むのは容易い。

これまでも世話になったアルスの背中を流すべきだと。でも、さすがに裸の付き合いとなると恥ずかしい。逃げるべきか、もう素直に入ってもいいんじゃないかと葛藤しているのである。

　そして、最後の一人であるエルザは顎に手を当ててブツブツと呟(つぶや)き続けていた。

「これは……せっかくですし……慣れるためにも水着を着て……たまには裸以外も……」

　三者三様の反応を見せる中、アルスは無邪気な子供のように笑顔を輝かせていた。

「久しぶりに五人で入れるのか、楽しみだな。最近はエルザやシオンとしか入ってなかったから、今日はユリアとカレンの背中を流してやるよ」

　と、アルスはカレンとユリアの肩を抱いて引き寄せると扉に向かって歩き始める。

　二人は抵抗しなかった。無駄だとわかっているのもあるが、珍しいアルスの笑顔を見てしまったら断ることなどできるはずもなかった。

「アルス、マッサージもやってあげてくれないか？　きっと、ユリアやカレンも喜んでくれると思う」

　廊下にでたアルスたちの背中についていくシオンが声をかける。

「そうだな。二人にも体験してもらおう。なんで二人とも震えてるんだ？　マッサージは痛くないし、怖くもないぞ。シオンもエルザも気持ち良かったらしいからな」

　とても優しい声音で告げるアルスの背後では、エルザとシオンが顔を見合わせて視線を交わすと、頬を朱(あか)く染めて互いにすぐさまそっぽを向いた。

　そんな甘酢っぱいような奇妙な気配を背後から感じ取ったのか、口端を引き攣(つ)らせるのはアルスに肩を抱かれた姉妹である。

「あ、アルス……待ってください。そのマッサージというのはなんですか？」

「マッサージはマッサージだよ。エルザ直伝だ。さっきも言ったが評判が良いんだぞ。主にエルザだけど、最近はシオンも喜んで受け入れてくれるんだ」

自信に満ちた態度だが、その後ろを歩くシオンは物言いたげな顔をしている。だが、巻き込まれたら大変なことになることがわかっているため何も言うことはなかった。

「そ、そうですか……それは楽しみですね」

拒絶するなんてユリアにできるはずもなく、肩を摑まれていては逃げられない。

ふと、妹が気になったのかユリアがカレンに視線を向ける。

彼女はどこか達観したような遠い目をして口元に微笑を浮かべていた。

「……カレン？　どうしたのです？」

「なんでもないわ。避けられないなら受け入れることを決めただけよ。それに今回はお姉様もいるから……ふふっ、マッサージが楽しみね」

「まさか……カレン、あなたは……いえ、そうですか……とても楽しみですね」

カレンと視線を交わしたユリアは瞬時に彼女が何を企んでいるのか悟った。

仲の良い姉妹なのだ。お互いに何を考えているのか、手に取るように理解できる。

ユリアはカレンが姉を生け贄に捧げてマッサージから逃れようとしていることに気づい

た。カレンの達観した表情は姉を犠牲にする覚悟ができた者の顔だったのである。

「本当に楽しみです」

ユリアは春の陽気のように柔らかな笑顔だが、紫銀の瞳は決して笑ってはいなかった。

＊

魔法都市――退廃地区。

世界でも有数の大都市である魔法都市は、多様な人種が集うことで独自の文化を築いている。他国からも珍しい建造物や珍しい景色を見物に来る観光客もいるが、彼らは美しい場所だけに目を向けて、誰にも気にも留められない陰の部分は無視している。

荒れ果てた道路、朽ちた長屋、気迫の欠けた住民、犯罪に手を染める魔導師。

影ばかりが集うのが退廃地区の特徴であり、まともな人間が近づくことはない。

そんな場所に清潔感の漂う綺麗な小屋が建っている。

明らかに浮いているが、周りを彷徨う退廃地区の住民たちが気にした様子はない。

小屋は滅多に来訪者が訪れることはないが、本日は珍しく来客があったようだ。

その人物はフードを被って素顔を隠したまま、小屋の扉を軽く叩いて来訪を告げた。

中からでてきたのは聖法教会所属――世界最高峰の魔導師の一人と言われる聖法十大天

〝第九使徒(ティサ)〟ヴェルグだ。

彼はいつものように胡散臭(うさんくさ)い笑顔を貼り付けて、謎の人物を小屋の中に迎え入れる。

「ようこそいらっしゃいました。二十四理事(ケリュケイオン)さん」

ヴェルグの軽薄さが滲(にじ)む声音に、フードの人物は不機嫌を隠そうともせず口を歪(ゆが)めた。

「なんです……その呼び方はふざけてるのですか？」

「至って真面目なつもりでしたが……それに誰が聞いているのかわかりませんからね。ならば、こうお呼びいたしましょうか——聖法十大天〝第十使徒(アショラ)〟」

ヴェルグが言い終えた時、空気が一瞬で張り詰める。

静寂が空間を支配して、外の音さえも阻害するかのように、緊張感が重い壁を作った。

先に動いたのはフードの人物だ。その表情は影に隠れて見えないが、一つ息を吐き出したことでフードの人物から放たれていた殺意が霧散する。

「はぁ……それで構いません。〝第九使徒(ティサ)〟も相変わらずの性格のようですね。その人を食ったような態度を改めようとは思わないのですか？」

「ないですね。だからこそ、私は〝第九使徒(ティサ)〟でいられるのですから、エルフはエルフであるべきでしょう？」

「長老たちが気に入るわけですね。あなたほどエルフを体現している方は見たことがありません。それでわたしを呼んだのはどういった要件なんでしょうか？」

ヴェルグの隣を通り過ぎて、〝第十使徒(アショラ)〟は勝手に廊下を進むと応接間に入った。

〝第十使徒(アショラ)〟が我が物顔でソファに座れば、後ろからやってきたヴェルグが紅茶の用意を始める。静かな空間に食器の音だけが響くも、先ほどのような緊迫感はなく、どこか落ち着いた空気に満ちていた。

やがて、紅茶の入ったカップを〝第十使徒(アショラ)〟の前に置いたヴェルグは対面に座る。

「まずは協力していただいたことに感謝を捧げます」

ヴェルグが頭を下げれば、〝第十使徒(アショラ)〟は口元に笑みを湛(たた)えた。

「わたしのギフト【投影】が役立ったようでよかったです」

「ですが、本当によろしかったのですか？　長年の計画を修正してまで今回は協力していただけたようですが……」

目の前にいる〝第十使徒(アショラ)〟は聖法教会から与えられた計画を成就させるために、長年クリストフの部下として暗躍していた。そして、今回アルスがクリストフの謀略に巻き込まれたため協力を要請したのだが、結果はクリストフの死亡で幕を閉じた。

「良いも悪いもないでしょう。全ては〝黒き星(フラヴン・アース)〟のため、それと比べたらクリストフの価値は低い。それに彼が研究していたものは引き継ぎが完了していますし、彼が独占していた研究資料も全て手に入れています」

「しかし、それでも彼が欠かせない研究もあると思いますが……それにクリストフを失ったことで、今後の計画が滞ってしまうのでは？」

「あなたが心配することではありません。なにより、彼を利用し続けるのも限界だったんですよ。魔王グリムが疑っていましたからね。丁度うまく処分することができました。これも全ては〝黒き星(フラヴン・アース)〟のおかげ、お導きに感謝です」

祈りを捧げるように天井を仰ぎ見た〝第十使徒(アシヨラ)〟は、ゆっくりと紅茶を飲んで微笑(ほほえ)む。

「結果としては悪くありません。最後に魔王グリムが現れた時は肝を冷やしましたが――ふふっ、杞憂(きゆう)だったようで安心いたしました。おかげで〝マリツィアギルド〟の弱体化にも成功しましたから、今回の件については聖法教会も損はしてないので気にしなくても結構ですよ」

「それならば良いのですが……」

ヴェルグは次の話題を切り出そうと言葉を切るが、それよりも先に〝第十使徒(アシヨラ)〟が口を開いた。

「それで聖女様はなんと？」

唐突な質問にヴェルグの理解は追いつかなかった。思わず呆(ほう)けた顔をしてしまうが、時間が経(た)つにつれて〝第十使徒(アシヨラ)〟の質問の意図を理解することができた。

今回の件をユリアが喜んでいるのか、また今後の計画のことも含めて問いかけてきているのだろう。

「おや……ご存じでしたか」

最初に牽制(けんせい)の意味も込めて、また個人的に悪戯心(いたずらごころ)が芽生えたのでヴェルグはとぼけたような返事をする。それに対して気分を害した様子はないが〝第十使徒(アシヨラ)〟は呆(あき)れたような嘆息をした。

「もちろん、現地にいましたから把握しているつもりです」

〝第十使徒(アシヨラ)〟が指を鳴らせば壁に映像が浮かび上がった。

そこではアルスと魔王グリムの戦闘から始まり、シオンを治療する場面に移り変わって、最終的にユリアとヴェルグがこの場所で会談している様子が映し出される。

「こうして目(ま)の当たりにすると、相変わらず怖いギフトだと再認識させられますね」

見終わったヴェルグが感嘆混じりに呟けば、〝第十使徒(アシヨラ)〟は肩を竦(すく)めるだけだ。

「言うほど便利な能力ではありませんよ。戦闘能力は皆無ですし、映像が撮れても〝音〟だけは不可能なんですよ。ですから、こうして聖女様とどのような会話をしたのか、あなたに尋ねなければならないほど面倒なギフトです」

「先ほどの映像は長老たちに送られたので？」

「ええ、〝女教皇〟や他の使徒も含めて〝黒き星(フラヴン・アース)〟の存在を確信したかと思います。わたしもですが半信半疑でしたからね。本当に今世に現れるとは思いませんでしたから」

〝第十使徒(アシヨラ)〟は空になったカップを差し出すと、ヴェルグにおかわりを要求する。

それに文句を言うでもなく、ヴェルグは紅茶の準備を始めた。その作業を眺めながら〝第十使徒(アショラ)〟は再び口を開く。

「聖女様と〝第九使徒(ティイサ)〟の会談の様子は送っていないので安心してください。もちろん、この映像で脅迫するということも――まあ、あなたの態度次第ですがね」

「……それは涙がでそうなほど嬉(うれ)しい同僚愛ですね。それで要求はなんですか？」

「いえ、ただ今後も〝黒き星(フラヴン・アース)〟と聖女様の事柄に関して、わたしも介入させてもらいたいだけですよ」

「長老たちの命令ですか？　それとも〝女教皇〟ですか？」

紅茶をいれたカップを〝第十使徒(アショラ)〟の前に置いたヴェルグは深く探るような視線を向けていた。

「どちらでもありません。同じ使徒なのですから疑われるのは悲しいですね」

「ならば、私と同じ〝第一使徒(ワヘド)〟ということになりますが、そのような話は聞いてませんよ。もし、個人的に動かれるつもりならやめておいたほうがいいかと思いますがね」

聖法教会の聖法十大天は〝第一使徒(ワヘド)〟を頂点にして彼の命令によって動いている。たまに先代の聖天などで構成された長老会と呼ばれる者たちからの依頼もあるが、直接ではなく基本的に〝第一使徒(ワヘド)〟を介して受ける。敵対派閥である〝女教皇派〟も基本的に同じで、〝聖女〟や〝神巫(しんぷ)〟たちも〝女教皇〟の命令を第一に動いていた。

聖法教会は組織力に重きを置いており、個人で動くことは推奨されていない。

ヴェルグも自由気ままに振る舞っているように思えるが、〝第一使徒〟の命令を最上として動いており、その次に個人の想いを優先している。この順番を間違えると粛清されることも珍しくない。

（最近の聖女様の行動を見る限り、〝女教皇〟は求心力を失いつつあるようですが）

ヴェルグから見ても今代の聖女は我が強すぎる。

更にエルフではなく人間から選ばれたということにも驚いたものだ。

しかし、それ以上に人間がエルフの本質を捉えていたのが驚嘆すべきものだった。

あれは素直にこちらの命令に従うような人物ではない。あまりにも欲が強すぎる。

しかも、妙に人を惹きつける魅力に溢れており、〝黒き星〟への献身性もあって〝神巫〟たちが〝女教皇〟よりも信頼を寄せ始めるのも時間の問題だろう。

（時は動き始めた。時代の流れに乗れない者は誰であれ置いていかれますか……）

〝聖騎士派〟もそうだが〝女教皇派〟も色々と問題を抱えている。

ユリアという歪な存在がいる〝女教皇派〟のほうがより深刻かもしれないが、両者の仲介役として存在する長老会もさぞ頭を痛めていることだろう。

「わたしの任務は〝第九使徒〟の監視ですよ。それと、あなたに与えられた任務が失敗した場合の引き継ぎ要員として派遣されました」

「隠しもしませんか……ふふっ、なるほど、〝第十使徒（アショラ）〟、先ほどの言葉を返しましょう。あなたも十分にエルフを体現していますよ。わざわざ監視役だと堂々と告げる陰湿な部分など特にね」

皮肉を口にするが、応えた様子もなく〝第十使徒（アショラ）〟は楽しげに喉を震わせる。

口元から滲む微笑、隙間から漏れるのは笑い声だった。

「ははは、そうですか？　では、似たもの同士仲良くしませんか？」

「私の邪魔をしないのであれば構いませんよ。ご希望でしたら聖女様とお引き合わせしてもかまいませんが？　どうしますか？」

ヴェルグの提案に〝第十使徒（アショラ）〟は一瞬押し黙ってしまう。

しばしの沈思黙考を経てから、〝第十使徒（アショラ）〟は言葉を紡いだ。

「いえ、やめておきましょう。接触する理由がありません。それに切迫した状況にあるわけでもない。それに二十四理事（ケリュケイオン）としての仕事も続けないといけませんから、今はまだ正体を明かすのも危険でしょう。しばらくは裏方に徹しますよ」

「わかりました。では、聖女様と取り決めたことをお話ししておきましょう」

互いの腹を探り合いながら、妥協点を見つけることの楽しさ。久方ぶりに面白かったと

ヴェルグは胸を躍らせた。

ユリアだとこうはいかなかっただろう。

彼女の場合はアルスという後ろ盾があるから、機嫌を損ねるわけにはいかないのだ。

ユリアに対してはヴェルグも自重している部分があり、遠慮していると言われたら否定できそうもない。だからこそ、ヴェルグを知る者たちは彼の報告を訝しんでしまう。

それ故に〝第十使徒〟が監視についたのだろうと、ヴェルグは考察している。

今回は対等の相手で抑圧されていた感情を曝け出してしまったが、望んだ着地点に到達できたのだから満足だ。

だからと言って、〝第十使徒〟の意識を誘導できたなんて驕るつもりはない。

きっと相手も同じ感想を抱いているだろうから、今回はあくまで引き分けにすぎないのである。

「それでは魔導十二師王――魔王たちを引きずり降ろす計画を話し合いましょうか」

まだまだ楽しい時間は終わらない。

久方振りに興奮している自分にヴェルグは気づいた。

自身の感情が爆発した原因はよくわかっている。

(耐え続けた甲斐があったというものだ。たまにはこういうのもいい)

自らの意思であれほど忌み嫌った魔法都市に隠れ住んだが、やはり自然が少なく、エルフ以外の生き物で溢れる場所は、どこまでも腐った臭いがして慣れることがなかった。

退廃地区に身を隠すことを選んだのも、全てを失った者たちで溢れるココに共感を覚えて今の自分に相応しいと思ったからで、大森林と呼ばれる故郷に戻りたいと思わないようにこの場所を選んだのだ。

それも全ては〝黒き星〟を大森林に迎え入れるための不退転の覚悟だったが、それでも魔法都市という腐った場所のせいでヴェルグの心は荒んでしまっていた。

そこにきて互いの気持ちは相容れずとも、久しぶりに同胞である〝第十使徒〟に会えたのだ。

（〝第十使徒〟に感謝しなければ……私がエルフであると思い出させてもらいました）

人間の匂いで溢れた魔法都市に浸かっていたことで自身の本分を忘れかけていた。

先ほどの〝第十使徒〟とのやり取りでようやく調子が戻ってきた気がする。

「楽しそうですね？」

〝第十使徒〟に指摘されたヴェルグは思わず自身の顔に手を当てた。

「心が躍るのも当然でしょう。魔王たちが堕ちていく様を見ることができるのですから、我らの宿願が叶うのも近い」

過去にも魔王と聖天の小競り合いは何度かあった。

しかし、両方ともに共倒れを嫌って本格的に戦ったことはない。

正面衝突は愚策、どちらも無事ですまないのはわかりきっている。

聖法教会の敵は魔法協会だけじゃない。

それは互いに言えることだが、二大勢力の弱体化を望んでいる国々は多いのだ。

だからこそ、魔法都市に多くの同胞を送り込んで魔法協会の弱体化に努めてきた。

「〝第十使徒(アシヨラ)〟、あなたも嬉しいでしょう？　魔法都市という肥溜め(こえだめ)に閉じ込められて、耐え続けてきたことが報われるのですからね」

「だからこそ失敗は許されないのです。時機を見極めて魔王たちを確実に減らさなければなりません。これは〝長老会〟も〝第一使徒(ワヘド)〟も、おそらくは〝女教皇〟も同じ気持ちでしょう」

「わかっていますよ。その点に関しては聖法教会も一つに纏(まと)まる。協力は惜しまないでしょう。もしかしたら大きな山も動くかもしれません」

ヴェルグの言葉に〝第十使徒(アシヨラ)〟が首を傾(かし)げた。

「大きな山……ですか？」

「ええ、楽しみにしておきましょう。我らが紡ぐ詩が大森林に届くように、声を高らかにあげて我らの悲願を達成するのです」

その光はともすれば悪意かもしれない。ヴェルグの双眸(そうぼう)に宿った昏(くら)い光はとても好意的なものには思えない。それでも、その奥に灯(とも)した炎には熱があった。

――狂気という名の熱が。

＊

魔王グリムの本拠地は有名な〈星が砕けた街〉だ。

街並みは整然としており、区画毎に分けられた色合いと細かい装飾が施された建築物の数々は見る者の目を楽しませる。

街の中央にあるのは城郭であり、そのあまりの白さに罪深き者の罪さえも洗い流すほどの純白と讃えられて潔白宮殿とまで呼ばれていた。

その美しさと精巧な構造は人々の目を楽しませる。まず白い壁と屋根が太陽の光を浴びて艶美な雰囲気を醸して、天まで届かんばかりに伸びる白い塔は印象的で、誰もが感嘆の吐息を零すほど、その美しさに圧倒されてしまう。また城内には防御施設が多数設置されており、攻め手を防ぐための工夫が凝らされて、精巧な罠の数々は手練れであっても見極めるのは難しい。更には、街よりも一段高い丘の上に造られた潔白宮殿は、どの部屋からも周囲の景色が一望できるように工夫が凝らされていた。

また城内には幹部だけが入れる特別な部屋がある。

豪華な絨毯が部屋いっぱい敷かれており、大きなシャンデリアが天井から吊り下げられていた。高級革が使用されたソファに、壁一面には高価な美術品が飾られており、その存在感を際立たせるために壁紙は深みのある色合いで統一されている。

大きな窓からは美しい景色が広がり、大理石で造られた露台は陽光に照らされることで美しく輝いていた。

反射する太陽の光に目を細めたのは、室内でソファに座るキリシャだ。

「クリスちゃん……死んじゃったんだ……」

長い睫毛を震わせて肩を落としたキリシャ。

彼女の前にある机の上には大量の資料が散らばっている。それらを一瞥したキリシャは心を切り替えるように嘆息を一つしてから、対面のソファに座るグリムに目を向けた。

「それでクリスちゃんの遺体は？」

「魔法協会――いや、二十四理事どもだな。そいつらに持っていかれた」

「なんで？」

きょとんとした顔でキリシャが疑問を口にすれば、苛立ちを隠そうともせず頭を掻きながらグリムは吐き捨てる。

「知らねェよ。引き取りに行ったら門前払いだったからな」

「二十四理事の誰がクリスちゃんの遺体を持っていったの？」

「それもわからねェんだ。俺に目をつけられたくないのか、知られるとまずいのか、ただの嫌がらせっていう可能性もあるけどな」

肩を竦めたグリムは足を組むとソファの背もたれに両腕を広げた。

「それとクリストフが所有していた物件まで全て押さえられた」

「うーん……なんか妙に動きが早いね？」

「俺を蹴落とすための証拠を前から集めてたんだろうな。クリストフの野郎が〝三大禁忌〟に手をだしてたなんて……ちっ、気づくのが遅すぎた」

グリムが顔を俯ける。キリシャは彼を一瞥すると机の上にある資料を手に取った。

「……クリスちゃんならそんな研究しててもおかしくないけど……でも、まさか〝魔族創造〟に手をだすなんて、これ本当なの？」

キリシャが目を向けたのはグリムの隣に座るノミエだ。

「残念だけど本当みたいだよ。最初は冤罪かなって思ったんだけどね。調べれば調べるほど事実だっていう証拠しかでてこなかった。それにグリムは実際に見てんだよね？」

ノミエの視線を受けてグリムは頷く。

「ああ……〝失われた大地〟にある第三研究所、クリストフが森の中に隠した洋館の施設だ。あそこで人造魔族の残骸をいくつもみた。俺の記憶にない機材も含めてな」

天井を仰ぎ見たグリムは遠い目をしていた。

長年、共に育った仲間の死を悲しむ――ではなく、その瞳の奥には怒りが滾っている。

「馬鹿だよな。あいつを信じて任せていたら〝三大禁忌〟の研究だぜ。よりにもよって

〝魔族創造〟ときたもんだ」

「本当にクリスちゃんは……とんでもない置き土産を残していったね」

「あいつを自由にさせすぎたな。全ては俺の責任だ」

「それで、このままってわけにはいかないよね。グリちゃんはこれからどうするの？」

「キリシャは待機、ノミエは引き続きクリストフのことを調べてくれ」

「いいけどさ。集めた資料はどうすんの？」

「魔法協会にくれてやれ。人造魔族に関する書類なんて俺には必要ない」

憎々しげに呟(つぶや)いたグリムに、ノミエは不服そうな表情をする。

「弱みになるけどいいのかい？　二十四理事(ケリュケイオン)の連中をわざわざ喜ばせる必要はないと思うんだけどね」

「今更だろうがよ……一つや二つ弱みが増えたところで何も変わらねェ。二十四理事(ケリュケイオン)が魔王の座を狙ってくるってなら好きにさせときゃいい。どうせ腰抜けのあいつらには何もできねェよ」

「了解。なら、クリストフに関する資料は全部魔法協会に提出しとくよ。あとは、こっちの話だね。どうするつもりなんだい？」

ノミエが机の上に投げたのは、とあるギルドの詳細が書かれた書類だった。

「一応頼まれてたから調べたけどさ。〝数字持ち(ナンバーズ)〟でもない二桁ギルドだ」

「ふーん、〝ヴィルートギルド〟ね。聞いたことがないなぁ。グリちゃん、この子たちがどうかしたの？」

興味を惹かれたのか、キリシャが書類を手に取ってページを捲り始める。

「クリストフを殺した連中だよ。元ヴィルート王国の第二王女――カレンって女がレーラーを務めている二桁のギルドだァ」

「この子そんなに強いの？」

キリシャが紅髪の少女が写った写真を書類から抜いて机の上に滑らせる。

他にも何枚か写真を抜き出してから書類を机に置く。

それからグリムの返事を待つように首を傾げた。

「いや、レーラーは雑魚だが、そこで居候してる奴が強い。俺の獲物はコイツだ」

グリムが黒髪の少年の写真を指で指し示す。

「……う～ん、こいつ強いんすかって、まだガキじゃないっすか……」

これまで黙って話を聞いていたガルムが身を乗り出して写真を確認する。

整った顔は未だ幼さを残しているが、それ以上に力強い瞳が妙に目を惹く少年だ。

「強いぞ。少なくともギフトで作り出した俺が手も足もでなかった」

「へえ、それなら……第三位階の実力はありそう――っ痛ッ!?」

自身の顎を撫でて楽しげな表情を浮かべるガルムの頭を殴ったのはノミエだった。

禿頭に張り付いた手形部分を撫でながらガルムは恨めしそうに姉に目を向ける。

「ってぇな……姉貴なんで殴ったんだよ？」

「その少年――アルスだっけ？　その子を見た目で判断したからだよ。しかも、今も自分だったら負けないみたいに思ってないかい？　ここは魔法都市だよ。実力があれば赤子でも大人を殺せる場所だ。うちらはそれをよく知ってんだろう？」

「よく知ってるけどさぁ……強く見えないんだから仕方ないだろ」

姉から説教を受けたガルムは面白くなさそうに口を尖らせて抗議する。

そんな彼を横目で見たグリムが嘆息した。

「勝手に決めるんじゃねェよ。ガルム、てめェの獲物は別だ。そいつは俺が相手をする」

「はぁ、それはいいっすけど、いつ――」

「ガルちゃん、ちょっと黙って」

キリシャがガルムの言葉を遮って、真剣な顔でグリムを見つめる。

「グリちゃん、正直に答えてほしいんだけど、いいかな？」

「キリシャ、勿体ぶってなんだ？　俺は答えられることならなんでも喋るぜ？」

「この子たちがクリスちゃんを殺したんだよね？」

「そうだ」

「理由はなんなの？　彼女たちはギルドで襲撃してきたわけじゃない。少数精鋭で明らかにクリスちゃん一人に集中してる。最初こそグリちゃんの施設が狙われたみたいだけど、それ以降は徹底的にクリスちゃんの施設ばかり執拗に狙ってるしさ」

「それはアタイも気になるところだ。いくら調べても彼女たちがクリストフを狙った理由がわからなかった。魔法協会はこのことに箝口令を敷いているからね」

キリシャとノミエ、二人から立て続けに質問を受けたグリムは諦めたように一つ息を吐く。それから自身の胸元に手を入れて一枚の写真を机の上に投げた。

キリシャ、ノミエ、ガルムの視線が集中する。

「……魔族？　しかも、二本角、上級魔族だね」

キリシャは写真の人物の特徴を淡々と、まるで確認するかのように呟いた。

冷静なキリシャと比べてノミエ、ガルムの二人からは殺気が漂っている。

まるで親の敵のように写真を睨みつけていた。

そんな二人の頭をグリムが叩けば、小気味よい音が響く。

「落ち着け、そいつは魔族だが魔族じゃない。だから、てめェらの獲物じゃない」

「もしかして……人造魔族？」

激痛に頭を抱える二人を無視して、キリシャがじっとグリムを見つめる。

「そうだ。クリストフが〝魔族創造〟で造りだした存在、その犠牲者って言ったほうがいいな。名前はシオン、元二十四理事の一人で、〝ラヴンデルギルド〟のレーラーだった女だ」

　グリムの話によって室内に静寂が訪れた。誰もが記憶にあったのだろう。

　グリム以外の三人が写真に何度も視線を送り納得したように目を瞑った。

「三年前のことは覚えてるか、なかなか骨のある連中が俺たちに戦争をふっかけてきやがったことを。それもクリストフが裏で手を回していたらしい。本人がくたばりやがって、関わってた当時の二十四理事も今はいないから真相は闇の中だがな」

「……〝ラヴンデルギルド〟って、確か奴隷事業に手を出してシューラーだけじゃなく親族も連座で連れていかれたんだっけ？」

「誰一人として帰ってこなかったみてェだな。クリストフが実験台に使った可能性が高い。あいつが殺された第三研究所で多くの失敗作を見た」

「それなら……殺されるほど恨みを買っていてもおかしくないね」

「庇いようもないほどにな。ちなみにカレンって女が〝ラヴンデルギルド〟に客分の扱いで世話になってたらしい。今回の襲撃での繋がりはそこなんだろうな」

　紅髪の少女の写真を指で叩くグリム。その後に白銀の少女の写真に指を置く。

「この女の素性も知ったら驚くぞ。てめェらも〝白夜叉〟の話は聞いたことあるだろ？」

「あぁ……ヴィルート王国の第一王女ユリア・ド・ヴィルートだったかい？」

　グリムの問題に答えたのはノミエだった。

「そうだ。アース帝国の雑兵を二万人近く殺した。ほとんどが無能ギフトだとしても最近の帝国は魔導師の質が落ちているみたいだな」

「でも、変な噂があったよね。確かヴィルート王国は内乱で滅んだとか、ユリア第一王女が王に反旗を翻したその隙をつかれて帝国が侵攻してきた。なんて話を聞いたよ」

「ヴィルート王国とアース帝国で話はついていたとも言えるがな……ま、だから〝白夜叉〟なんだよ。帝国と王国の両方から恐れられたからその名で呼ばれた。だが、不思議なことだが事実に近い噂は全くもって広まることはなかった。ただ帝国が二万を失ったという話だけが世間に浸透した」

グリムは愉快だと言わんばかりに大口を開けて笑った。

急に笑い始めたグリムを皆が怪訝そうに眺めるが、意に介した様子もなく、しばらくグリムは笑い続けた。

「いやぁ……面白いと思わねェか？　今言った奴らだけじゃねェ。他にも気になる奴らが数人いやがる。そんな連中が二桁のギルドに揃ってやがるんだ。偶然だと思うか？」

「何者かの思惑が絡んでるって言いたいのかい？」

「ああ、だからノミエはその辺りも探れ。結果が大したことがなくても、時間が無駄になっても構わない。徹底的に調べ上げろ」

「任せておきな。ヴィルート王国——今はアース帝国の属州だったかな。そっちにも一応人を何人か送っておくかねぇ」

「任せる」

グリムが満足そうに頷けば、話を聞いていたキリシャが口を開く。

「それで、〝ヴィルートギルド〟には、いつ仕掛けるの？」

とても面倒なことだが、敵対するギルドに戦争を仕掛けるには魔法協会に申請しなければならない。それは魔王も例外ではない。弱小ギルドが虐げられないように、魔王から仕掛ける場合は制限が課されているからだ。

「魔法協会には申請してある。いつ認められるかはわからねェが……もしクリストフが生きてたら上手(うま)くやったかもな」

三年前はクリストフが用意周到に準備をしていたので、シオン率いる〝ラヴンデルギルド〟と即日に戦争を行うことができた。しかし、今回は唐突な襲撃、遠征帰り、クリストフの死など、様々な要因が重なったことで根回しすることが敵(かな)わなかった。

「クリストフが生きていても難しかったんじゃないかね。魔王も二十四理事(ケリュケイオン)も三年前とはほとんど入れ替わって、今の連中とは繋がりはなくなってたはず」

「グリちゃんが魔王になってからは全方位に喧嘩(けんか)を売ってたからね。ここ最近のクリスちゃんは横柄な態度でギルドメンバーからも孤立していたから……昔は素直な子だったのに、なんであんなに変わっちゃったんだろ」

ノミエの言葉にキリシャが補足していたが残念そうに眉尻を下げていた。

「昔から何考えてるかわかんないし、隠し事をする奴だったけど、自分の部下を集め始めてからより秘密主義になった気がするねぇ。ま、ちゃんと調べておくさ。あんまり気にするんじゃないよ」

ノミエがキリシャを慰めるように頭を撫でる。

その光景を見ながらグリムが眉間を摘まんで深く息を吐き出した。

「とにかく、いつでも戦える準備はしておけ。ギルドメンバーには魔法協会の使者が来てから説明する。周りの奴に気をつけろよ。工作員が紛れ込んでるのは確実だ。誰が敵か味方かわからねェ状況になってきてる」

それに極端な話だが二十四理事が嫌がらせをしてきたら、〝ヴィルートギルド〟との戦争の許可が出るのは一ヶ月後ということもありえる。少なくとも今回は魔法協会がグリムを贔屓することがないのは間違いない。

「嫌な流れだ。色んな思惑が絡み合ってるせいで全部が疑わしく思えてくる。過去の出来事さえも……見えない敵による謀略だと思ってしまう。面倒なことだよなァ」

天井を仰ぐとグリムは舌打ちを一つ、憂愁漂う姿に誰も何も言えなくなる。

だから、グリムが自ら緊張感が漂う空気を壊した。

「それでも俺は魔王だ。誰かが何かを企んでいたとしても叩き潰して、どんな罠が待ち受けていようが戦わなきゃならねェ」

「グリちゃん、大丈夫だよ。あたしは最後まで一緒にいるからね」

天真爛漫な笑顔でキリシャが言えば、苦笑を浮かべたグリムがその頭を乱暴に撫でた。

「ま、派手にいこうぜ。久しぶりの戦争なんだから楽しまなきゃ損だ」

楽しげに言ったグリムは窓に視線を投げると舌舐めずりするのだった。

＊

シオンが目覚めてから三日目の朝。

相も変わらず空気の悪い退廃地区、その汚れた道を歩くのは白銀の少女だ。

いつものように微笑を湛えたユリアは魔法都市で最も危険な場所を闊歩する。

誰も彼女を狙わない。なぜなら強者だということを知っているからだ。

かつては数多くの名も無き魔導師たちがユリアの前に倒れていった。

今では彼女を恐れて襲う者は誰もいない。

ユリアは鼻歌を奏でながら目的の場所——ヴェルグの小屋に辿り着く。

扉を軽く叩いてから中に入ったユリアは我が物顔で応接間に向かう。

「聖女様は……まるで、自分の家のように入ってくるんですね」

室内では苦笑するヴェルグが振り向く姿で立っており、机にはお菓子と紅茶を用意していた。

「鍵もかかっていませんでしたからね。不用心ですよ」

挑発的な笑みを浮かべたユリアはソファに座る。

そんな女王然とした態度の彼女にヴェルグは肩を竦めつつ対面に座った。

「鍵は必要ないんですよ。私の結界魔法で周囲一帯の認識を歪めていますからね。特定の人物以外は入れないようになっているので安心してください」

「つまり盗聴や盗撮などの対策も完璧というわけですか？」

「一定の魔法なら打ち消すでしょうが、私よりも魔法の扱いが上手い方――例えば〝黒き星〟が相手だと意味を成さないでしょうね」

「なるほど、〝魔法の神髄〟を相手にできるようなら聖法教会の秘法なども盗まれることはなかったでしょうからね」

納得したと言わんばかりにユリアは頷くと紅茶の香りを楽しむ。

「理解していただけてなによりです。しかし、今日は愚妹は一緒ではないんですね」

「……前から思っていたのですが、エルザのことを愚妹というのをやめていただけませんか？　協力関係になかったら首を――いえ、今から耳を斬り落としましょうか？」

ユリアは静謐な態度で淡々と忠告する。光を灯さない瞳には怒りや殺意など一切なく、ただ虚無が広がっているだけだ。

それでも部屋の気温が数度下がったかのような錯覚に陥ってしまう。

「申し訳ない。つい、いつもの癖で口にしてしまいました。今後は気をつけましょう」

ヴェルグにしては珍しく素直に謝罪する。冗談を言える空気ではないことを肌で感じ取ったのだろう。

「エルザからアーケンフィルト家の話は聞いていますが、ここは大森林ではありません。そちらの都合を持ち込むのは感心しませんね」

「我が家の掟をご存じでしたか……ああ、だから、私の耳はまだ無事なんですね」

自身の尖った耳を触りながらヴェルグは笑う。その様子を見てユリアは小さく頷く。

「そうですね。理由を知らなかったら斬り落としていたでしょう。無事で良かったですね。でも、次はありませんから気をつけてください」

「ふむ、我が妹は良き友人に巡り会えたようで良かったです。それで改めて聞きますが我が妹は今日は一緒じゃないんですか？」

「彼女には調べ物をしてもらっているので今日は一人なんですよ。それよりも、私を呼び出した理由を教えていただいても？」

「ああ、そうでした。先ほどのやりとりのせいで、すっかり忘れてしまいました」

ヴェルグは咳払いをしてから部屋の空気を変えた。

「先ほど得た情報なんですが、聖女様の妹君の〝ヴィルートギルド〟と魔王グリムの〝マリツィアギルド〟の戦争についてですが、正式な日付が決定しました」

　ヴェルグの言葉に思わず身を乗り出すユリア。

「想像よりも早く決定しましたね」

「協力関係にある二十四理事（ケリュケイオン）が頑張ってくれたようです。それで戦争開始日時ですが一週間後に決まったようです」

「一週間後ですか……早いのか遅いのか、いまいちよくわからない期間ですね」

「準備期間としては十分だと思いますよ」

「魔王グリム陣営にこのことは？」

「いえ、知らないはずです。三日前――いや、前日……もしかしたら当日に教えるんじゃないですかね。だから、有利な状況を作りたいのなら口外しないほうがいいかと」

「三年前の意趣返しってことですか……当日になったらグリムたちも気づくでしょうね」

「因果応報でしょう。彼らが気づいた時、どんな素晴らしい表情をするのか見てみたいものです」

　想像したのか肩を震わせて笑うヴェルグに、悪趣味なことだとユリアは不快げな表情をする。

「なぜ、そんな蔑んだ目を向けられないといけないのか、せっかく好都合な状況を作り出せたんですから楽しんだらどうですか？」

「勘違いしないでもらえますか？　因果応報については同意しますが、それ以降が共感できないだけですよ」

「ああ、そちらでしたか、相変わらず聖女様と私は合いませんね」

「ええ、そのほうが私は嬉しいです」

笑顔で言葉を使って殴り合う二人、止める者もおらず睨み合う。

しばらくして、意外にも退いたのはユリアだった。

「こちらの今後の動きですが、明後日から遠征に向かうと思います」

「どういう風の吹き回しですか……？」

「そんな変な顔をしないでください。別に何か要求があるわけではありません。重要な情報を提供していただいたので、こちらの予定も教えただけのことですよ。そのほうが今後も協力しやすいじゃないですか」

「なるほど……では、明後日から遠征に向かわれるなら、聖女様とお会いできるのも今日が最後になりそうですね」

「次に会えるのは全てが終わってからでしょうね」

「残念ですが、お役に立てるのはここまでのようですね。ここから〝黒き星〟の勝利を祈っておきます」

「ありがとうございます。それとシオンさんの件についてですが、聖法教会の見解を聞かせていただけますか？　どうせ監視していたんでしょう？」

シオンは人造魔族といえども上級魔族に匹敵するほどの力を所有している。

ましてやアルスの魔力を与えられて、魔力欠乏症も完治した希有な例なのだ。

聖法教会が警戒しないはずがなく、監視しているのは確実だとユリアは思っていた。

図星をつかれたせいか、ヴェルグは苦笑を浮かべて肩を竦める。

「シオン嬢を直接診たわけではないので、推測になりますがよろしいでしょうか？」

「それで構いません」

「我々はシオン嬢を過去から現在の状態まで観察してきました。聖女様や我が妹からの情報も照らし合わせて聖法教会の研究部に資料を纏めて提出しました。結果としてアルス様が生きている限りはシオン嬢の魔力が枯渇することはないという結論です」

「とりあえず安心してよさそうですね」

「〝黒き星〟の魔力を与えられているので滅多な問題は起きないでしょう。人間に与えるとなると毒になるかもしれませんが、人造魔族であれば甘い蜜のように濃厚で美味しく感じられるでしょうね」

「羨ましいことですね」

感嘆の息を吐いたユリアの頰は朱く染まっていた。

それは心底羨ましそうに嫉妬に狂った情念の炎が瞳に宿っている。

「全くです」

彼女の熱に当てられて思わずヴェルグも同意してしまう。

「……あなたと一緒にしてほしくはないですね」

「聖女様。こっちの台詞ですよ」

珍しく両者の意見が一致し、同族嫌悪――共に嫌悪感を滲ませて睨み合ったことで一気に部屋の気温が下がった。

やがて、ヴェルグが何かに気づいたように手を叩いたことで空気が変わる。

「ですが、一つだけ気になることがあります」

「……なんです？」

「説明する前に確認したいのですが、聖女様は魔力の〝質〟についてご存じですか？」

「魔力の〝質〟によって魔法の威力上昇、魔法数の増加、身体能力にも影響があり、怪我をしても自然治癒が常人よりも速い。だからこそ、瘴気が溢れる〝失われた大地〟で生まれた魔族や魔物は奥に進めば進むほど強力な個体が多い」

「その通りです。付け加えるならエルフもまた〝失われた大地〟の出身です。しかし、他の種族と同様に生存競争に敗れて大陸の南部に移り住んだ」

住処を追われたエルフたちは生活環境を整えることから始めた。

エルフたちの目標は〝失われた大地〟に似た環境を大陸の南部に造ることだった。

何度も失敗を繰り返したが、試行錯誤の結果〝大森林〟が誕生する。

成功したのはエルフがひとえに長寿だったことに尽きる。

百年、二百年と長い年月を生きるエルフの知識は貴重なものばかり、中には珍しいが五百年以上も生きるエルフも存在した。

「そんな彼らが寄せ集めた知識の結晶が〝大森林〟です。長寿だったエルフだからこそ造り上げることができた。だからこそエルフは生まれながらにして魔力の〝質〟が高い。逆に寿命が短い人族などは代を重ねては知識を失い、魔力もまた引き継がれても〝大森林〟がないせいで血を重ねる毎に〝質〟が悪くなった」

一度言葉を切ったヴェルグは冷笑を浮かべる。

「ですが、人族の強味は繁殖力にあった。人族は〝血〟を重ねることによってギフトを選別する方法を思いついたのです。彼らはゴブリン並の繁殖力をもって〝質〟よりも〝量〟によって優秀な者を増やしていったのです」

比例して無能も増えましたが、そう付け加えたヴェルグの舌は止まらない。

「おかげで〝黒き星〟を見つけるのが――っと、申し訳ありません。少し話が脱線しましたね」

ヴェルグは自身が興奮していることに気づいたのか、珍しく反省の色を表情に浮かべてから、話題を変えるべく咳払いを一つした。

「それでは魔力の〝質〟をより理解したところで話を戻してもよろしいですか？」

ヴェルグが尋ねればユリアは無言で首肯する。

「先ほど言った気になることですが、シオン嬢はアルス様の上質な魔力を与えられたことで以前よりも強くなっている可能性が高いんですよ」

「確かに言われてみればそうですね。〝黒き星（フラヴン・アース）〟の魔力は瘴気に近いという報告もありますから、シオンさんも人造魔族といえど魔族と同等に魔力の適応力は高いはず」

「聖女様の仰る（おっしゃる）通りです。聖法教会では聖帝（ゼウス）の再来だと騒がれていますよ」

「なぜ、そこで聖帝（ゼウス）に繋（つな）がるのですか？」

ユリアは首を傾（かし）げる。

聖帝（ゼウス）――今では魔帝と呼ばれるほうが有名だ。

聖法教会の設立者で初代教皇、聖帝（ゼウス）とも呼ばれ慕われた人物で、後に神々に刃向かって魔法協会を立ち上げると魔帝と呼ばれるに至った。

聖法教会はその事実を認めず、魔帝と聖帝（ゼウス）は別として扱っている者もいるぐらいで、ヴェルグを筆頭に魔法協会に対しても嫌悪感を隠そうともしない。

「〝失われた大地〟は聖帝（ゼウス）と神々が争った地です。しかし、彼は一人で戦っていたわけではない。当時の魔導師の三分の一を率いて刃向かったと言われていますが、ただでさえ数が劣るのに神々と互角の戦いを繰り広げたというのは長年の疑問でした」

ヴェルグが言わんとしていることにユリアは気づく。

「聖帝（ゼウス）もまた〝黒き星（フラヴン・アース）〟でしたね……つまり、シオンさんのような従属化させた部下がいたということですか」

「間違いなくいたでしょうね。それも一人や二人ではない。だからこそ、神々と大多数の魔導師を敵に回しても、大陸を変貌させるほど戦い続けることができた」

ヴェルグは興奮しているのか何度も頷（うなず）く。

「しかもですよ！　魔力量というものは計れるものではないのに、〝黒き星（フラヴン・アース）〟は無限の魔力を持っていると言い伝えられてきました。その疑問もアルス様のおかげで氷解しました。聖帝（ゼウス）はきっと驚くほどの数を従属化させて神々と戦ったのでしょう。しかし、それでも魔力には余裕があり尽きることがなかった。だから無限の魔力を持つとまで言われたのでしょう」

「その考え方で間違いなさそうですね。アルスは規格外の魔法を何度使っても余裕綽々（よゆうしやくしやく）といった感じですから……普通なら魔力が枯渇して気を失ってもおかしくはないんですけどね」

「ですから、今回の遠征で聖女様にはぜひシオン嬢を注視していただいて、後ほど報告していただけたら幸いです」

ユリアは腕を組むと豊満な胸を強調しながら思考の海に潜り込む。そんな魅力的な姿だがヴェルグの視線は一切吸い寄せられておらず、彼は紅茶をゆっくりと飲んでいた。

「わかりました。後ほどエルザにも頼んで以前のシオンさんとの違いを紙に纏めます」

「色好い返事をいただけてよかったです」

ヴェルグは邪気のない笑顔で感謝を告げる。

「いえ、これまで協力していただいているのですから当然のことですよ」

「……そうですか、ならば、今後はより一層励むとしましょうか」

「ええ、期待しております」

ユリアの返事を聞いてヴェルグは頬を引き攣らせる。

なぜなら、彼女の本音を感じ取ったからだ。

虫も殺さないような顔をしていながら、彼女は相手を精神的に痛めつけるのが大層好きなようだ。魔導師の才能がなければ、その美貌と相俟って傾国の美女として名を馳せていたのは間違いない。

先ほどのユリアの言葉の裏を読めば、何倍にも返してもらうから気にするな、である。

彼女が無償で愛を捧げるのは一人だけ。

彼女が無償で手を差し伸べるのは一人だけ。

彼女が無償で真実の笑顔を向けるのは一人だけ。

他者に厳しく、身内に優しく、ただ一人の男にはとことん甘く。

まさに傾国の素質、コレと四六時中一緒に行動できるアルスの凄さを改めて思い知る。

普通の男だったら既に廃人と化しているだろう。

思うがままに操られて、彼女のことだけしか考えられず、愛に溺れるに違いない。

ヴェルグは背筋が寒くなるのを感じた。

アルスの育ち方次第では廃人になっていてもおかしくはなかったのだ。

稀代ギフトを持ちながらも無能と蔑まれ、三大禁忌の実験台として幽閉されて、そんな特殊な環境下で育てられたからこそ、ユリアの無意識な魅了に耐えられるのだろう。

「さてと、そろそろお暇しますね」

ソファから離れるユリアを見て、思考の海から戻ったヴェルグは慌てて立ち上がる。

「大通りまで見送りましょう」

「いえ、大丈夫です」

「そうですか……心配はいらないでしょうが、ここは退廃地区なので女性の一人歩きは危険ですからね。何かあれば叫び声をあげてくれると、すぐに助けにいきますよ」

「悲鳴は悲鳴でも私のではないと思いますので……でも、私でなくとも女性の悲鳴があれば助けてあげてほしいですね」

「考えておきましょう」

ヴェルグの返事を最後にユリアは部屋から退室する。

彼女の気配が小屋から消えると、嘆息と一緒に力を抜いてソファに身体を深く沈めた。

「まったく気が抜けない。寿命が縮む思いですよ」

ユリアは相手の態度を見極めながら言葉を選んでいる節が見受けられる。

なにより彼女は男嫌いなので、ヴェルグに対して辛辣な反応を示すのだ。

部下の調査報告でもそれは確認されているので間違いない。

ユリアはアルス以外の男には極力近づかないし、近い距離で接することもないのだ。

だから、男のヴェルグと同じ空間にいるだけでも苦痛だろう。

それでもアルスのためだと言い聞かせて彼女は我慢しているのである。

あとはヴェルグがユリアに興味を示さないというのも理由の一つなのかもしれない。

「まあ、アルス様という存在がある限りは現状は維持できるんでしょうけどね……」

それでも戦々恐々だ。いつ地雷を踏み抜くかもわからないのだから。

エルザを愚妹と呼んだ時もそうだ。

場を和ませるための言葉だったが彼女の逆鱗に触れてしまった。

ヴェルグはユリアと接する度に自身の精神が摩耗していくのがわかる。

だからといってアルスがいる手前、彼女に無体な真似などできはしないし、自分の代役を用意してもユリアに取り込まれてしまう未来が容易く想像できてしまう。

本当に接するのが難しい相手なのだ。

ただの気分屋であれば煽てるのは簡単なことだが、彼女の場合は計算して話題の一つ一つで態度を変えてくる。

時には陽気に、時には悲しげに、時には嬉しそうに、時には共感して、上手く感情を使い分けて翻弄してくるのだ。

その対応に追われて思考が混迷を極めている中で、彼女は一足早くこちらの反応から最善の一手を見極めて最も良い条件を引き出すと、嘲笑いながら退くのだ。

「はぁ……〝女教皇〟も辛いでしょうね。誰かに同情するのは初めてですよ。あんなのが部下にいたら胃薬がいくらあっても足りない」

このまま〝女教皇〟と〝聖女〟が仲違いをしてくれたら面白くなるが、魔法協会に集中したい今の時期の対立は避けてほしいのが本音だった。

「いざとなったら……長老会を動かして〝女教皇〟に圧力をかけてもらうしかありませんね。まったく少しは責任感というものを持っていただきたいものだ」

残念なことだが、現〝女教皇〟は怠惰で有名だ。

自ら動こうともしなければ、命令することすら稀である。

それでも聖法教会の派閥の一つを取り仕切るだけあって実力は確かだ。

だが、仕事をしない。決して働こうとしない。昔は違ったとヴェルグは記憶しているが、なぜ今の状態になったのか理由は定かではない。

だからこそ〝聖女〟が自由に振る舞う環境が整ってしまった。

しかも、あの性格なのだから、止める者がいなければ暴走するに決まっている。

そして今では〝女教皇〟と〝聖女〟の不仲説がでるような状況に陥ってしまった。

「まあ、捨て置きましょう。今はこっちのほうが大事ですからね」

苦笑したヴェルグは、一息つくといつもの笑顔を取り繕った。

それから懐から〝伝達〟魔法が付与された魔石を取り出す。

「〝第一使徒(ワヘド)〟、ご報告がございます」

舞台の環境を整えなければいけない。完璧に仕上げるためにも全力を尽くすのだ。

全ては聖法教会のため、全ては〝黒き星(フラウン・アース)〟のため、やがて全ては聖帝(ゼウス)に繋がるだろう。

これから忙しくなりそうだと、近い未来を想像してヴェルグは笑顔になるのだった。

第四章　訓練

大陸の北部に〝失われた大地〟が存在する。

広大であるが故に、低域、中域、高域、深域、最深域と領域が分けられている。

更に自分たちの居場所を把握するため区分けされており、全ての領域は五十区に細かく分けられていた。

仲間とはぐれた場合など何区にいると伝えることができれば合流も容易いのだ。

「はい、そこ、しっかり土を固めなさい！　夜中に魔物に殴られて崩壊なんて目も当てられないわよ！」

大声をあげて指示しているのは〝ヴィルートギルド〟を率いる少女カレンだ。

その周りではギフト【土】や【泥】などを持つ魔導師たちが、周りに城壁のようなものを魔法で築き上げていく。

彼女たちが今いるのは〝失われた大地〟の中域四十八区と呼ばれる場所だ。

魔王グリム率いる〝マリツィアギルド〟との戦争が近いことを知り、付け焼き刃かもしれないが少しでも戦力を増強するために、カレンは〝ヴィルートギルド〟を率いてやってきたのである。

『レーラー、なぜ中域四十八区に拠点を作るんです？　四十九区のほうが高域に近くていいと思うんですが』

シューラーの質問にカレンは指示を一時中断して向き合う。

「五十区には領域主がいるのは知ってるわよね？」

『はい。嫌というほどエルザさんに叩き込まれました』

領域の境目には領域主と呼ばれる強力な魔物が出現する。

それらは五十区を根城としており、時折、四十九区などに迷い込むこともあった。

「四十九区は領域主がたまに徘徊してるから危険なのよ」

『ですが、高域に行くのにこれほど強固な拠点を造る必要はあったんですか？』

〝ヴィルートギルド〟はまだ高域に進出したことがない。

まだ早い、実力不足だとカレンが二の足を踏んでいたからだ。

しかし、魔王のギルドと戦争を行うことが決まり、高域に進出することを決めた。

「まだ高域に行くのが早いと判断した人には、この中域に留まって自らを鍛えてもらうからよ。だから拠点はしっかり造っておかないとね」

高域は一度も足を踏み入れたことのない未知の領域、だから実力が不足していると判断した者たちは連れていかない。

昨日、カレンが高域に挑戦すると宣言した時、シューラーたちが驚いていた。

　これまで何かと理由をつけて高域に向かうことを避けていたからだ。

　それが急に方針転換されたら誰だって疑問に思うだろう。

　理由は魔王グリム率いる〝マリツィアギルド〟と戦争するからなのだが、まだシューラーたちには明かしていない。高域に進出するというだけで耐え難い重圧があるというのに、余計なことを口走って変に気負わせたくなかったからだ。

　カレンはエルザやユリアと話し合った結果、魔王グリムとの戦争を打ち明けるのは帰還する前日にするということに決めていた。

「さあ、納得できたら拠点造りを手伝ってね」

『はい！』

　元気よく頷いたシューラーが仲間たちの下へ駆けていく。

　その背を見送ったカレンは周囲を見回した。

「さてと……もう問題はなさそうかな」

　魔物を阻む壁は二重で背が高くて厚い。お風呂も覗き対策が完璧で、食堂は皆が座れるように広々としており、長屋もまた快適に過ごせるように十分な広さを確保していた。

　こうして改めて見ると一大拠点だ。

　あと五日もすれば破壊するのだが、勿体なく感じるほど見事な完成度だった。

「足りないものがあったら、あとから追加していけばいいかな」

拠点の中を見回りながら確認していると、ふとあるものに気づいて足を止めた。

土の上を避けて草の生えた場所に寝転がっている人物――アルスだ。

「なに見てんのかしら……」

アルスに釣られて蒼穹を仰いだ。

空は青く澄んでいる。

川の流れる音が耳を優しく撫で、穏やかな風が身体を心地良く包んでくれる。

まるで空を飛んでいるかのような錯覚に陥るが、首が疲れたので視線を落とせば現実が待っていた。先ほどの開放感が嘘のように消えてなくなり、カレンは残念に思いながらもアルスに近づいた。

「なーにしてんの？」

空を覆い尽くすようにアルスの顔に自身の影を落とす。

驚くでもなく、怒ることもなく、美しく澄んだ朱と黒の瞳がカレンを見上げてくる。

思わず恥ずかしくなったカレンがアルスの隣に腰を下ろせば、彼もまた起き上がって胡座を掻いた。

「もうレーラーの仕事は終わったのか？」

「あとは食事の指示ぐらいだけど、そっちはエルザに任せてるから、あたしの仕事はもうほとんど終わったようなものね。あたしが必要になるのは緊急時ぐらいじゃない？」

「緊急時か……これだけ厳重なら魔物も入ってこれないだろ」

「油断は大敵よ。それよりシオンはどこに行ったの？」

「もうすぐ夕食だろ。エルザと一緒に食堂に行ったぞ」

目覚めてからのシオンは以前よりも食べるようになってしまった。

ちなみに〝ヴィルートギルド〟は所属するシューラーたちの食事代を無料にしている。ギルドに所属していない居候のアルスは本来払うべき立場なのだが、ユリアを救ったことで無料にしてもらっていた。

では、アルスが従属化したシオンはどういう立場なのか。カレンの恩人ということで、彼女もまた食事代などは無料なのだが、あまりにも食べるものだからカレンが実費でいくらか払っているということをエルザから聞いたことがある。

「またつまみ食いかしら……そりゃ前から食べるけどさ、なんで更に量が増えるのよ。従属化失敗してんじゃないわよね？」

ジト目を向けてくるカレンに、アルスは鼻で笑って否定する。

「はっ、まさか、聞いていた通りの結果だから成功してるのは間違いない」

「ふぅん、でも、あんなに食べるようになった原因なんて従属化しかないじゃないの」

否定できないのが辛いところだが、本当にアルスも原因がわかっていない。

よく食べる以外に身体の異常はないので、それほど心配もしていないのだが、カレンにとっては食費が徐々に財布を圧迫しているから焦っているのかもしれない。

「あら、お姉様が来たみたいね」

カレンの言葉に反応して視線を向ければ、転移を終えたばかりの白銀の少女ユリアの姿があった。彼女は用事を済ませてから合流するとのことで今の時間帯になったのだ。

「お姉様、こっちよ！」

カレンが声をあげれば、ユリアの表情が輝いて笑顔に変わる。

彼女は軽い足取りで駆けてくる。

「お待たせしました。カレンとアルスは二人でなにをしていたんですか？」

「シオンの話だな。最近よく食べるからお金がないってカレンが愚痴ってたんだ」

「ちょっと！ 変に歪曲しないで、別にお金がないわけじゃないわ。それにシオンに聞かれたら彼女が傷つくじゃないの。ただよく食べるって話をしただけ、お姉様も勘違いしちゃ駄目よ!?」

「はぁ……わかりました。今聞いたことは忘れます。でも、本当によく食べてますよね」

ユリアも思うところがあったのか、細い顎に綺麗な指を添えながら首を傾げる。

姉に釣られたのか隣のカレンも難しい顔をして唸った。

そんな二人の様子を見たアルスは苦笑する。

「いずれ原因もわかるだろう。身体の調子が悪いわけじゃないんだから、しばらくは様子を見ておこう」

シオンとアルスの間には従属化した影響で見えない繋がりがある。

だから、何となく問題がないとアルスにはわかるのだが、心配性なカレンを説得できるほどの証拠が出せるわけでもない。なので、時間が解決してくれるのを待つしかないだろう。その時までカレンのお金がどれほど減っているかなど考えたくもないが。

「そうですね。シオンさんの件については様子を見るしかありません。それでカレン、遠征の大筋は決まったのですか？」

用事があったユリアは朝にあった遠征の会議に参加していない。

なので、今後どう動くべきなのか迷ったのだろう。

それに明日は高域に進出するのだから、出来る限りの齟齬はなくしておきたいのかもしれない。不必要な行動によって全滅することだってありえる。互いに誤解のないように話し合っておくことは重要なことだった。

「領域主に挑戦するのは明日の朝に決まったわよ」

カレンたちは朝の会議が終わった後に拠点の場所を決めると、迅速に周囲の魔物を掃討したのだが予定よりも時間がかかってしまった。なので、今日は残りの時間を拠点造りに費やすことに決めたのである。

「さすがに今日は……無理ですね」

ユリアが空を見上げれば夕焼けの端から闇が忍び寄ってきている。

「お姉様なら可能なんだろうけど、さすがに領域主を夜に討伐はねぇ……シューラーたちに犠牲がでちゃうわよ」

今回の遠征の目的は、魔王グリムとの戦争に備えてシューラーたちを鍛えることだ。残り五日という短い期間しかないため無茶をして大怪我をされては本末転倒だ。万全を期すため、より確実に、より堅実に、事を成す。

故に、明日から〝失われた大地〟の高域の攻略を開始することにしたのだ。

「それが懸命ですね。無茶をして動けなくなっては意味がありませんから――」

会話の途中で良い匂いが鼻腔を刺激することでユリアの言葉が途切れた。

「お酒を振る舞ってるんですね」

ユリアの視線の先では酒を片手にシューラーたちが食事を楽しみ始めていた。

「領域主に挑戦するから士気を高めておかないとね。それに今回は進出組と居残り組で分けちゃったから、軋轢を避けるためにも少量のお酒を許したの」

「見張りは大丈夫なんですか？」

喧噪に釣られて魔物が寄ってくる可能性をユリアは懸念しているのだろう。

不安そうなユリアにカレンは杞憂だと言わんばかりに胸を張る。

「交代要員も含めて見張りにはお酒を飲ませてないわよ。さすがに今日は我慢してもらうけど、明日以降も飲めるチャンスはあるし、飲まずに見張りをしてくれた者には報酬を多めに渡すことをエルザと決めているわ」

「それなら不満も少なくてすみますね」

カレンの説明にユリアが納得するように頷けば、エルザが料理を盛った皿を両手に姿を現した。

「本日の夕食をお持ちいたしました」

遠征時の食事はエルザが一手に引き受けている。

本来なら〈灯火の姉妹(ヴィルート・シュヴェスター)〉の厨房(ちゅうぼう)を任せている肝っ玉母ちゃんのミチルダに任せるべきなのだが、彼女は戦闘要員ではないのと、子供も生まれたばかりなので遠征に付き添っていない。だから、遠征の時にはエルザが料理を取り仕切っているのである。

「準備をお願いします」

エルザが指示すれば、彼女の背後にいたシューラー二人がギフト【土】で机や椅子を造り始めた。

「本当に便利なギフトだよな」

ギフト【植物】のシューラーもいたようで、【土】による机や椅子だけじゃなく、慣れた手際で食器の類いもどんどん作られていく。

「遠征では〝運び屋(サポーター)〟もすごく貴重なんだけど、それと同じくらいに生産系とか創造系ギフトを持つ人は重宝されているわね」

アルスの言葉にカレンが同意した。

その理由は目の前で作られていく品物を見ていれば理解できる。

なにより、周囲にある施設を見れば【植物】や【土】のギフトを持つ彼女たちが、どれほど重要なのかわかってしまう。

〝失われた大地〟の遠征は過酷なものだ。魔物に囲まれた生活の重圧も生半可なものではない。常に気を張っていなければ、いずれは精神が壊れてもおかしくない状況に陥ってしまう。でも、壁の一枚があれば人は安心感を得るのである。それが仮令(たとえ)、吹けば飛んでしまう粗末なものであっても心に安らぎを得てしまうほど、此処(ここ)は過酷な環境なのだ。

そこへ遠征時の生活を大幅に改善するような、壁や家を造れるようなギフト持ちがいたら重宝されるのも当然のことだった。

「〝運び屋(サポーター)〟がいないと冒険はできないし、生産系や創造系ギフトを持つ者がいないと〝失われた大地〟では生きていけない――というよりも、冒険する魔導師がいなくなっちゃうわね。だからギルドを作る時は真っ先に勧誘しなきゃいけない人材よ」

説明しながらカレンは準備された椅子に座る。

「昔は戦闘系ギフトが幅を利かせて、補助系ギフトが蔑(ないがし)ろにされていた時代もあったみたいだけど、今じゃ立場は対等――ううん、若干だけど補助系ギフトのほうが上かしら。

だって彼女たちがいないと〝失われた大地〟での生活は悲惨だもの」

縁の下の力持ちだと、補助系ギフトの重要性を説きながら、カレンが準備をしてくれたシューラーたちに礼を言うと恥ずかしそうに頭を下げて去って行った。

「カレンの言う通り……確かに何度か一人で狩りをした時は辛く感じたな」

何気なく呟いた言葉だった。けれども、アルスは自分で言っておきながら、その意味に気づいて自嘲の笑みを浮かべるに至った。

アルスは幽閉されていた影響で過酷な状況にも慣れていた。そのはずなのに、魔法都市では恵まれた環境を与えられたことで、一人で冒険するのが辛いと思っている自分に気づいてしまった。すっかりぬるま湯に浸かっている自分に気づいて嘆息を一つ零す。

「ふっ、これじゃダメだな」

「なにがダメなんです？」

ユリアに聞こえていたようで、アルスの顔を覗き込んできた。

「気づいたんだ、この状況に甘えていると……。〝魔法の神髄〟が今もどこかで強くなっている時に、オレはこの恵まれた環境を当然として受け入れてしまっていた」

「……はあ、それでどうしたいんです？」

なぜかユリアが呆れた視線をアルスに向けてくる。

「もっと過酷な環境に身を置くべきじゃないかと反省したんだ。理不尽な状況に陥ればもっと成長できるんじゃないかと……だから、今回の遠征は一人で行動をしようかと思っているんだが、どう思う？」

「却下です」

ユリアは即答だった。にべもなくアルスの願いは打ち砕かれる。

聞き間違えたかとアルスは思ったが、真剣な表情でユリアは首を横に振っていた。

「前から思っていましたが、アルスは少し自重してください。ソロで冒険するなんて今時ありえませんよ。魔王ですら滅多にしないことです。そもそも恵まれていると言いますが、狩りに集中するために快適な環境を整えるのは当然のことです。これを疎(おろそ)かにしては冒険なんてできません」

身を乗り出して説教してくるユリア。その剣幕に思わずアルスは仰(の)け反(ぞ)った。

「アルスは前にソロで狩りに向かって一週間は帰ってきませんでした。その時のことを覚えていますか？　私が朝食を食べている時に、あなたは返り血塗(まみ)れで帰ってきて、狩りの成果だと清々(すがすが)しい顔で領域主の首と一緒に魔物の素材を目の前に置きましたね。あの時、吐き気を我慢した私の気持ちがわかりますか？」

「お、おう……あれは本当に悪かったと思ってる」

以前、アルスはソロで〝失われた大地〟を訪れたことがあるのだが、帰ることも忘れて一週間も夢中になって魔物を狩り続けていた。

しかし、〝運び屋（サポーター）〟もいなかったので、素材などを紐（ひも）で縛って引き摺（ず）りながら帰ったのだが、それが朝食を食べていたユリアの逆鱗（げきりん）に触れてしまったのだ。

その後は風呂にも入っていなかったことから、エルザから強制的に身体を洗われたりして、〝失われた大地〟にソロで行った場合は二日以上は滞在しないという約束もさせられてしまった。

「吐かなかった私を褒めてほしいぐらいです。それにアルスは放っておくと無茶ばかりしますからね。最近はソロで狩りばかりなんですから、たまにはゆっくりしてください」

「別に無茶をしてるつもりはないんだけどな」

頬を指で掻（か）きながらアルスは言うが、ユリアは嘆くように嘆息してしまう。

アルスがこの状況をどう切り抜けようか考えていると、

「準備ができたぞ。二人とも食べようじゃないか」

助け船をだしてくれたのはシオンだった。

机の上には料理が並べられており、カレンとエルザも既に席へついている。

「イチャイチャするのは後にしなさいな。せっかくのエルザの料理が冷めちゃうわよ」

「す、すいません。食事にしましょう！」

カレンにまで言われたら、さすがのユリアも反省したのか頭を下げながら席についた。

助かったことに安堵（あんど）しながらアルスが椅子に座れば食事が始まる。

カレンは野菜を中心に、シオンは肉ばかりで、ユリアはバランスよく食べながら、エルザはアルスの世話を焼く。それぞれの性格が反映された食事風景だ。

やがて腹が満たされてくると、手の動きも緩慢になって口から言葉が飛び出してくる。

「それで明日の領域主の挑戦だけど、お姉様とアルス、それとシオンは後方で待機してもらうね」

「いいんですか？」

「ええ、念のため領域主が発生させる〝魔物行進〟に備えてもらえたらって思ってるわ」

追い詰められた領域主は稀に雄叫びなどで周辺の魔物を活性化させる場合がある。

大量に魔物が襲い掛かってくることから〝魔物行進〟と名付けられた。

「わかりました。カレンたちは領域主に集中してください」

「わかった。アタシは何度か戦ったことがあるからな。遠慮しておくよ」

ユリアとシオンが了承すれば、アルスも頷いたが最後に首を傾げた。

「オレもそれでいい。でも〝魔物行進〟なんて起こるのか？　低域も含めて領域主を何度か倒してるが一度もそんな気配というか、前兆みたいなのは感じなかったぞ」

「ああ、それは発生条件が複雑だもの。滅多に起こらないわよ。あたしも〝魔物行進〟なんて見たことないわ」

言い終えたカレンは申し訳なさそうな表情で両手を合わせた。

「ごめんね。本当は参加してもらいたかったんだけど、今後のことを考えると領域主はお姉様たち抜きで突破しておかないと、高域でやっていけないと思ったのよ」

〝魔物行進〟への備えは建前で、本音はシューラーたちのためだったようだ。

しかし、カレンの主張は納得できるものだった。

アルス、ユリア、シオンの力を借りると中域の領域主をあっさり倒せる可能性が高い。

そもそも、先日のことだがアルスは単独で中域の領域主を討伐しており、シオンに至っては〝ラヴンデルギルド〟のレーラー時代に高域へ進出しているようで何度も戦ったことがあるとのことだ。

そんな経験者が二人もいれば中域の領域主などあっさり倒せるに違いない。

しかし、シューラーたちの成長を促すためにも、それだけは避けなければいけない。

もし、簡単に領域主を倒せた場合、ほとんどのシューラーたちは気を抜いてしまう。

緊張感もなく高域に足を踏み入れてしまうことだろう。そんな浮ついた気持ちで高域に進めば最悪全滅してもおかしくはないのだ。もしかしたら、現状でもアルスたちがいるから大丈夫だろう。そんなことを考えているシューラーだっているかもしれない。

だから、今回はアルスたちは不参加となる。

シューラーたちに甘い考えを捨てさせるために、〝魔物行進〟に備えるという理由をつけて後方で待機するのだ。

「その代わり高域に入ったら連携の確認も含めて皆で一緒に狩りをするからね」

「はい。カレンも気にしたらダメですよ？　私は納得していますから大丈夫です」

二人のやり取りを見ていたアルスは思案する。

領域主を倒したことがないユリアは参加したほうがいいと思ったが、彼女のギフト【光】はあまりにも強力すぎて、周りと合わせて戦うことは難しいだろう。

それに中域の領域主と一度戦ったアルスだからこそわかるが、ユリアは簡単に領域主を倒すことができるはず。出会ったときよりも成長している彼女がソロで倒せない魔物は中域には存在しない。だから、カレンの言うとおりユリアが不参加のほうが、シューラーたちの成長を促すことができるのは間違いない。

ここまで考えてユリアが不参加の理由をアルスは理解できた。

けれども、今回の領域主の討伐にカレンとエルザも参加する理由がわからない。

アルスから見ても彼女たちはソロで領域主を討伐できる実力を持っていた。

ユリアもそうだが、彼女たちはよくアルスに自己評価が低いと言ってくる。

しかし、自己評価が低いと言いたいのはアルスのほうだった。

もちろん〝ヴィルートギルド〟のシューラーたちも強者ばかりだ。

この拠点を見るだけで、どれほど凄まじいことをしているのか理解できる。

しかも、誰もが与えられた役割をしっかりと務めて怠ける者なんていない。

アルスは高域の魔物が強いのは話でしか聞いたことはないが、シューラーたちだけでも十分にやっていけると思っていた。

「それでカレンとエルザはどうするんだ?」

「参加するわよ。さすがにあたしたちが抜けちゃうと全滅しちゃう」

「必要ないと思うが……まあ、さすがにカレンは戦わないと、シューラーたちも不安に思うか——いや、油断は禁物だからエルザも参加したほうがいいかもしれないな」

「本当にアルスってば自己評価が低くて、他者の評価は馬鹿みたいに高いわね」

「事実を言ってるだけなんだがな」

カレンの体捌き、ユリアの剣捌き、エルザの魔力操作などアルスは足下にも及ばない。

彼女たちと狩りをするとき、隣に立って戦うときなどは否が応でも思い知らされる。

前にそのことを伝えたら驚いたように口を開けたまま固まってしまったが、きっと謙遜していたのだろう。

「はぁ……どうしよう。どうやって説明したら信じてくれるのかしら」

困ったように頬に手を当てるカレン。まるで子供の悪戯に困っている母親のような仕草だった。そんな彼女に反応したのは食事を終えたシオンだ。

「アルスの勘違いは直すことはできない」

アルスの戦闘方法が素人同然の動きなのは間違いない。

でも、なぜか、それで魔物を倒せてしまうのだ。

アルスは自身の動きが拙いことを知っている。改善しようとカレンたちを観察して自身の動きに取り入れたりもしていた。

幽閉されていたのだから当然のことだが、アルスは専門的な動きなどを教わることがなかった。多少は身体を鍛えていたようだが、常日頃から専門家などに師事して鍛錬してきたユリアたちと熟練度を比べれば雲泥の差であろう。だから、アルスが素人から脱却しない限り、カレンたちが強いという結論が変わることはないのだ。

「勘違いってひどいな。素直に事実から評価してるだけなんだが？」

肩を竦めるアルスにシオンは微笑する。

「勘違いなのに事実だから、ややこしいことになってるんだ」

今の状況だと、どれだけ指摘してもアルスは認めない。

認めるとしたら彼の動きが素人から玄人に成長したときだろう。

何度も繰り返してきた会話だから、今日のようにいつまで経っても平行線なのである。

だから時折こうして誰かが常に話題にしていた。

いずれは認識を改めるように皆で協力して、アルスの意識を誘導しているのだ。

「まあ、今日はここまででいいだろう。それよりもカレンたちは明日頑張れ」

シオンが話題を切り替える。カレンは勢いよく胸を叩くと笑顔になった。

「ええ、大船に乗ったつもりで見ていてちょうだい！」

自信に満ちた声音に、アルスがハッとした表情でカレンを見た。

「思い出した。それだよ。カレンそれについて問いただしたい」

「えっ、なにが？」

「泥船って騙してただろ？」

カレンから常識として叩き込まれた知識の一つだ。

アルスは以前「泥船に乗ったつもりで……」と答えたことがあった。

泥船ではなく大船だと指摘されたのは記憶に新しい。

「だ、騙してないわよ！　それは冗談って言うの！」

「いや、もう騙されない。グレティアが真実を教えてくれたからな」

またいつものが始まったと、二人の言い争いを呆れた表情で皆が眺めている。

穏やかな月明かりに照らされながら夜は更けていった。

＊

翌朝。花が開き、草は朝露に濡れ、自然の目覚めと共に生物もまた動き始めた。

朝日が昇る直前から〝ヴィルートギルド〟もまた始動する。

黙々と準備を終えたカレンたちは拠点を出立した。

居残り組が先行して、後方に付き従うのは進出組だ。

今日から居残り組は中域四十八と四十九区を中心に魔物を狩る。

それは高域に向かう進出組の体力を温存するためと、帰還したとき居残り組と円滑に合流するために魔物を間引きする目的もあった。

領域主が生息している場所は中域五十区――道中で邪魔な魔物を狩りながら進むこと二時間ほどが経った。

「レーラー、そろそろ五十区です。我々はこの辺りで離れますね」

「ええ、ここまで先行してもらって感謝するわ。グレティア、あとは任せるわよ」

五十区目前でカレンに話しかけたのは、居残り組を率いるグレティアと呼ばれる女性。

空間系ギフトを持っており、いわゆる〝運び屋(サポーター)〟と呼ばれる魔導師であった。

彼女の実力であれば進出組でもおかしくはなかったが、実力者を全員連れていくと居残り組の戦力に不安があったため、グレティアを始めとした一部の優秀な者には残ってもらうことになったのである。

「お任せください。そちらに負けないぐらいガンガン狩って儲(もう)けさせてもらいます」

「ふふっ、無茶をしない程度にね。せっかくの機会だし、存分に稼いでちょうだい」

旨味(うまみ)がなければ中域に留(とど)まるのは罰みたいなものだが、カレンは居残り組の士気が下がらないように対策をしていた。

それが報酬の増加——本来、ギルドに所属している者は遠征時に儲けた二割を収めることになっているが、今回に限りカレンは撤廃したのだ。

そのため居残り組の士気は随分と上がった。今回の遠征で儲けてやるという意気がヒシヒシと伝わってくるほどだ。ちなみに、他のギルドだと遠征の儲けは三割から五割を収めるのが普通で〝ヴィルートギルド〟は酒場を経営していることもあり、良心的な設定にしている。他にも短期間の狩り——パーティーで稼いだ場合は一割ほどで、他のギルドは二割から三割となっていた。

「それでは皆さんご武運を祈っています」

先行していたグレティア率いる居残り組が足を止める。その横を口々にお礼を言いながら進出組が通り過ぎていく。

中域五十区に足を踏み入れたら、最初は誰もが違和感を覚えるだろう。

魔物を一匹も見なくなるのだ。ただ穏やかな景色が続く。

中域五十区は領域主が縄張りを守るために徘徊（はいかい）している。その気配を恐れた魔物は近づくことがないのだ。しかも、領域主は一匹ではなく、それぞれ広い五十区に自身の縄張りを作り、時には他の領域主と戦って勝利することで縄張りを奪ったりもする。

敗北した領域主は新たな土地を求めることになるのだが、大抵は五十区から追い出されて四十九区以降を彷徨うようになる。

前回、アルスとエルザが二人で狩りをしていた時に遭遇した領域主ドヨセイフも、過酷な生存競争に敗れた一匹の魔物であったのだ。

『レーラー！　領域主ミノスマンダーです！』

居残り組と分かれて五十区を一時間ほど進んだ時、シューラーの一人がカレンに並行して報告してきた。

進出組の前に現れたのは、牛のような体格をした巨大な魔物。

竜の鱗を持った人間のような体軀、牛と鬼を合わせたような醜悪な頭部。

牛鬼の頭部には鋭く湾曲した角があって野性的な印象を与え、紅い瞳は鋭い眼光を放って狂暴さを感じさせるほど輝いている。上半身はがっしりとした筋肉で覆われ、強靭だと思わせる体格を持っていた。そんな身体は黒褐色で、大きな体軀と筋肉の隆起は毛で覆われている。特に背中や腕には長い毛が茂っていた。

領域主に相応しい力強さと野性的な狂暴さを兼ね備えている。

その存在は畏怖と恐怖を同時に引き起こすもので、シューラーたちはその重圧に思わず喉を鳴らして膝を震わせていた。

「しっかりしなさい！　ビビッってんじゃないわよ！」

辛辣な言葉を置いて、カレンがシューラーたちを避けながら駆け出した。その手には紅い槍を背負うようにして握り締めていた。

突如、突っ込んできた獲物にミノスマンダーは虚を突かれた様子で動きを止めた。

その隙を逃さずカレンが槍を一閃させると、ミノスマンダーの分厚い胸元から血飛沫が空に打ち上がった。

「……案外、柔らかいわね」

まずは魔力の温存をするためにも槍術で不意打ちを決めたが、そのカレンはミノスマンダーの肉体にあっさり傷をつけられたことに驚いていた。

負傷したミノスマンダーは怒り心頭といった具合に雄叫びをあげる。

活力を漲らせたミノスマンダーの腕が霞み、常人には見えないほどの驚異的な速度でカレンに迫った。カレンは回避運動をとろうとしたが、その前にミノスマンダーの腕が弾けるようにして宙に打ち上がる。巨大な手には矢が突き刺さっており、大量の血を撒き散らしていた。

「皆さん、なにをしているのですか？　レーラーが道を示しました。あなたたちも彼女の勇気に応えなさい」

諭すようにエルザの艶やかな口元から言葉が零れ落ちる。その声音に怒りが混じっていたせいか、聞き逃してもおかしくはない声量だったにも拘わらず、呆然とするシューラーたちの耳にしっかりと届いた。

『い、いくぞ、てめぇら！　レーラーだけに戦わせるんじゃねえ！』

『陣形を整えましょう！　そこ反省するならあとにしなさい！』

エルザの言葉で立ち直るシューラーたちを見て、最前線でミノスマンダーの攻撃を回避していたカレンは笑みを深める。

「それじゃ、始めましょうか！　一班と二班は交互に前衛を担当。三班は後衛、四班は支援、事前に決めていた通りよ。忘れてないでしょうね？」

『忘れてないっす！　一班は全力で肉壁となります！』

『二班は堅実にミノスマンダーを足止めします、怪我をしたら元も子もないので。それと一班の班長は代えたほうがいいですね』

「仲良くしなさい。あと怪我人はださないようにね。それが今回の目的の一つでもあるんだから、焦らずにミノスマンダーを仕留めるわよ」

余裕が生まれたせいか無駄口を叩く班長二人にカレンは苦笑を向ける。

その間にもシューラーたちは黙々と陣形を整えて一班がカレンの援護を開始した。

ミノスマンダーが逃げないように取り囲むのは二班で、その後方では詠唱を紡ぎ始める三班の姿があった。

詠唱が世界に深く浸透すれば、輝かしい魔法陣が次々と展開されていく。

滲み出す濃密な魔力と空気が触れ合うことで風が生まれて、周囲を威圧するように渦を巻き始めていた。

魔法陣は魔導師にとって強大な力を誇示する象徴とも呼べるものだ。

そのため誰もが自身の魔法陣を誇らしげに見つめながら詠唱を紡ぐ。

敵を倒せと、友を守れと、誇りが、勇気が、魔法陣に込められていく。

様々な想いが込められた幾多もの魔法陣は非常に美しい。

まさに色彩豊かな花畑のように個性に溢れて見る者全てを魅了する。

次いで放たれる魔法、それはまさに暴威の嵐、大地を揺るがすミノスマンダーの叫び声さえ飲み込んでしまう。しかし、まだ終わらない。地面を抉って陥没させても押し寄せる魔法の数は一向に減らない。

「カレンは変わりましたね。以前は自分で決断するのを遠慮している節があったのですが今は堂々と命令している気がします」

第四班よりも後方――煙に包まれるミノスマンダーに槍を突き刺すカレンの後ろ姿を眺めながらユリアが呟いた。そんな彼女の隣に立つアルスは素直に頷いた。

「ああ、それに最近のカレンは試練の連続で、成長する機会はいくらでもあったからな」

シューラーたちとの遠征、クリストフの施設の襲撃、魔族との戦闘、シオンの救出、最近のカレンは戦い続けていた。そして、自身の弱さを知り、友を救おうとして、また奪われかけたのだ。そんな環境に放り込まれたら誰だって成長する。

「エルザが切っ掛けでもありますが、カレンが命令するだけで空気が変わりました。シューラーの皆さんもカレンの変化に気づいているんじゃないでしょうか」

さすが領域主と言うべきか、ミノスマンダーはあれほどの魔法を一斉に受けても生きていた。今はカレンを筆頭に攻撃を加え続けている。だが、ミノスマンダーの防御力は紙のようだが生命力は凄まじいようで、まだ倒れる様子はなかった。

黒褐色のせいで目立たないが、大量の血を流しているせいで地面に血溜まりができている。その様を見れば相当追い詰められているのがわかった。無尽蔵の体力があるわけでもないので、ミノスマンダーが倒れるのも時間の問題だろう。

あとは異常事態をこちらで対応するしかない。

「それでコイツは……番かな？」

アルスが振り向けば、ミノスマンダーと同型の魔物がいた。

湾曲した角が片方折れている以外は、カレンたちが相手をしているミノスマンダーとの見分けはつかない。

「オスか？　メスか？」

アルスは首を傾げる。マンティコアぐらいの差があればわかるが、ミノスマンダーは瓜二つで全くわからなかった。それでも興奮しているようで番なのは間違いなさそうだ。

カレンたちに知らせるべきかと、脳裏をよぎったがアルスは頭を横に振って破棄する。

新たなミノスマンダーはアルスたちの真後ろに現れた。

しかも、興奮状態で目が血走っており、鼻息が荒く口からは涎を垂らしている。

この様子だと道を譲っても、きっとアルスたちを見逃すことはないだろう。

なら、自分たちが相手をしたほうがいい——そう判断を下した時、ユリアが前にでた。

「アルス、ここは私に任せてもらえますか？」

こちらの判断を仰いでいるが、態度から察するに譲るつもりはなさそうだ。

アルスがシオンに視線を向けると、興味ないとばかりに欠伸で応えてくれた。

「なら、やってみるといい。ユリアは中域の領域主とは戦ったことがないからな」

「ありがとうございます！　では、私が仕留めさせていただきますね！」

破顔したユリアは買い物でも行くかのように、軽い足取りでミノスマンダーとの距離を詰める。興奮するミノスマンダーとは対照的な姿だ。ミノスマンダーは生物としての本能が危機を察知したのか、ユリアの笑顔を前にして後退った。

「ふふっ——〝光速〟」

ただ一言、瞬く間、刹那、あまりにも速く、彼女は時間すら置き去りにした。

最初は首が落ちた。次に腕が弾け、足が折れて、やがて薄い線が身体に生まれていく。

肉片すらも塵にするかのように、ミノスマンダーが徹底的に斬り刻まれていった。

まさに千切りだ。

アルスは一呼吸することも許されず、ただミノスマンダーだった肉片を眺めるだけ。

気づいたら死んでいた。否、この場合は液状になったと言うべきか。

「うん。ユリアは相変わらず……すごいな。普通なら吐き気とか催すんだろうが、ここまで徹底的に斬り刻むと何も感じないな」

「部屋だったら腐臭が気になっただろうけど……これじゃ、ただの泥が目の前に現れただけか、やっぱりユリアは怖いな」

アルスの言葉に青白い顔でシオンが反応する。

泥になったミノスマンダーから視線を外したアルスは、背後を振り返ってカレンたちの様子を見る。誰も新たな領域主が現れたことに気づいていない。教えたとしてもこの状態まで斬り刻まれたら本当に倒したのかと疑われることになるだろう。

先日、アルスが倒した亀型の領域主ドヨセイフなら防御力重視だったので、あれなら斬り刻まれることもなく形としては残ったのかもしれない。だが、今回の領域主ミノスマンダーは生命力が高いだけで防御力はそれほどでもなかった。

その結果が目の前で起きた出来事なのだろう。

「それにしてもユリアって前より強くなってるよな」

出会った頃と比べればカレンと同等かそれ以上の成長を遂げている。

「それはアルスと狩りに行くせいだろう」

「シオン、どういう意味だ？」

「アルスと狩りにいけば、毎回強力な魔物とばっかり戦うことになるんだ。それで成長しなかったらおかしいだろう」

〝失われた大地〟で解放されたアルスは狂戦士の如く戦闘に明け暮れる。

ただひたすらに魔物を屠り続けて自らの技量を高めていく。

まるで全てを喰らいつくす獅子のように、アルスは魔物を求めて〝失われた大地〟を闊歩するのだ。

その理由をシオンはわかっていた。

アルスにとって〝失われた大地〟の中域は生温いのだ。一見本人は満足しているように思えるが〝魔法の神髄〟という本能が強者を求めて殺戮衝動を突き動かすのだ。

そんな異常な者と行動を共にすれば、馬鹿みたいに鍛えられるに決まっていた。

獅子が我が子を千尋の谷に落とすが如く、死と隣り合わせの状況に放り込まれるのだ。

なにより、アルスは勘違いからユリアたちを自分と同等か、それ以上だと思っている節があった。そうじゃない。それは違うのだと伝えても理解してもらえない。だから、アルスと狩りに行けば常に死線に立たされて無茶な要求ばかりされる。

常に地獄に放り込まれるユリアたちが強くなるのも必然であった。

「確かに一緒に狩りに行けばユリアたちは強くなるのに貪欲だったな。まるで死を覚悟したような目をしてた。オレも負けじと頑張ったもんだよ」

「ふふっ……アルスに何かあってはいけないと必死についていく日々でしたね」

　雲を見上げるように遠い目をしてユリアは語る。

「アタシも何度か付き合わされたが心臓が止まる思いばかりだったな。あの素人の動きが錯覚させるんだ。怪我をしてしまう、助けるべきだと。それでつい飛び込んだら魔物に囲まれて喜んでいるアルスがいるんだ……そこで、あぁ、これは罠だったんだなと気づく。それで何食わぬ顔をしてアルスが魔物を寄越すんだから……本当によく今日まで生き残ったなと思うよ」

「いや……シオン……それはオレのせいなのか？」

アルスが楽しく狩りをしていると、彼女たちが飛び込んできて獲物を倒していくのだ。だから、最近ではアルスは必ず彼女たちに声をかけてから魔物を狩っている。

先ほどのユリアとのやり取りも、その経験から来ているのであった。

「はいはーい、なにを揉めてるのかしら？」

近づいてきたのはカレンだ。アルスたちが会話をしている間に倒したようで、彼女の背後では倒したミノスマンダーの解体が始まっている。中域の領域主の初討伐だからか、シューラーたちが魔物の死体の傍で解体を見守っていた。

「そっちも終わったんだな」

アルスが言えば、カレンはコテンと小首を傾げた。

「そっちも――って何かあったの？」

「ああ、番だと思うんだが、ミノスマンダーが出現したんだ」

と、アルスは泥となった死体を指し示す。

「……これが？　まっさかー……ちょっとぐらい大きな肉片みたいなの残るでしょ？」

カレンが疑わしい目を向けてくる。

「そんな目をしたくなるのもわかるけどな。でも、殺したのはユリアだ。細切れどころか泥にした。ちなみにソロでだ」

「あぁ……お姉様がやったのね。それなら納得かも」

カレンが疲れたような嘆息をしてユリアを見る。彼女はそっと視線を逸らした。

「ソロでやったのもすごいけど、それ以前に領域主の素材が勿体ないわね。お姉様せっかく討伐したのに悪いんだけど、泥なんかに報酬はだせないわよ？」

「わ、わかってます。これでも反省しているんです」

ユリアが素材を駄目にするのは今回が初めてというわけでもない。

過去にも何度か失敗しており、その度に反省はしているのだが、剣を持ち魔法を使うと本能が強くなるのか楽しんでしまうため、過度な破壊力をもって魔物を刻んでしまう。

「まあ、ソロならお姉様が損するだけだからいいんだけどね」

「うぅ……はい。次は気をつけます」

「いや、お姉様、怒ってないから、そんなに落ち込まなくてもいいわよ」

別にカレンは怒っているわけではないのだが、ユリアの恐縮する姿のせいで、そのように見えてしまう。しかし、その姿はカレンの本意ではなかったのか、彼女は笑顔で両腕を広げた。

「でも、さすが——」

反省する姉も可愛(かわい)いとでも思ったのか、いつものように『さすおね』が始まりかけたが、背後から近づいてきたシューラーによって遮られてしまう。

『レーラー、解体が終わりました。いつでも出立できます』

「あら……そう、エルザは？」

カレンは残念そうに嘆息すると、両腕を下ろしてから振り返った。

シューラーは地面を指さすと困ったような笑みを浮かべる。

「えーと、その残骸？　泥の話を聞いていたようで、他にも領域主が潜んでいる可能性があるかもしれないとのことで、数人を連れて斥候(せっこう)に行きました」

「それなら放っておいていいわ。相変わらず仕事が速いわね。それじゃ、あたしたちも出発しましょうか」

カレンはシューラーたちに声をかけながら隊列を整えると進出組は再び出発する。

アルスたちも前列を歩いて進むが、新たな領域主がでてくることもなく、〝失われた大地〟の中域と高域の境目にやってきた。

その境目だが目に見えてわかる存在でもある。足下を見ればいい。大地の色が違うことがわかるからだ。一歩先に進めば草原が広がり、一歩後退すれば森が広がっている。まるで別世界に飛び込んだように景色が様変わりするのでわかりやすいのだ。

「高域一区か……もうちょっと感動するかなと思ったけど、意外となんにもないわね」

「それはそうだ。高域が最後じゃない。通過点にすぎないんだから感動なんてするわけがないさ。むしろ、魔導師としてようやく始まると言ったところだな」

カレンの呟きにシオンが反応する。

「ここから新たな冒険が始まる。そんな期待と喜びが感動よりも勝るんだ。だから、カレンの気持ちは正常で、ここで満足したら魔導師として失格なんだとアタシは思う」

「そっか……なら、楽しまないと損ね！」

前を向いてカレンは歩み始める。

そんな彼女の背中から視線を外したアルスは、視界いっぱいに広がる草原を見た。

「ここが高域か、どんな魔物がいるのか」

強いのか、弱いのか、昂ぶりを与えてくれるのか。

未知の領域。興奮するなというのが無理な話だ。

新たな知識が手に入るかもしれない。新たな叡智を発見できるかもしれない。

「本当に楽しみだな」

心の底から楽しげにアルスは喉を震わせた。

＊

〝失われた大地〟の中域は大型の魔物が多く生息していたが、高域は小型が多く群れているのが特徴的であった。

〝ヴィルートギルド〟が高域に進出してから二日目の朝を迎えていた。

今は狩りもせず撤退の準備を始めている。

魔王グリム率いる〝マリツィアギルド〟との戦争が明後日に控えているからだ。

「ちゃんと壁は崩すのよ！」

カレンの元気いっぱいの声が響いてきた。

〝失われた大地〟で造った拠点は完全に破棄しなければならない。

少しでも残っていると魔物の住処になってしまう恐れがあるからだ。

もし、拠点の残骸を少しでも残していたのが明るみになった場合は、魔法協会から罰則が与えられるが、高域の場合は少しばかり勝手が違う。

「ヘルヘイムからも抗議が来るんだったか？」

「うん。ヘルヘイムの女王ヘルは高域を自身の領地だと宣言しているからな。荒らされるのをひどく嫌っている。だから一度荒らした者たちが次に高域へ来た時は拘束されて罰せられたという話も多い」

アルスの疑問に答えたのはシオンだ。

「魔族の都市を一度見てみたかったけど、今回は無理そうだな。シオンは女王ヘルを見たことがあるのか？」

ヘルヘイムの女王ヘルが住む魔都は高域三十区に存在している。

だが、〝ヴィルートギルド〟が今回の遠征で足を延ばしたのは十区まで、それ以上は時間もなかったので進むことができなかった。

「アタシも見たことがないぞ。女王ヘルは滅多に外にでてこないからな。もしでてくるとしたら部下たちでも手に負えない難事があった時じゃないか。桁違いの強さだと聞いたことがある」

「部下たちでも手に負えないか……つまり、最近は問題もなく安定してるってことだな」

「彼女の部下も、それだけ強いというわけだ。唯一荒れたのは〝魔法の神髄(ミーミル)〟に知識を奪われたと騒いだ時ぐらいじゃないか」

「どんな知識だったんだろうな」

アルスが羨ましそうな表情を浮かべれば、シオンは水筒の蓋を開けながら苦笑した。

（十中八九、従属化に関する知識だろうなぁ）

シオンは胸の内だけで言葉を転がすと水筒を呷って水を飲んだ。それから口端から零れた水を手で拭いながらアルスに水筒を手渡した。

「ちなみに女王親衛隊とやらが〝魔法の神髄〟を探してるそうだ。偽物を名乗ってるアルスのところまで来るかもしれないな」

「それは楽しみだな。知らない魔法を魅せてもらいたいもんだ」

瞳を輝かせるアルスはシオンから受け取った水を飲みながら答える。

（……本当に自覚がないのか、演技なのか、その辺りはアタシにもわからないな）

アルス本人は世間で自身が〝魔法の神髄〟だと言われていることに気づいていない。

なのに、〝魔法の神髄〟を探すために偽物になるのだからよくわからない状況だ。

それを聞いた時のユリアが頭を抱えていたのをシオンはよく覚えている。彼女は世間からアルスが〝魔法の神髄〟だということを隠したかったようだ。

しかし、アルスと戦わない限り誰も信じないだろうと最終結論がでたことで、一時的に棚に上げている状態であった。

世間での〝魔法の神髄〟はアルスとはかけ離れた想像をされている。

曰く、百歳を超える伝説の魔導師。

曰く、千年も生きる〝大森林〟のハイエルフ。

曰く、千年前の戦いを生き延びた神々による悪戯。

等々、そんな眉唾な話が噂になって世界中を飛び交っている。その正体がこんな年若い少年だと誰が想像できるだろうか。

「上級魔族で構成される女王親衛隊が強いのは確かだ。アルスの知らない魔法もあるかもしれない。だからこそ、女王ヘルは特記怪物六号になったんだからな」

「誰にも倒せなかった魔族や魔物につけられる識別番号だったか」

「完膚なきまでに敗北した先人たちの負の遺産、今ではより強力になって人類の壁として立ち塞がっている」

人類とて一枚岩ではない。

聖法教会と魔法協会が手を結んで特記怪物に挑まないと勝つことは不可能だろう。

だが、両者が手を結ぶことなどありえない。特記怪物を相手にして弱ったところを、お互いに背中から狙われると思っているからだ。

二大勢力の一つを潰せるなら他国もこぞって参加する。そうなれば特記怪物どころではない。だから、人類は未だに特記怪物を野放しにしているのだ。

「何を難しい顔して話し込んでるの？　そろそろ出発するわよ」

カレンが話に割り込んできたことで中断することになった。

周りを見ればシューラーたちが集まって周囲の警戒をしている。

すでに野営地であった場所に築いた土壁などは存在しない。

視界いっぱいに広がるのは来たときと同じような草原であった。

「明後日には〝マリツィアギルド〟との戦争が始まるけど、まだ皆には伝えなくてもいいのか？」

本来なら〝マリツィアギルド〟と戦争することになったと、正式な日時も含めてシューラーたちに伝えたかったが、どこに魔王グリムの耳があるかわからないため告知は前日までしないことになっていた。

なにより、かつてシオンが受けた屈辱を返すためにも、即日に戦うことを強制される気持ちを相手側にも味わってもらわなければならないのだ。シューラーたちが漏らすとは思えないが、念には念を入れてである。

「それでも今回の遠征で班長を請け負った者には今日の夜にでも話すわよ。さすがに作戦や準備もあるから前日だと大変だし……とりあえず、詳細は〈灯火の姉妹（ヴィルート・シュヴェスター）〉に戻ってからの話ね」

まずは中域に残ったシューラーと合流した後、〝転移〟を使って本拠地に帰還する。

夕食後の落ち着いた頃を見計らい、魔王グリムとの因縁を一部の者たちに話すのだ。

「明日は〈灯火の姉妹（ヴィルート・シュヴェスター）〉は休業。英気を養って二日後に備えるわ」

「わかった。ようやくだな」

カレンの肩を叩いたアルスの口端は吊り上がっていた。

それでもアルスの瞳には一切の喜色がなく、底冷えのする声音はカレンの背筋を凍らせた。

「え……アルス？」

いつもと違う雰囲気にカレンは戸惑いを隠すことができなかった。

「どうしたんですか、カレン？」

「お姉様……なんか、アルスの雰囲気がいつもと違ったような気がしたんだけど」

「魔王グリムと戦うのを楽しみにしているのでは？」

アルスは強者と戦うことを好んでいる。

理由は未知なる魔法を知ることができるかもしれないからだ。

だから、魔王グリムと戦えることを楽しみにしているのでは、ユリアはそう思ったがカレンの態度を見る限り違うようだ。

「なんだろう。純粋な笑みじゃなかったような……いつもならもっと楽しそう？　だったと思うんだけど」

「そうですか……少し気をつけて——保険をかけておきましょうか」

ユリアはエルザと会話をしているアルスに視線を送るのだった。

＊

魔法都市――〝ヴィルートギルド〟の本拠地〈灯火の姉妹（ヴィルート・シュヴェスター）〉。

眩（まぶ）しい朝日が地平線から昇り、橙色（だいだいいろ）の光が徐々に空を染め上げていく様は美しい。

建物の隙間から差し込む日差しが闇を払い、窓硝子（ガラス）が宝石のように輝き始めれば、街全体が一気に明るさを増していく。

非常に美しい光景だ。そんな街の一角に〈灯火の姉妹（ヴィルート・シュヴェスター）〉は存在する。

硝子張りの外観が特徴的な建物で日差しを反射しながら輝いていた。

外壁は木材が使用されており、自然素材の温（ぬく）もりが感じられる三階建ての酒場である。

今日は遠征から帰還して二日目の朝を迎えていた。

つまり魔王グリム率いる〝マリツィアギルド〟と、〝ヴィルートギルド〟が戦争を行う日でもあった。

だから心地良い朝にも拘（かか）わらず〈灯火の姉妹（ヴィルート・シュヴェスター）〉のホールは神妙な空気に満ちている。

また別の原因も一つ、朝早くからの来訪者にあった。

ホールの入口に立つのは黒いローブを着た人物、奇妙な仮面をつけている。

『序列八位〝マリツィアギルド〟より〝ヴィルートギルド〟に宣戦布告の要請がありまし

た。魔法協会は申請を受諾しましたので、本日九時より開戦を決定いたしました。場所は〝マリツィアギルド〟の本拠地〈星が砕けた街（エスペシアル）〉にある魔王の居城——潔白宮殿。勝利条件は相手の降伏です』

淡々と説明してから魔法協会からやってきた使者は羊皮紙をカレンに手渡した。

彼女の背後ではやり取りを見守るシューラーたちとアルスたちの姿がある。

『それと、こちらを渡しておきます。皆様に配っておいてください』

使者が空間に手をいれて取り出したのは小さな箱。その動作でカレンは使者が〝運び屋（サポーター）〟であることに気づいた。そして使者は小さな箱を両手に抱えて差し出してくる。

『〝マリツィアギルド〟の本拠地〈星が砕けた街（エスペシアル）〉——魔王グリムの居城である潔白宮殿への転移が付与された指輪です』

「え……それっていいのかしら？」

カレンは思わず小さな箱を受け取ったが、どう対応すればいいのかわからなかった。

本来、魔法協会は開始日時と場所を告げるだけで、転移の指輪を手渡してくることはない。これでは、まるで転移が付与された指輪を使って、〝マリツィアギルド〟を奇襲しろと言っているようなものだ。

『魔法協会の決定です。それと、戦争後は指輪は回収させていただきます』

「わかったわ……有効活用させてもらうわね」

転移指輪の提供は非常に助かるのだが、これまで考えてきた計画が壊されてしまったのは確かだ。一昨日に一部の者たちに魔王グリムと戦争することを伝えて、その後にどのようにして戦うか、戦争が行われる場所を想定して今日のために準備をしてきたのだが、あまりにも有利な条件が与えられたので、ほぼ全ての準備が無意味なものとなった。

「いくつか質問があるのだけど聞いてもいいかしら？」

『かまいません。どのような疑問にも答えるように仰せつかっています』

「九時を過ぎたらいつでも攻撃を仕掛けてもいいのかしら？」

『はい。転移指輪を使って事前に潔白宮殿に移動しておいても構いませんし、開始時刻と同時に転移して攻撃を仕掛けても構いません』

「なるほど、理解したわ。それと〈星が砕けた街（エスペシアル）〉が戦場になる可能性もあると思うけど民の避難は大丈夫なのかしら？」

『ご安心ください。戦闘開始と同時に魔王グリムの居城を中心に結界を張ります。それ以降は外にも中にも入ることができなくなりますので、一般人に犠牲はでないと思われます。もし、巻き込まれた者がいたとしても、こちらで回収と治療を行いますので気にする必要はありません』

「よくわかったわ」

魔法協会が用意周到に準備をしてきたことがよく理解できた。

何か企(たくら)んでいるのは間違いない。

魔法協会が無償でこちらの味方をするはずがないからだ。

（でも、うちに味方して何の得があるのよ？）

〝ヴィルートギルド〟は二桁に位置しているが無名に近いギルドだ。

しかも、魔王に目をつけられた哀れなギルドで、誰が見ても勝ち目がないと判断するだろう。魔王グリムの強さを知る魔法協会なら尚更(なおさら)で、普通なら〝ヴィルートギルド〟本拠地の座標が刻まれた転移指輪を〝マリツィアギルド〟に提供して魔王グリムの機嫌をとっておいたほうが今後のためにも良かったはずだ。

『それでは皆様の健闘を祈っております』

混乱するカレンを他所(よそ)に魔法協会の使者は去って行く。

〈灯火の姉妹(ヴィルート・シュヴエスター)〉の入口に備え付けられた呼び鈴が、使者が出ていくと同時に鳴ったことでカレンは現実に引き戻される。振り返ればシューラーたちが整列していた。

「カレン、難しい顔をしてどうかしたんですか？」

「あぁ……お姉様、ちょっと相談があるんだけど、その前に——エルザ、この箱に入ってる転移の指輪を皆に配ってくれる？」

「はい。こちらは任せてください」

「お願いね」

カレンが感謝と共にエルザへ箱を渡すと彼女はシューラーたちに歩み寄る。

「一列に並んでください。これから転移指輪を配った後に修正した計画を話します」

「修正した計画？」

エルザの言葉に反応したカレンは首を傾げる。そのような計画は初耳だったからだが、意外にも答えてくれたのは隣にいる姉だった。

「エルザは様々な状況を想定して色々と考えていたみたいですよ」

「えっ、そうなの？　あたし聞いてないんだけど……」

「なんでも未確定の情報だったみたいで、余計なことを言って混乱させないために、修正した計画は伏せていたようです」

「いや、まあ……その言い分もわからないでもないけどさ。いくつもの計画を覚えるのは確かに大変だし、混乱したかもだけど……でも、せめて、あたしには……一応これでもレーラーなんですけどっ」

拗ねたように口を尖らせるカレンは恨めしそうな視線をエルザの背に向ける。

指輪を配り終えたのかシューラーたちに改めて修正した計画を説明していた。

「ふふっ、あとでそれをエルザに伝えましょう。ですが、エルザもあまりカレンに負担をかけたくなかったのでしょう。また変に一人で背負って前のように暴走されてはたまりませんからね」

「それを言われると弱いけど……そうね。心配をかけた、あたしも悪いか……あとでエルザと話し合うわ」

カレンは頬を指先で掻くと気まずそうに目を伏せた。

そんな妹を微笑ましそうに眺めていたユリアだったが、

「ユリア様、カレン様、シューラーたちへの説明は終わりました」

エルザが足音も立てずに床を滑るようにして現れる。

「ご苦労様です」

「それじゃ、修正した計画とやらを、あたしにも説明してくれる？」

ユリアが労い、カレンは新しい計画の内容を要求する。

しかし、エルザは無視して周囲を見回すと首を傾げた。

「それよりもアルスさんは？　先ほど計画を説明するときには、もういらっしゃらなかったのですが……」

迷子の子供を探す母親のような顔をして、困ったように頬に手をあてるエルザ。

そんな彼女の様子からユリアとカレンも気になってアルスを探すが見つからない。

そこでホールに料理を持ち込んで食べ続けているシオンを発見した。

「シオンさん、アルスを見かけませんでしたか？」

と、ユリアが話しかければビクッと肩を揺らすシオン。

なぜか、ユリアが話しかけると彼女はこのような奇妙な反応を見せる。

「な、なにか用か？　アタシは何も悪いことはしてないぞ？」

シオンは頬を引き攣らせながら、何かを誤魔化すように愛想笑いをする。

どこか卑屈にも思える態度を見せるようになったのは、一緒に編み物をした日以降のことだ。その時からシオンはユリアを前にすると挙動不審な態度をとるようになった。

「アルスがいないんです。シオンさんは彼が何処に行ったかご存じないですか？」

「あ……ああ、それなら転移の指輪をもらった時はいたはずだ。アタシが隣にいたからな。その後、アタシは小腹が空いたから食堂から軽食を貰ってきて……も、もうその時にはいなかった。だから、アルスがどこにいるのかはわからない」

と、言い終えてからシオンは空になった皿を机に置く。

それから考え込むユリアの顔を見ながら、何かを思い出したかのように手を叩いた。

「一つ試してみたいことがある」

「試してみたいことですか？」

「アルスに従属化されてから繋がりのようなものを感じることがある。意識すれば、というほどの感覚ではあるけど……もしかしたら、彼がいる場所がわかるかもしれない」

「それは興味深い話ですね」

桜色の唇に細い指を添えたユリアが、考える素振りを見せたのは一瞬だけだった。

「……詳しく聞きたいところですが、時間もないので今すぐ確かめてもらえますか？」

「わかった。すぐに調べる」

戦争開始時刻まで後二十分しか残っていない。

ユリアは戦争が始まる前に彼へ伝えておきたいことが一つあったのだが、今はそれ以上に妙な胸騒ぎを感じてアルスを見つけないと落ち着かないのだ。

「う、うん……場所がわかった」

「どこですか？」

シオンの声で思案を終えたユリアが問いかけるも、彼女は難しい顔をして額に手を置いていた。

「……あ、あまり信じたくないのと、伝えたくない情報なんだが……」

「……ああ、そうですか……はぁ、嫌な予感が当たったみたいですね」

シオンの反応を見たユリアは想像通りの展開に大きく嘆息した。それからユリアはエルザとカレンに視線を送り、それに気づいた彼女たちに向けて手招きする。

「お姉様、そろそろアルスを見つけないと時間のほうがヤバいわよ。あと作戦のほうも教えてほしいんだけど？」

「カレン様、まずはアルスさんの居場所を聞きましょう」

「いや、エルザ待ってよ。大事なことなんだから今すぐ聞き――」

「それでユリア様、アルスさんは見つかったのですか？」

カレンの抗議を無視したエルザはユリアに目を向ける。

あまりの冷たい対応に硬直してしまった妹を一瞥（いちべつ）しながらユリアが口を開いた。

「いえ、まだ見つけていませんが、シオンさんに尋ねたところアルスがどこにいるのかわかったみたいなんです」

先ほどのシオンとのやり取りをユリアが説明すれば、無視された衝撃から立ち直ったカレンが感心したように頷（うなず）いた。

「へえ……すごいじゃない。従属化したら便利な能力を貰えるのかしら？　それでアルスはどこにいるの？」

「勿体（もったい）ぶっても仕方ないから言うけど、アルスが今いるのは〈星が砕けた街（エスペシアル）〉だと思う」

「はっ？」

「やっぱりそうでしたか……」

シオンの言葉に呆気（あっけ）にとられたカレンとは違い、ユリアは深刻そうな表情で俯（うつむ）いた。

「それは本当なのですか？　確かにアルスさんは〈星が砕けた街（エスペシアル）〉にいると？」

エルザが確認してくるが、嘘（うそ）をつく理由もないシオンは頷く。

「本当だ。正確な場所まではわからないが、アルスがいると思う場所とアタシの記憶を照らし合わせたら〈星が砕けた街（エスペシアル）〉付近なのは確定だと思う」

「そこまで言われるなら疑っても仕方ありませんね。ですが、アルスさんらしくありません。いつも泰然としていて冷静だと思っていたんですが……」

怪訝そうにエルザは言うが、シオンはそれを否定するように首を横に振る。

「いや、内心では相当怒ってたぞ……従属化してからアルスの感情がたまに流れてくるんだが、魔王グリムとの戦争が近づくにつれてその頻度が増えていった。きっと消火できない大炎が心の奥底で燃え上がっていたのは間違いない」

思い返せば異変はいくつもあった。

一緒に行動している時でも、口数が少なく考え込む時間が増えた。

遠征に行った時も、力を蓄えるためなのか戦闘するのを控えていた節もある。

「カレン、やはりあなたがあの時に気づいた奇妙な違和感は当たっていたようですね」

「うんうん、高域から撤退する時でしょ。でも、そっかー。あの時は怒りを隠そうとしていたのかもしれないわね」

「理由も揃ったなら、もはやシオンさんの言葉を信じる他ありませんか……カレン様、シューラーたちに命令をお願いします。手遅れになる前にアルスさんと合流すべきでしょう。すぐに転移をしてもらって構いません。すでに作戦は伝えてあるので、到着次第、逐次行動を開始するでしょう」

「わかったわ。でも、あたしにもそろそろ作戦のほうを——」

「もう時間がありません。あちらに着いたら理解できるので、カレン様はとにかくシューラーたちと先に転移して待っていてください」

「あ、はい」

エルザの有無を言わせぬ迫力を前に敗北したカレンは、不満そうな表情をしながらも待機しているシューラーたちの下に歩み寄っていった。

「シオンさんもカレン様と共に行動してください」

「了解した。あちらで会おう」

無駄な抵抗はしない。そう言いたげに肩を竦めたシオンは了承するとカレンたちの下に向かう。やがて、各自が転移を使用して消えていく。そんな光景を横目にエルザはユリアへ歩み寄った。

「ユリア様、大体が予想通りになりました。今後は如何なさいますか？」

「保険をかけておいて正解でしたね。ひとまずヴェルグさんに連絡をお願いします。確か〝伝達〟魔法が付与された魔石を渡されていましたよね？」

「はい」

エルザが魔石を取り出す。

「ヴェルグさんのことですから現地にいると思いますが、念のためにアルスが先に向かったことを伝えておいてください。それと計画通りに進めてほしいとも」

「かしこまりました」

「では、我々も向かいましょうか」

「はい。お先に失礼いたします」

エルザが会釈をして姿を消す。転移の指輪を使用したのだ。

ただ一人だけになったホールで、ユリアは周囲を見回しながら口元を艶美に歪めた。

「あぁ……アルス、共に奏でましょう。これは序曲——十二の星が堕ちる刻」

楽しげに笑い、紫銀の瞳は爛々と輝き、その身に纏うのは、どこまでも深い影だ。

「私の〝黒き星〟が世界を造り替える。今日が、その始まりです」

悍ましい情念だけを残してユリアは姿を消した。

＊

魔法都市の西部——〈星が砕けた街〉。
白亜の街と呼ばれるほど建造物は白で統一されている。
美しい街は人々を魅了するばかりか、領主である魔王グリムの統治が善政を敷いていることもあって、〈星が砕けた街〉を含めた地域には移住する者が後を絶たない。
様々な人種——魔族以外の人類が集うことで、魔王グリムが治める領域は発展と比例するように人口が増加の一途を辿(たど)っている。

そんな中心都市である〈星が砕けた街(エスペシアル)〉は今日も賑(にぎ)わいを見せていた。

各地の特産品が売りに出される市場は明るさに満ちて、近くの公園では子供たちの遊ぶ姿が目撃できるほど穏やかな空気が流れている。

公園や市場からは街の中心にある魔王が住まう美しい潔白宮殿がよく見える。

魔王グリム――〝マリツィアギルド〟の本拠地だ。

そのホールでは魔王グリムだけじゃなく、サブマスターのキリシャ、幹部のガルム、他にもギルドメンバーが集められていた。

彼らの前には一人の人物が立っていた。

年齢不詳、声音から性別も判断できず、その姿形はローブに隠されていて見えない。

魔法協会から派遣されてきた使者である。

『序列八位〝マリツィアギルド〟が申請した〝ヴィルートギルド〟への宣戦布告が魔法協会に受諾されました。本日九時より開戦を宣言します。場所は〝マリツィアギルド〟の本拠地〈星が砕けた街(エスペシアル)〉にある魔王の宮殿。勝利条件は相手の降伏です』

使者の宣言に辺りは静まり返って呼吸の音だけがやけに響いた。

次いで怒号によって静寂は打ち破られ、声音に込められた怒りによって空間が震える。

「アァ？　ふざけんなっ！　てめえらは舐(な)めてやがんのか。開始時刻が九時だと!?　あと五分もないだろうが！」

『ガルムさん、落ち着いてください！　ここで使者を殴ったところで不利になるのはこちらです！』

『そうっすよ！　使者を殴ったりしたら問題ですって！』

ガルムが使者に飛びかかろうとしたが、ギルドメンバーたちが慌てて取り押さえた。

凄まじい力が込められているのかガルムの足が接していた床が陥没する。

「ちっ、おい、てめぇ……黙ってないで、きっちり説明しろや！」

『先日、魔王グリム様の戦争要請に基づき二十四理事が招集されました。議会が開催され過半数が賛成したことで此度の議案は可決。つまり魔法協会の総意です』

「だから、それでなんで、こんな五分前になって告知するんだよ。おかしいだろうが！」

『〝マリツィアギルド〟と〝ヴィルートギルド〟では、あまりにも差があるからです。これでは弱いものイジメにしかならない。一方的な蹂躙は魔法協会は認めません。よって戦力の均衡を図るために〝ヴィルートギルド〟に色々と配慮させていただきました』

「はっ………それで納得しろってのか？　なぁ、使者さんよ、言葉に気をつけろよ。次舐めたこと言いやがったら殺すぞ」

メンバーの拘束を振り切ったガルムは使者に詰め寄ろうとするが、肩を摑まれたことでそれは敵わなかった。

「ガルム、落ち着け。それよりも開始時刻まで時間がねェ」

「マ、マスター！　だからって、この野郎を殺して魔法協会に突き出してやらなきゃ腹の虫が治まらないっすよ！」

「そいつが悪いわけじゃねェだろうが、戦争が終わったらきっちり落とし前はつけさせる。今は我慢しとけ」

「……うっす」

ガルムが不満そうな表情で俯けば、ホールから廊下に続く両開きの扉が開いた。

「間に合ったかい!?　ガキどもの世話をしてたら急に〝ヴィルートギルド〟との開戦って聞いてさ。慌てて戻ってきたよ」

ギルド幹部のノミエが額の汗を拭いながら、空気を取り込むように口を大きく開いて天井を仰いだ。

普段の彼女は街で唯一の孤児院を運営しており、それと並行してギルドの仕事も請け負っている。なので今回は遅れたことに関して誰も咎めることはない。

むしろ彼女の登場で殺伐としていた雰囲気が消え去ったことに誰もが安堵していた。

「は～い。いつもガキんちょ共をお世話してお疲れ様。そんなノミエちゃんに水を持ってきてあげたよ」

サブマスターのキリシャが水が入ったグラスを手にノミエに駆け寄る。それを受け取ったノミエは水を口につけながら辺りを見回して眉根に皺を寄せた。

「キリシャ嬢、ありがとうね。ガキ共が遊びに来いって言ってたよ……それにしても変な空気だね。なにかあったのかい？」

「ガルちゃんが横暴だ、陰謀だ、ふざけんなっていつものように暴れただけだよ～」

緊張感の欠片もない笑顔でキリシャが言えば、呆れたように嘆息するのはノミエだ。

「またかい。本当に少しは成長してほしいもんだけど……」

「ふんっ」

姉の咎める視線から拗ねたように逃れたガルムの肩を何度も叩くのはグリムである。

「まっ、ガルムも落ち着いて。ノミエも来たことだ、時間もねェから、とっとと役割を決めるぞ」

面倒そうに後頭部を掻きながら周囲を見回したグリムは続けて口を開く。

「ひとまず街の入口を固めるのを優先しろ。もしかしたら街に潜入しているかもしれねェが、一般人に被害がでねェように避難誘導を優先しろ」

ギルドメンバーたちがグリムの命令を遂行するためにホールを飛び出していく。

出て行く彼らを眺めていた時、グリムはまだ使者が残っていることに気づいた。

「おい、なんでまだいやがるんだ？」

『いえ、まだ全てを伝えていなかったものですから……なにやら問題も起きていたようなので邪魔をせずに待っていただけですよ』

「アァ？　どういう意味だ？　他になにを伝え――」

グリムは言葉を途切れさせた。否――続けることができなかったと言うほうが正しい。

突如として襲い掛かってきた正体不明の魔力に意識をもっていかれたからだ。

ホールにいたグリム以外の者たちは、唐突な重圧に襲われたことで片膝をついた。

殺意まで含んだ魔力は凄まじい圧力で、熟練の戦士であっても恐怖が呼び起こされる。

ホールの出入口では襲い掛かる魔力の圧に耐えられずギルドメンバーが倒れていた。

「冗談だろ。いきなり……なんだってんだい」

苦渋を噛み締めながらノミエが抵抗するように顔をあげた。その額には凄まじい殺意をぶつけられたことで脂汗が浮かび上がっていた。

「魔力に殺意まで込めるなんて、耐えられずに何人か意識を失っちゃったみたいだね」

他者と違って跪くことがなかったのはキリシャだ。幼女は余裕を見せているが頬を引き攣らせていることから辛さを隠しきれていない。

「お前ら、意識をしっかり保て！　跳ね返すつもりで自分の魔力を練り続けろ！」

四つん這いになりながらも、出入口付近で倒れた部下たちの下へ向かうガルム。

徐々に魔力の圧力は弱まりを見せるが、その場を落ち着かせるのは容易ではなく、阿鼻叫喚の地獄絵図が出来上がっていた。

「……おいおい、この魔力の質……こいつはあのときのガキか!?」

グリムには肌を刺すような魔力に覚えがあった。

忘れもしない。クリストフの研究所で出会った黒髪の少年の魔力だ。

グリムは外にでようと思ったが、玄関に向かうよりも露台から降りたほうが早いということに気づき、ホールから露台に続く窓を開け放って踏み出した。

露台は広々とした空間で美しい景色を一望できる。木製の手すりや花の鉢など、自然と調和した要素が配置されて癒やしの空間に仕上げられていた。

そんな城下を見下ろせる露台に立ったグリムは空を仰ごうとして失敗する。

宮殿が薄い膜のような物に覆われたことで、それに目を奪われてしまったからだ。

「あっ？　結界だと？」

生半可な攻撃だと破壊できない強度のある結界だ。

しかも、視覚化できるということは、いくつかの条件が設定されている可能性が高い。

「この規模だと相当な魔導師だぞ」

『侵入、盗聴、盗撮などを防止する条件が付け加えられているはずです。ちなみに、この結界は魔法協会が派遣した魔導師によるものです』

声に反応して目を向ければ魔法協会から派遣された使者が立っていた。

グリムは舌打ちをすると使者を睨（にら）みつける。

「……さっきから情報を小出ししやがって、てめぇら何を企(たくら)んでやがる？」

『なにも企んでおりませんよ。それで伝え忘れていたことですが、一般人を巻き込まないための処置として戦闘範囲は潔白宮殿に限定しています。なので〝ヴィルートギルド〟には転移の指輪を渡しました。また被害を抑えるために、こちらで結界を張らせていただきます——いえ、正確には張らせていただきました。と言ったほうがいいですね』

グリムの殺気を意にも介さず、まるで水面のごとく悠然と使者は告げた。

「……そうか、これも筋書き(シナリオ)通りってわけか？」

強制依頼が発生した頃から何者かの思惑が絡んでいた。

施設への襲撃、クリストフの死、戦争に関した要請に対する全て。

もちろん、グリムも黙って見ていたわけではない。

魔王の権力を使って魔法協会に圧力もかけてみたが、これまでと違ってグリムに対して一切配慮を見せることがなかったのだ。ならば、視点を切り替えて別の切り口から攻めてみることにしたが、諜報(ちょうほう)関係のほとんどを担っていたクリストフを失ったせいで如何(いかん)とも し難く後手後手に回ってしまった。

『さあ……魔王グリム様の質問の意図はわかりかねます。私は魔法協会から派遣されたただの使者です。割り振られた仕事を遂行するだけの存在で、あなたが欲する明確な答えを持ち合わせておりません』

まるで機械のように抑揚のない言葉で答えてくれる使者は不気味の一言に尽きた。

このフードを被(かぶ)った使者もまた魔王に敵対する勢力に所属しているのは間違いない。

それでも、ここまで徹底的に魔法協会が根回しすることは珍しい。

二桁の〝ヴィルートギルド〟を勝たせるためになら辻褄(つじつま)は合う。しかし、彼女たちがグリムに勝ったところでギルドの序列は上がらない。

魔王に挑戦できるのは第二位階だけで、魔王になれるのも二十四理事(ケリュケイオン)だけだからだ。

ならば、目的は自(おの)ずと知れる。魔王グリムが率いる〝マリツィアギルド〟の弱体化だ。

選ばれた者だけが座ることが許された玉座の数は十二しかないのに、餓鬼の如(ごと)く群がる輩(やから)が二十四もいるのだ。

奪い合いが発生するのは必然で、謀略などは日常茶飯事、昨日の味方が今日の敵という状況も珍しくなく、数時間後には敵対していた者と手を結んでいることもある。

魔法協会の上層部は魑魅魍魎(ちみもうりょう)の巣窟にして、悪鬼羅刹だけが生き残れる世界なのだ。

「はっ、弱みを見せたら一気に喰(く)われるってか……」

自嘲の笑みを浮かべたグリムの言葉は、あまりにも小さすぎて虚空に消える。

隙を見せたら終わりの世界で、グリムは見事に罠(わな)に嵌(は)まってしまっていた。

いつものような嫌がらせでもない。賭けを含めた遊びでもないだろう。

ただ漠然と感じることができた。確実にグリムを潰しにきていることを。

今もなお姿なき敵の用意周到に張り巡らされた策略が今まさに花開かんとしていた。

「そんな雑魚どもが用意した最終兵器がアレってわけか」

グリムの視線の先、空に浮かぶのは一点の黒。先ほどから衰えることなく、凄まじい魔力を放出して周囲一帯に圧力をかけ続けている。

生半可な魔導師では耐えきれず地に伏すことだろう。

『ははっ、これはこれは噂通り……素晴らしい魔力、偉大なる御方だ』

無意識なのか使者が呟いた。その声に反応したグリムが視線を向ければ、フードで隠れて表情は見えないが口元は嬉しそうに歪んでいた。

「おい、てめェ――って、マジかよ……!?」

奇妙な態度を追及しようとしたグリムだったが、頭上に落ちた影に気づいて空を仰ぐ。

まるで山肌を抉ってきたかのような、無数の岩が黒衣の少年の周りに浮いていた。

固まった泥が落ちてくるのを見て、グリムは眉根を寄せる。

「魔法じゃないのか？」

魔法とは物理的な制約を超えた影響や変化を引き起こすことを指す。

火を生み、風を操り、水を湧かせ、土を盛って、使用者の力を形にする神秘の御業。

だから、宙に浮いた無数の岩から泥の塊が地上に落ちてくるということは、魔法で造り出された物質ではなく、どこからか運んできた物ということだ。

「【風】か【嵐】か……大量の岩をどこから運んできたのかはわからねェが、空にも浮かんでることから緑系統なのは間違いなさそうだなァ」

考察している間にも岩の流星が地上に降り注ぎ始める。その速度は常人にとったら驚異的であったが、魔導師から見たら大したことはない。ただ重力に引き寄せられているだけの障害物だ。

しかし、人的被害は少なくとも、見逃せば歴史ある宮殿が破壊されてしまう。

「ノミエ、伝達魔法で降ってくる岩を破壊するようにメンバーに伝えろ。あとは自由だ」

「了解。グリムはどうすんだい？」

「これ以上、ふざけたことができねェように、あのクソガキを潰してくる」

床を蹴ったグリムは、まるでそこに階段があるかのように軽々と空を昇っていく。

やがて遥か上空でグリムは対峙することになる。

強大な魔力を纏った黒衣の少年の気配は絶大だった。

魔王を前にして泰然自若、平然とした態度は感嘆の一言に尽きる。

黒曜石のような瞳でグリムを見下す様は、まるで彼自身が魔王のような振る舞いだ。

「……久しぶりだなァ。クソガキ、相変わらず生意気な態度だ」

「ああ……魔王グリム、会えるのを楽しみにしていたよ」

「俺もてめェをグチャグチャにするのを楽しみにしていたぜ。それにしても、やってくれるじゃねェか、いきなりの大技ありがとうよ。だが、うちの連中を傷つけただけじゃねェ……本拠まで壊しやがったんだ。覚悟はできてんだろうな？」

グリムが視線を下界に落とせば、宮殿の一部が崩壊していたり、岩が当たらずとも逸れた衝撃によって窓が割れていたりする。また怪我を負ったギルドメンバーと、少年が放った魔力の圧力によって気を失ってしまった者も多くいた。

「…………あ？」

少年の口から零れ落ちたのは一言、それは殺気に塗れていてグリムの背筋を凍らせるには十分なものであった。

「覚悟だと？　それをお前が言うのか……なぁ、魔王グリム？」

何が少年の怒りを誘発したのかはわからない。

しかし、断言できるのは少年の逆鱗にグリムが触れたということだ。

「魔王グリム、お前こそ覚悟しろ。オレが造り上げた物を壊そうとしたんだからな」

「何を言ってやがる？」

「オレには何もなかった。あの窮屈な世界では、ただ聞くだけしかできなかったんだ。だから……自由を得てから……ようやく自分の力で手に入れた。それを壊そうとしたお前を許しはしない」

少年が発する殺意と共に魔力が膨れ上がっていく。

（どんだけ魔力を持ってんだよ）

底知れぬ力を見せる少年を前に、先ほどから寒気と震えが止まらない。

怖いからではない。怖じ気づいたからでもない。

嬉しいのだ。強者と戦えることに身体が喜んで、武者震いを引き起こす。

だから、決してグリムの身体から熱が引くことはなかった。

「いいねェ。その殺気と違わぬ力を見せてくれよ」

ひしひしと押し寄せる殺意が肌を刺してくる。

皮膚を食い破るかのように痛みを伴うソレは久しく感じなかったものだ。

いつ以来だろうか、これほどの猛者と戦うのは。

いつ以来だろうか、まるで自分が挑戦者のように挑むのは。

いつ以来だろうか、本気で戦うに値する相手が現れたと感じたのは。

「魔法協会所属、魔導十二師王〝第八冠〟グリム・ジャンバール」

己の得物である大鎌を担いだグリムは笑みを深めた。

「魔法の神髄――アルスだ」

前に戦ったときもそうだが、少年の名乗りは奇妙なことだとグリムは思った。

世界を騒がせている〝魔法の神髄〟のことを知らない者はいない。

貪欲な知識欲を持っており、興味を持つと誰が相手であっても容赦なく叡智を奪っていく存在である。また被害者が無尽蔵にいて、だからこそ誰もが彼の知識の価値を理解できており、彼が現れてから十数年経った今も躍起になって皆が探し続けている。

そんな十数年も姿を現さなかった存在が、唐突に現れたことが解せない。

しかも、あっさり名乗ってきたのだから、いまいち信用できないのも仕方ないだろう。

だが、詐称だと断じることができないのも確か、少年を前にすれば本物だということが本能によって理解させられる。

「ま、肩書きなんてどうでもいいよな。そんなもの捨ててしまえば俺たちはただの魔導師で、戦いが始まれば敵を喰らうだけの獣に成り果てるだけだからなァ」

グリムの言葉は理に適っている。

どんな肩書きがあろうとも、魔導師はどこまでいっても魔導師で、人間もまた獣の本能に抗うことができずに欲を満たすだけの生物に成り果てるのだ。

その事実は揺るがず、その本能は消せず、その欲は沸き上がり続ける。

「そうだな。否定はしない。だから、オレの知らない魔法を魅せてくれ」

「いいぜェ。その生意気な態度を矯正できるぐらい魔法を叩き込んでやるよ！」

グリムはニヤリと口端を吊り上げる。

「まずは小手調べ――〝幻炎〟」

「〝衝撃〟」

両者ともに詠唱破棄。

グリムの周囲に白炎が生み出されて蛇のようにアルスに向かっていく。

だが、アルスから放たれた見えない攻撃によって消滅した。

二人を中心にして生み出された衝撃波が空間を震わせて周囲の雲を消滅させる。

「喜べ！　クソガキィ！　俺の魔法を相殺できるのは滅多にいねェぞ！」

「この程度じゃ喜べないだろ。魔法を相殺するのはそれほど難しいものじゃない」

アルスはそう言うが、自身の魔法で相手の魔法を打ち消すのは高等技術の一つだ。

魔法に込めた魔力が相手よりも少なければ呑み込まれて劣勢に陥る。

普通なら相手が使った魔法よりも一段上の威力を持つ魔法を使うべきなのだ。

そのほうが確実に相手よりも優位に立てる。

相殺できるかどうかわからない魔法を放つよりも安全だ。

しかし、アルスは面倒な相殺を選んだ。

その手段を選んだということは、グリムの〝幻炎(シユフエルト)〟にどのような効果があるのか、威力はどれほどか、多くの情報を一瞬で見極めることができたということでもある。

つまり、アルスは魔法で語ったのだ。

自分は見極めたと、お前よりも上に立てると。

魔法を相殺することで自身の実力をグリムに示したのである。

「ははっ！　いいねェ！　本当に最高だぞ、てめェ！　もっと殺し合いを楽しもうぜ！」

大鎌を構えたグリムは楽しげに喉を震わせながら空を駆けるのだった。

＊

上空から伝わってくる衝撃波に首を竦めたのはカレンだった。

凄まじい衝突音と殺意に晒されて気を失いそうになったが、慣れてしまえばどうということもない。それがアルスが放ったもので自分に向けられていないと知れば当然の帰結であった。

「はぁ～……人間って空を飛びながら戦えるものなのねぇ……」

カレンは感心したように頭上を見上げてから呆れたように嘆息を一つ。

「それにしても【聴覚】って空を飛ぶ魔法もあるのかしら……」

「魔法で飛んでるわけではないようですよ」

カレンの疑問に答えたのはユリアだった。

「そうなの？」

「竜族だけに受け継がれている高等技術〝魔空〟というらしいです。なんでも足下に高密度の魔力を集めて、それを踏み台にして空を飛んでるように見せているそうですよ。竜族が本来の姿で飛ぶときなども翼を利用して使っているようです」

「馬鹿みたいな魔力を持つ竜族らしい技ね。なら、アルスも使えるのも納得だわ。負けないぐらいの魔力量はありそうだし」

納得したカレンは苦笑しながら視線を落とした。

目の前にはこちらの様子を窺う三人の姿があった。

カレンからすれば有名人で何度か見たことがある。

いや、魔法都市に住んでいるなら知らない者はいないかもしれない。

序列八位〝マリツィアギルド〟のサブマスターと幹部の姉弟だ。

「〝ヴィルートギルド〟のレーラー、カレンよ」

「ご丁寧にどうも！　〝マリツィアギルド〟のサブマスター、キリシャです！」

反応したのはカレンの腰辺りの身長しかない幼女だった。

天真爛漫な笑顔に騙されそうになるが、今は亡き魔王の頭脳と呼ばれたクリストフを差し置いて、武闘派で知られる〝マリツィアギルド〟のナンバー2だ。

その実力は折り紙付きでギルドから独立すれば二十四理事になれると言われるほどの実力者で第三位階の魔導師である。

「それで今更だと思うけど、あたしたちの相手はあなたたちでいいのかしら？」

周囲から戦闘音が聞こえてくる。エルザから命令を受けたシューラーたちが〝マリツィアギルド〟のメンバーを相手に奮戦しているのだ。

奇襲をかけた形になったからか、こちらが有利な状況になっている。

むしろ、ここまでお膳立てされて優勢になれなかったら大問題だろう。

しかも、カレンは未だにエルザから作戦の詳細を聞かされていなかった。

だが、ここまで来ればもう聞かなくても一緒だ。

元より〝マリツィアギルド〟の幹部連中を相手に戦わせるつもりだったから、カレンに作戦の詳細を伝えなかったに違いない。あとはカレンが戸惑う姿を見たかったというエルザの遊び心も多分に含まれていそうだが。

「うんうん。そだよ～。他の子たちだと荷が重そうだから、うちらが相手をするね。それに総力戦っぽいし、ここまで追い詰められたのも久しぶりだから、そのご褒美ってことで……カレンちゃんたちが誰と戦いたいか好きに選んでくれたらいいよ」

キリシャは両手を腰に当てると、どやっとした表情で鼻から勢いよく息を吐き出した。

馴れ馴れしく不遜な態度だが、不思議と嫌みに感じないのは見た目のせいなのか、生来の性格のせいなのか、なんとなく彼女は自分と近しい存在——このような状況でなければ仲良くなれただろう。しかし、幼女という見た目も相俟って戦うことができそうにない。

「そう……本当はあたしが魔王グリムと戦うべきなんだろうけど……」

カレンは空を仰いだ。視線の先ではアルスとグリムの戦闘が行われている。

本当なら〝ヴィルートギルド〟のレーラーとして魔王グリムの相手をするのはカレンだったはずだ。しかし、グリムにとってカレンは眼中にない存在で、真っ先に向かったのはアルスの下である。

当然だ。前回は手も足もでなかったのだから無視されるのも当たり前の話であった。

高域に進出したことで力をつけたとはいえ、グリムに追いつくほどのことではない。

強くなった自覚はあるが、勝てると思うほど脳天気な頭はしていない。

誰と戦うべきか、カレンは改めて三人の男女に目を向ける。

「あんたは……俺と戦ったほうがよさそうだなぁ……」

気怠げに呟いたのは胡座を掻いていた禿頭の男で、顎を撫でながら値踏みするかのようにカレンを見ていた。

「うん。俺が相手をしてやる。魔王グリム様の右腕ガルムだ」

勝手に相手が決まってしまったが、他の二人も納得しているようで断れる雰囲気でもなさそうだった。

「アタイはノミエ。で、相手はそこの能面みたいな女にしておくよ」

エルザを指名したのはノミエだった。

「かしこまりました。わたしはエルザです」

エルザが了承すれば残されたのは二人だけ——ユリアとキリシャだ。

「それなら、キリシャの相手は銀髪のお姉さんだね！」

ぴょんぴょん跳ねながら喜びを表現するのはキリシャで、そんな彼女を訝しそうに見つめるのはユリアだった。

「わかりました。キリシャさん。よろしくお願いしますね。それにしても不思議な方ですね。なんでしょうか……〝視〟えない……いや、戦えばわかりますかね」

「よろしくね！　銀髪ちゃん！　それじゃ、互いの戦いを邪魔しないようにみんな離れようか！」

それぞれが対戦相手を見据えながら動き出すが、一人だけ立ち止まっていた。

シオンが相手から指名されなかったことで複雑な表情をしていた。

そんな手持ち無沙汰な彼女の様子に気づいたカレンが近づいていく。

「ふむ、アタシが余りか……どこか劣勢なところへ加勢するとしようかな」

「シオン、戦いたそうなところ申し訳ないけど、待機しておいてくれないかしら」

「なぜだ。アタシが参加すればより有利な状況を作れると思うが？」

「そうね。でも、シオンには見守っておいてほしいかな。ダメかしら？」

真剣な態度で願うカレンの眼をしばらく見つめていたシオンだったが、やがて肩を落とすように身体から力を抜くと微笑んだ。

「わかった。これを契機にしよう」

シオンの言葉にカレンは驚いたように目を見開いた。

自身の考えを読まれたからだ。相変わらず隠し事ができない自分を自嘲するかのように、カレンは苦笑を浮かべながらシオンに背を向ける。

「今度こそ待ってて、もうあたしは間違えないから！」

「ああ、そうだな……今日はゆっくりさせてもらう」

シオンは見送る。

力強く歩み出した少女の後ろ姿を。

何度も挫けてきた。

何度も辛酸を舐めてきた。

心が壊れるほどの敗北を経験した。

だからこそ、少女の邪魔はできないとシオンは思っている。

自分の足で立とうとしている。自分の力だけで歩き出そうとしているのだ。

覚悟を決めた彼女を、どうして邪魔ができるだろうか。

カレンは弱さを知って、強さを知った。

「カレン、後悔をしないように思うがまま戦うといい。アタシはずっと見守っている」

シオンが見守る中、それぞれが己の戦いのために離れていった。

潔白宮殿の中庭――そこではエルザとノミエの戦いが始まろうとしていた。

「改めて名乗っておくよ。魔王グリムの愛人ノミエだ」

堂々と愛人宣言したノミエだが、そのような事実は全くない。

グリムも否定することだろう。彼女が勝手に想っているだけなのである。

そんなノミエに対抗するように、エルザは挑発的な笑みを浮かべた。

「ふっ、愛人ですか……わたしはアルスさんの妻エルザです」

勝ち誇るように胸を張るエルザだったが、彼女の知り合いの少女たちはきっと否定するであろう言葉だった。

だが、効果はあったようで、エルザの言葉に狼狽えるノミエの表情は戦慄に震えていた。

「そ、そうか……あんた正妻ってわけかい？」

「はい。まごうことなき正妻です。将来は二男一女をもうける夫婦になることが決定しています」

「そんな詳細な計画まで立てているのかい……こりゃ手強いね」

羨ましそうに言いながらノミエは鎌の形をした刀を取り出した。

「思い人こそ違うが、愛人が正妻を越えるってのも面白いと思わないかい？」

「ふっ、正妻の力をとくとご覧にいれましょう」

弓を構えたエルザは矢を放った。

「いいね！　躊躇わずに攻撃できるところがさ！　あんた気に入ったよ！」

接近するノミエから放たれる斬撃、このままなら避けることはできない。

ならば、ノミエの足下にエルザは矢を放つ。

「〝氷結〟」

詠唱破棄によってノミエの片足が凍りついたことで彼女の動きが鈍った。

後ろに一歩下がることでノミエの斬撃を間一髪のところで避ける。

更に跳ねるようにしてエルザは後方に移動して距離をとっていく。

その間にも牽制で矢を放つことは忘れない。

「やるじゃないか……でも、この程度じゃアタイは止まらないよ」

ノミエは自身に迫る矢を打ち落とすと、凍りついた右足に手を伸ばして触れた。

すると不思議なことに、見る見る内に溶けてしまう。

「【熱】……もしくは【火】？　【炎】という可能性もありますが……あれはヴィルート王家の血統ギフトですから血縁者でもない限り所有しているとは思えません」

だが、【熱】と【火】は標準ギフトだ。序列八位〝マリツィアギルド〟で幹部を務めるノミエがそのような平凡ギフトの所有者だとは思えない。

　最低でも血統ギフトでなければおかしいのだが、エルザの知識にある赤系統で思い当たるギフトは記憶にはなかった。

「ははっ、なにをブツブツ言ってるんだい！　そんなにアタイのギフトが気になるかい？　わからないでもないよ。魔導師とは知識で困難を打ち破る存在だからね。だからこそ魔導師は未知なる知識を暴くのを至上とし、理解できない知識を常に恐れているものさ」

　地を蹴って距離を詰めてくるノミエに矢を放ちながらエルザは冷静に口を開く。

「停滞ですね」

「そうさ。魔導師は停滞した瞬間に成長を終える。未知なる知識を解明できなかった時に初めて足を止める。そこで絶望して人生は終了するのさ」

「それで、そんな常識をわたしに今更伝えてどうしたいのですか？」

「なぁに、確認だよ。あんたはどっちなのか、未知を恐れる魔導師か、未知を愉しむ魔導師か、ただアタイはそれを知りたいだけなのさ」

　その言葉を受けて、エルザは笑顔になった。

「もちろん後者です。ちなみに、あなたのような上から目線の女性を徹底的に潰したいと思うほどの魔導師でもあります」

　迫る刃を躱しながら矢を放ち続け、一進一退の攻防、両者ともに決定打に欠けていた。

「ははっ、最高だね！　そっちが本性かい!?」

能面のような表情で一度も揺らぐことのなかった感情が、魔導師のあり方を一つ示しただけで笑顔という反応を示した。

「いえ、元々ですが？」

何がエルザの琴線に触れたのかはわからない。

だが、彼女の笑顔はあまりにも魅惑的な美しさに溢(あふ)れていた。

「〝氷結(カルトヘルツ)〟」

「もうそれはアタイには効かないよ――〝炎壁(ファイアフォール)〟」

エルザから放たれた矢の雨が炎の壁によって燃やし尽くされる。

「…………ギフト【炎】？」

「だと思うかい？」

呆気(あっけ)にとられるエルザに肉薄したノミエは楽しげに笑った。

「吹っ飛びな――〝風撃(サンドウオー)〟」

ノミエが突き出した拳から放たれる衝撃。まともに受けたエルザは地面を転がったが、すぐさま立ち上がる。しかし、顔をあげればノミエの姿がそこにあった。

「遅い。もうこうなったらアタイの勝ちだよ」

振り下ろされる鎌刀にエルザは手を突き出した。

「小娘、勘違いするなよ」

鋭い冷気を纏わせた台詞と共に、エルザの手の平を鎌刀が貫通して血が噴き出す。

自身の血を浴びながらエルザは立ち上がり、そのまま刃を掴んで奪い取る。

「あっ？」

豹変したエルザに呆けた表情をノミエは向ける。

「魔法を使うべきではありませんでしたね」

エルザは笑みを浮かべたまま自身の手に突き刺さった鎌刀を引き抜いて捨てた。

「ギフトを隠す魔導師にはいくつか理由がございます」

ノミエは瞬時に距離をとるが、エルザは矢を放って退路を潰していく。

「世間に公表できないギフトか、素性が明かされるのを恐れているか」

二射、四射、八射、エルザの矢は尽きることなく放たれ続ける。

「もしくは——初見殺しだった場合です」

ノミエは返事をしない。エルザの攻撃を必死に避けているからだ。

だが、矢の雨は止まらない。

ノミエはエルザの攻撃を避け続けていたが、徐々にその動きは鈍くなっていった。

乱れる呼吸、吐き出された息は白く、身体中の関節が悲鳴をあげる。

「なんだい……これは……」

身体の震えが止まらず、ノミエはとうとう立ち止まってしまった。体力が尽きたわけではない。まだまだ走れるはずなのに、足が言うことを聞かないのだ。

「初見殺しができるギフトがあるように、魔法にもまたあると思いませんか？」

赤ん坊の歩みよりも遅いノミエに、エルザは矢を一本だけ放つ。

ノミエは回避行動もとれずに足に矢が突き刺さって体勢を崩した。

「〝氷結（カルトヘルツ）〟ですが実は範囲魔法なんです」

エルザは立ち上がろうとしたノミエの肩へ矢を命中させて派手に転倒させた。

「でも、この魔法は効果がでるのが遅いので、気づかれたら対策が容易にできてしまうのが欠点なんです。なので、こうして矢で気を逸（そ）らしながら〝氷結（カルトヘルツ）〟の有効範囲まで標的を誘導しないといけないんですよ」

「あっ………なんっ、なんで、くそっ！」

立ち上がろうとしたノミエだったが、自分の身体に起きた異変に気づいたようだ。

矢を受けた箇所の血が止まっている。傷口が凍ることで止血されていたのだ。

意味がわからないと言いたげな表情だが、痛みよりも寒さが勝っているのか、身体の震えが止まらないようだ。そして、何度か立ち上がろうと試みるも四肢が地面に貼りついて動けず悔しげな表情を浮かべていた。

「すでに〝氷結（カルトヘルツ）〟で捕らえたので、逃げようとしても無駄ですよ。それに放った矢には魔力を込めて氷と連動させているので、この一帯は既にわたしの支配下です」

周囲を見回せばエルザが放った無数の矢が、地面に突き刺さって白い煙を吐き出していた。白煙が草花を容赦なく凍らせて地面まで白く染め上げていく。

「なるほどね……それで……アタイのギフトはわかったのかい？」

悔しげな表情をするノミエに笑顔で近づくエルザだったが、

「いえ、ですが、こうなっては――ッ!?」

なぜか凍りついていたノミエが立ち上がる。瞬く間にエルザへ肉薄した彼女の手には、いつの間に拾ったのか鎌刀が握り締められていた。

「残念だったね。アタイの勝ちだ！」

「いえ、それはありえませんよ」

先ほどと同じように手を差し出したエルザだったが刃は刺さらずに砕け散った。

「はっ……素手で砕いた!?」

「まさか素手で砕くなんて芸当はわたしにはできません。本物はこっちですよ」

エルザは隠していた鎌刀をノミエの足下に投げ捨てる。しかし、それをノミエが拾うことはできなかった。〝氷結（カルトヘルツ）〟によって既に首元まで凍りついていたからだ。

「なら、さっきあんたに砕かれたのは……」

「〝氷像（アイスカルプ）〟」

エルザが魔法名を唱えたら彼女の手には鎌刀が現れた。

「どうして奪われた武器が近くに落ちていたと思いますか？　あなたに拾わせるために、わたしが捨ててあげたからですよ。もちろん、偽物とすり替えておいたわけですが」

「……なんで、そんなことを？」

エルザの行動が理解できないとばかりに、ノミエは驚きで目を見開いていた。

そんな彼女の表情を見てエルザは恍惚として頬を歪ませる。

「ふふっ、あなたの勝ち誇った顔が敗北に塗り替えられる瞬間を見たかったからです。抵抗が無駄だということを思い知ってほしかったからですよ」

「そのためだけに、こんな回りくどいことをしたのかい」

「重要なことなのでしょう。戦いが始まると止めるのは至難の業。一度始まってしまえば、あとは如何に終わらせるかだけ。ちなみに、わたしは綺麗に終わらせたいほうです」

「その口振りだと……最初からアタイは手の平の上で踊らされていたってわけか。もしかしてアタイのギフトを本当は知っていたのかい？」

「はい、三年前の戦争を調べさせてもらいました。誰がどんなギフトを持っているのか知っていますよ。あなたがギフト【代替】であることもです」

ギフト【代替】は何かを代償にして奇跡を起こす。攻撃的な魔法は存在しない代わりに、代償次第では様々な魔法を操れるようになる。しかし、制限があるようで魔石に〝付与〟

された魔法しか使えないということだ。また凍りついた手足が自由になったのも、彼女が魔力を代償にして氷を溶かしたからである。

「わざわざ知らないふりをしていたのはアタイを騙すためか」

「ええ、それとギフトの確認ですね。ふふっ、おかげで調子に乗ったあなたが魔法を使ったことで魔力が大量に減るのが〝視〟えました。おかげでギフトが間違っていなかったことが確認できたので助かりました」

「はっ、〝視〟たか、失敗したね……その笑顔も……あんた、もしかしてエルフかい？」

エルフは生まれ持って〝眼〟が良い種族だ。

彼らは相手の魔力量の増減、また感情の機微を〝視〟ることに長けていた。

だからエルフは最初に魔力と感情の制御を覚えさせられる。

常に余裕であれと、常に強者であれと、常に勝者であれと。

いついかなる場所であろうとも、笑みを浮かべる者こそ英雄なのだと教えられる。

エルフとして生を受けたら理解できるまで、その言葉が刻み込まれるのだ。

そして〝妖精の笑顔〟という名の仮面を手に入れるのである。

「ええ、そうです。わたしは失敗作ですので、あまり参考にはなりませんが……」

と、エルザは笑顔を引っ込めると、いつもの無表情に戻った。

「さて、先ほど言ったように、わたしは戦いを綺麗に終わらせたいほうです。大人しくこのまま負けを認めてくれるなら殺しはしませんが？」

首から下を完全に凍らせたノミエにエルザは提案する。

「随分と優しいじゃないのさ」

「少しだけ思うところがありますからね。それでどうしますか？　大事な子供たちのためにも生き残ったほうが懸命だと思いますけど」

「ほんと、よく調べてるね………いいだろう。あんたの正体は誰にも言わないし、負けを認めよう。だから子供たちには手をだすんじゃないよ」

「契約成立ですね。ですが、あちらの戦いが終わるまでは氷は溶かしません」

エルザが見上げた先では、アルスとグリムの激しい戦いが行われていた。

「わかった。この戦争が終結するまでおとなしくしているさ」

「ならば、もう用はありません。また後ほどお会いしましょう」

そう言って、エルザはあっさりと背中を向けると去って行った。

「怖いねぇ……〝ヴィルートギルド〟……とんだ化物揃いじゃないのさ……」

ノミエは諦観を含めた大きな嘆息をするのだった。

＊

「一つ聞きたいことがあるんだけど、いいかしら？」

カレンは禿頭の男——ガルムと対峙していた。

相手は余裕を見せているのか、ヘラヘラと緊張感の欠片もない顔でカレンを見ている。

「おう、嬢ちゃん、なんでも聞くといいぜ。答えられることなら教えてやるよ」

「どうして、あたしを対戦相手に選んだか聞かせてくれる？」

「嬢ちゃんが一番面白そうだったからだ」

「へぇ……その理由を教えてもらってもいい？」

「その眼と髪色で血統ギフト【炎】と思ったからというのが一つ。その〝火力〟を受けてみたかったのが二つ目。それ以上に、嬢ちゃんが一番、あの中で輝くもんを持ってると思ったからだ。藻掻いて、足掻いて、必死に現状を打破しようとしている」

人差し指で頭を掻きながら説明するガルムの言葉は終わらない。

「他はダメだ。あいつら完成してんだよな。天才すぎて面白くねぇ。なら、まだ己の力を自覚できていない奴、楽しめそうな奴を選ぶのは当然とは思わないかい？」

「そ、なんとなく腑に落ちたわ」

「そりゃ良かった。納得したなら、そろそろ戦うかい？」

「ええ、〝戦闘狂〟ガルム、あたしは今日、あなたを踏み台にして過去を乗り越える」

槍を構えたカレンを見て、心底嬉しそうにガルムは目尻に皺を作る。

「いいねぇ。その真っ直ぐな心、見ていて楽しくなってくる。あんたの他の仲間は何を考えてんのかわかんない奴ばっかだからな。本当にゾッとするぜ、特に銀髪ねーちゃんはな。あんな底が見えない闇を抱えてる女は初めて見たぜ」

三節棍を肩に担いだガルムは会話をしながら油断なくカレンを見据える。

「あら、一応勘違いを訂正させてもらうわね。お姉様の場合は、闇じゃないわよ？　光が強すぎて眩しすぎるだけで見えないだけなのよ」

両者とも同時に距離を蹴り潰すと槍と三節棍で打ち合った。

火花はなく、重低音だけが空気を震わせる。

幾度も繰り返される打ち合いは、徐々にカレンが押し始めていた。

ガルムは強い。カレンの槍術は一切当たらないのに、彼は巧みな棒術を使い、あっさりと彼女の身体を打ち据えてくる。それでも致命傷には至らないし、打撲程度の傷ではカレンを倒すことは不可能だ。

技術力は認めよう。持久力は認めよう。けれども、ガルムは明らかに火力不足だ。

カレンの攻撃を避け続ける体術もまた見事なものだが、やはり決定打に欠ける。

それがカレンが下したガルムの評価であった。

実力的に第五位階相当、カレンの第四位階からすると物足りないぐらいの弱さだ。

このまま攻撃を続ければ、いずれカレンはガルムの動きを捉えることができる。

その程度の者が、なぜ序列八位〝マリツィアギルド〟の幹部を務められているのか。

そして――最初の一撃がガルムの胸元を切り裂いた。

「っ!?」

派手に血が噴き出したが、傷は浅く死に至ることはないだろう。

傷口を押さえながらガルムは後退する。

カレンは好機だと悟り、槍を構えて俊敏な動きで前進した。

その鋭利な刃は日光を反射し、常人離れした膂力(りょりょく)をもって、一振りするたびに風切り音が響く。カレンの槍は優れた射程を活(い)かしてガルムを逃さず、彼の身体に次々と斬り傷を作っていった。しかし、どの攻撃も、なぜか致命傷には届かない。

腕を斬り落とす勢いで槍を振り下ろしても、骨を砕くつもりで槍の柄(え)を打ち据えても、ガルムは痛みに顔を歪めるだけで、カレンが殺すつもりで放った斬撃を五体満足に耐え抜いた。だからこそ、カレンは違和感に気づいてしまったのだ。

「あんた……頑丈すぎない？」

カレンは攻撃の手を緩めるどころか、有利な状況にも拘(かか)わらず完全に手を止めるとガルムから距離をとった。

そんな警戒をする彼女を見たガルムは感心したように口笛を鳴らす。

「へぇ、嬢ちゃん、気づいたか？　大抵は深入りしてそのまま死んでくれるんだがな」

「それに、その回復力……ギフトの能力かしら？」

戦闘中に魔法を使っている素振りはなく、詠唱破棄をした様子もなかった。

ならば、あとはカレンの【炎】がもたらす〝火力〟のような、ギフトに付随した能力という可能性が高い。

カレンが考えている間にも、ガルムの身体につけた傷が見る見る内に塞がっていく。

しかし、血は元に戻るわけではないようで身体は真っ赤に染まったままだ。

「観察眼も悪くないな。嬢ちゃんを選んで正解だった。これならまだまだ楽しめそうだ」

完全に傷がなくなったガルムは警戒するカレンに向かって駆け出した。

「なあ、嬢ちゃん、なんで俺が三節棍を使っているのかわかるか？」

しなやかな動きでカレンに肉薄するガルム。

棍棒が空気を切り裂き、その振り子のような軌道でカレンの手を打った。

「ぐっ!?」

激痛に顔を歪めながらもカレンは自身の得物から右手を離さなかった。

だが、その隙を逃すガルムではなく、縫うように連続した攻撃を放ってくると、カレンは全てを払うことができずに左肩へ痛烈な一撃を加えられる。

「戦闘を長く楽しむためだ。簡単に終わったらつまらねぇからな。もし、俺の武器に刃がついてたら、今頃は嬢ちゃんの右手と左腕はなくなってたな」

「……手加減してるって言いたいわけ？」

「まさか手加減なんて、そんな器用な真似できるわけないだろ。それによ、嬢ちゃんも俺の動きを見てただろ？　第四位階の魔導師と比べても弱いって思わなかったか？」

ガルムの指摘は図星であった。

だからこそ、今の状況がカレンには理解できないのだ。

先ほどまでガルムは明らかにカレンより劣っていた。しかし、カレンにつけられた傷が治った辺りから動きが見違えたのだ。

なぜかこの短時間で強くなっている。そんなことはありえるのか、カレンは疑いの視線を向けるが、相変わらずニヤニヤとした表情からガルムの思惑は読み取れない。

「〝炎弾〟」

詠唱破棄で生み出された炎の塊は凄まじい速度でガルムに向かい、その憎たらしい顔に衝突した。

「あら……？」

てっきり避けると思っていたのだが直撃してしまった。

けれども、倒れなかったのだから効いてはいなさそうだ。

顔中に纏わり付いていた黒煙が晴れると笑顔のガルムが現れる。

「この魔法は昔に〝経験〟してんだわ。もっと別の威力の高いやつを頼むぜ」

嬉しそうに地面を蹴って攻撃してくるガルムを見たカレンは笑みを深めた。

釣れた――そう思ったからだ。

最初から違和感が拭えなかった。

ガルムに対戦相手として選ばれた時から、ずっと感じていたこと。

正解だと思っているが確証はない。だからこそ、もっと探る必要があった。

「〝炎壁（ファイアフォール）〟」

魔法名の通り、地面から噴き出すようにして真っ赤な炎が壁のように、迫ってきたガルムの前に立ち塞がった。けれど、彼は気にもせず炎壁に飛び込むと、勢いよく突き抜けてカレンに三節棍を振りかぶった。

「いいねぇ！　熱いぜ！　もっとだ！」

「くっ⁉」

カレンは巧妙な技を駆使して、槍を振り回しながらガルムの攻撃を躱（かわ）していく。

一方、ガルムは身体の軽さと俊敏さを生かして、カレンの攻撃を躱しながら連続した打撃を繰り出す。槍の刃と棍棒が交差して見事な火花を何度も散らせる。

その合間にもカレンは魔法を何度も撃ち込むが、ガルムは身体中に火傷（やけど）を負いながらも攻撃の手を緩めることはなかった。

「はっはぁッ！　最高だぜ！」

ガルムがカレンに肉薄してくる。

同時にカレンから放たれた槍の一振りで空気が裂け、鋭い刃がガルムの身体に突き刺さる。しかし、彼は止まらず巧みに三節棍を操り、棍棒がカレンの身体に打ち込まれた。

「まだまだァ！　嬢ちゃんもっと本気だせよ！」

「うっさいのよ！」

カレンは歯を食いしばって激痛に耐えながら槍を振るい続ける。

やがて、槍の一撃がガルムの防御を突破し、鋭い刃が敵の身体に深く突き刺さる。

カレンはガルムの身体から槍を引き抜く勢いで鳩尾に踵を叩きつけて蹴り飛ばした。

ガルムは地面を何度も跳ねながら、最終的に勢いを失って横向きに倒れる。

「あぁ……本当にいいなぁ……なかなか強いじゃねえの」

あっさり立ち上がるガルムを横目に、カレンは痺れる手を見つめる。

不思議なことだが、戦い始めた当初よりもガルムの力がカレンを上回っていた。

改めてガルムを見れば傷は既に塞がっていた。けれども、その顔色は血の気が引いて青白くなっている。血を流しすぎたのは明らかであった。

「あんたのギフトの正体がある程度わかったわ」

最初は回復系のギフトだと思ったが、魔法が行使されている様子はなかった。次に注視したのは、どの段階で怪我が治るのか、魔力は消費されているのか、傷によって治る速度が違ったりするのかを戦いながら調べている時、ガルムの傷が治る度に彼の身体能力――〝火力〟があがっていることに気づけた。

「あんたのギフトは常時発動型の標準ギフトでしょ」

「ほぉ……それで？」

顎を撫でながら興味深そうにガルムは続きを促す。

「他にも理由はあるわよ。あんた最初にあたしを選んだ理由を長々と喋ってくれたじゃない。あれってさ、血統ギフトに劣等感を抱いてる――似たようなギフトを持つ人が吐く特有の台詞なのよ」

「へぇ、なかなかの推察力だ。でも、それなら稀代ギフトを持つ、あんたの姉ちゃんと戦いたがるんじゃねぇのか？」

「だから劣等感だって言ったじゃないの。あんたのギフトとお姉様のギフトは系統が全く違う。だから選ぶことはなかった。でも、あたしのギフト【炎】と、あんたのギフトは炎系統に近いんでしょ？　だって、あんたが一番気にしていたのは〝火力〟だったから、かしらね。だからこそ、倒すべき目標として――無意識かもしれないけど、劣等感からあたしを選んだんでしょ」

「すげぇな……そこまでわかってんなら隠す必要はねぇな。俺のギフトは【犠牲】でさ。傷を負うごとに〝火力〟が上昇していく標準ギフトだ。あと魔法を扱えない代わりなのか、勝手に魔力を消費して傷を治すんだ」

肩を竦めたガルムは淡々と説明してくれているが、その表情に憂いはなかった。

「一つだけ訂正させてもらうなら、上位ギフトに劣等感なんてもんは抱いちゃいねぇ。ただ【炎】の〝火力〟を、俺のギフトで叩き潰したかっただけだ」

「そう……だったらさっきの言葉は訂正させてもらうわ」

素直にカレンが頭を下げれば、口端を吊り上げたガルムは喉を鳴らす。

「本気でかかってくるなら謝罪はいらねぇよ。俺がギフトを隠す理由はな。標準ギフトだと知ると、馬鹿にして手を抜く奴が多いからだ。だから俺はヒントこそやるが自分からは所有ギフトを明かさない」

「馬鹿にはしないわよ。無能ギフトでも稀代ギフトを超えることもあるもの」

カレンは何度も黒髪の少年が起こした奇跡を見てきた。

その度に劣等感と敗北感に苛まれたものだ。

だからこそ、どんなギフトだろうと馬鹿にはしない。

ギフトなど強くなるための切っ掛けにすぎないのだ。

強い魔導師は、どんなギフトであろうとも強いということはアルスを見て知った。

そんな諦観があったせいで、魔王グリムが現れた時に何もできなかった。

自分では勝てないと諦めてしまって、そのせいでシオンを殺しかけたのだ。

「申し訳ないけど……あんたを踏み台にして、あたしはもっと強くなるわ」

魔王が相手でも恐れない。そんな強い心を育てていきたい。

今日こそ踏み出すのだ。

かつて自分が目指した魔導師を――。

「あら……そこで見守っていてくれるのね」

視線を感じたカレンは振り向くが、そこには誰もいなかった。

しかし、背中に感じる視線が外れることはない。

カレンは改めてガルムに真剣な眼差しを向けた。

「決着をつけましょうか」

「あっ？　急にどうした？」

唐突なカレンの宣言に眉を顰めるガルム。

「あたしはもう自重しない。妥協もしないし、諦めることもしない。過去のあたしはここで捨てていく。貪欲に勝利を欲して、強さだけを求め続ける」

槍を構えた少女の紅瞳から迷いが一切なくなっていた。

「地獄に満ちて天を燃やせや　紅蒼の槍　焚火　空炎　夜焔　蒼い雲列　絶世炎柱」

カレンは槍を振りかざし、唱えの言葉を紡いだ。

すると、彼女の周囲には炎の螺旋が縦横無尽に駆けて魔法陣が形成される。

その魔法陣は美しい紅や蒼の炎で満たされ、次第に高く舞い上がっていく。

そして、カレンが掲げていた槍が蒼炎を纏い、やがてカレン自身を包み込んでいく。

一呼吸――炎の化身となったカレンはガルムに向かって爆発的な速度で飛び掛かる。

「炎に塗れて蒼く啼け――　〝蒼炎一槍〟」

「はっ！　上等だ！　それさえも耐えて――ッ！」

ガルムはそれ以上の言葉を吐くことができなかった。

一瞬だったのだ。

三節棍が叩き斬られて、左肩から右脇まで袈裟懸けを貫い、噴き出した大量の血は熱によって一瞬で蒸発してしまう。さらに傷口を起点にして全身に盛った炎の波が瞬く間に広がっていく。

「あっ、がっ、はっ、こりゃ……無理だわ」

炎に身を委ねるようにしてガルムが両膝を地面についた。

「すまねぇ……嬢ちゃんを満足させることができなかったみてぇだな」

カレンを見上げた彼は申し訳なさそうな表情でその場に倒れてしまう。

その姿を見下ろしながらカレンは息を吐くと指を鳴らす。

ガルムの身体に纏わり付いていた蒼炎が消えて、彼のギフトが傷の治療を始めた。

「あなたのおかげで自分がもっと強くなれることを自覚できた。この経験は無駄にはなら

ない。感謝しているわ」

気を失ったガルムに背を向けてカレンは歩き始める。

確かな一歩を踏み出した実感があった。

自身の求める理想の魔導師は遥(はる)か遠くにあれど、その背中がはっきりと見えていた。

＊

各地から響いてくる戦闘音で鼓膜を揺らしながら、ユリアは静かに佇(たたず)んでいた。

目前にいる幼女は不思議そうな顔で首を傾(かし)げる。

「ねぇ、ねぇ、綺麗(きれい)なお姉さん——ユリアちゃんって呼んでいい？」

「キリシャさん。お好きなように呼んでください。それで、なんでしょう？」

「えっとね。ユリアちゃんてば、キリシャと戦うつもりあるのかなって思ったんだよね」

不満そうに口を尖(とが)らせるキリシャにユリアは苦笑を浮かべる。

「あまり戦いたくはありませんね。幼女を虐待する趣味もありませんから、どうしようかと困っているところです。戦わない、という選択はありませんか？」

「キリシャは〝マリツィアギルド〟のサブマスターなの。こんな状況で戦わなかったらギルドメンバーに示しがつかないよ！」

　ぷりぷりと怒る姿は愛らしくて、やっぱり戦闘意欲というものがゴリゴリと削られていく。これが作戦であれば、とんでもない策士なのだが、キリシャの表情からは打算的なものは一切感じられなかった。

　それにキリシャの言い分も一理ある。

　本拠地を奇襲された〝マリツィアギルド〟は多くの怪我人がでていることだろう。

　アルスの隕石のような攻撃によって歴史ある建造物にも被害がでていた。

　確かにこんな状況で戦わないという選択肢をとれば、サブマスターという地位にいるキリシャの信頼は地に落ちる。

　だから、彼女の名誉のためにも戦わなければならないとユリアは残念そうに嘆息した。

「では、私は動かないので攻撃してきてください」

「はへ？」

　ユリアの提案にきょとんとした表情をキリシャが浮かべる。

「やはり子供に攻撃することはできないので私は反撃に徹することにします。キリシャさんが納得するまで相手をしてあげるので、諦めたときは負けを認めてくれませんか？」

「……うーん、ユリアちゃん自信家さんなんだねぇ？　ま、キリシャはこんな可愛い見た目だから、ユリアちゃんだけじゃなくて他の人も大抵はそんな態度になるんだけどね」

「それはそうでしょう。あなたのような幼女と戦える者は限られているでしょうね」

「……だからキリシャはいつも実力でわからせてきたんだよね」

むふっと鼻の穴を膨らませたキリシャは自信ありげに胸を張った。

「風駆ける草原 雨弾いては濡れ 南に奔り 北に吼え 西を穿ち 東を喰らえ」

キリシャはどこからともなく笛を取り出すと演奏を始める。

地面に精密な線が浮かんで奔る。風が吹けば魔法陣と同じ色の孔雀青の前髪が揺れる。

キリシャの笛から飛び出す音色に合わせて煌めく魔法陣が完成した。

その模様は生命の息吹を感じさせ、魔法の力が中心に集約していく。

「嚙み砕け――〝人面獅子〟」

魔法陣から現れたのは人面を持つ獅子の体軀を持った魔物であった。

〝失われた大地〟の低域五十区に存在する領域主の一体。

大地を揺るがすような独特な咆哮、地面に立つのは人面獅子だ。その黄金色のたてがみは風になびき、陽光に照らされることで炎を宿したように燃え盛っている。

そんな人面獅子が獰猛な一歩を踏み出せば地面はその重さに揺れた。

力強い歩みは威厳を備えて、知性溢れる瞳には統率力が滲む。

まさしく低域の王者、討伐難易度Ｌｖ．５。

レベルに相応しい威風堂々とした魔物がユリアの前に降臨した。

「……魔物を召喚？　そのようなギフトがあるとは聞いていましたが、こうして目にすると驚きが勝りますね」

「ありゃ、ユリアちゃんは、キリシャのギフトが何か知ってる人なのかな？」

「ええ、調べましたからね。確か【幻獣】でしたか。魔力を消費することで、一度見た魔物を再現するギフトだと聞いています」

　聖法十大天〝第九使徒（テイサ）〟ヴェルグ経由で、聖法教会から取り寄せた資料に〝マリツィアギルド〟の詳細が書かれていた。そのおかげでキリシャを含めたギルドメンバーが所有するギフトは記憶している。他にもグリムとキリシャの出自、幹部たちの過去も含めて表にでることのない情報もユリアは手に入れていた。

「ふぅん……その眼（め）……〝大森林〟の連中とよく似ているね」

「紫が混じってはいますが、銀眼は白系統の特徴ですからね。気分を害されましたか？」

「ううん。個性の範囲内だよ。でも、仕方ないよね。そこまで白を主張しちゃうとね。さすがに聖天を思い出すって感じかな。でも、仕方ないよね。白系統でも最強と言われる【光】のギフトを所持してるんだもん。髪や眼の色が銀に染まっちゃうのも納得」

　笑顔のままでユリアを観察していたキリシャは片腕をあげた。

「ま、長々と話していても仕方がないし。キリシャの人面獅子（マンティコア）ちゃんと戦ってもらうよ」

「ふふっ、どうぞ」

　ユリアが笑みを零（こぼ）すのと同時にキリシャは腕を振り下ろす。

人面獅子が勢いをつけて襲いかかると、ユリアは右足を軸にして俊敏に身を躱す。

ユリアは腰から剣を引き抜くと、迫り来る人面獅子の爪に対して、鋭い剣技で応戦した。

斬撃と斬撃が交差して、火花が散れば、ユリアの素早い技と人面獅子の力強い一撃が衝突する。そんな両者に漂う緊迫感から戦闘は熾烈を極めると思われた。

だが、決着は一瞬である。

唐突な咆哮の音と共に血飛沫が空へ打ち上がった。

次いで訪れるのは静寂、一拍の間を置いて、粘着質の耳障りな音――人面獅子の首が無念そうに目を見開きながら地面に落ちる。

「一撃で首を落としちゃったか……魔法も使わずに倒すなんてユリアちゃん相当強いね？今の段階でも第三位階相当はあるんじゃないかな」

空気に溶けるようにして消えていく人面獅子を尻目に、キリシャは感心したような態度でユリアを見つめる。

「よく無茶に付き合わされてましたから……あれってすごく成長できるんですよね。それに彼に合わせて魔法を使うと、すぐに魔力が枯渇して死にそうな目に何度も遭いました。なので、魔力を節約する癖が強制的についちゃったんですよ。だから、低域の領域主程度に魔法を使うまでもありません。その程度の力では彼についていけませんから」

「うぅ、よくわかんないけど、なら……中域の領域主をだすかぁ――って……あぁ……」

楽しそうにしていたかと思えばキリシャは頭を抱えて蹲（うずくま）った。

「そうだった……今更だけどノミエちゃんの報告を思い出しちゃったよ。ね、ねえ、ユリアちゃんって中域の領域主も一撃で倒したんだっけ？」

慌てた様子でキリシャが小動物にも似た可愛らしい瞳をユリアに向けてくる。

「ええ、ミノスマンダーなら倒しましたね」

「あちゃー……そりゃ低域のじゃ勝てないよね。それなら中域の領域主をだしても一緒だから……うーん、どうしよっか？」

コテンと首を傾げたキリシャだったが、すぐさま手を叩（たた）いてその場で飛び跳ねた。

「そうだ。なら、とっておきのをだしてあげるよ。きっとユリアちゃんも楽しめるはず」

両手を掲げたキリシャは空を見据える。

「大地の君臨者　血肉の牙　万物を切り裂き　獣の頂点に立つ　雪原に白雪　自然は猛威を振るい　白き王は咆吼（ほうこう）をあげる」

広大な空に巨大な魔法陣が現れて神秘的な輝きを放った。

その形状は幾何学的で、複雑な模様が緻密に描かれている。

神聖な雰囲気と共に魔法陣の中心部が光り輝いた。

「目覚めよ、我が支配者――〝白狼（フェンリル）〟」

ゆっくりと天空から舞い降りるのは、雄大で威厳に満ちた獣、その絹のような美しい毛は銀色に輝き、太陽の光を反射してまばゆい光を放っていた。

頭部には尖った耳があり、獰猛な眼差し(まなざし)と共に獣の王としての威厳を纏(まと)っている。その口元には鋭い牙が並び、まるで鋼のような光沢を放つことで鋭さを象徴しており、滑らかな毛並みが風に靡(なび)く様子はただただ美しい。

大陸の王者、大地の支配者、孤高の帝王、様々な名で呼ばれる獣の王。

「どう？　これがキリシャの作れる最大で最強の〝幻獣〟。知ってると思うけど、一応は伝えておくね」

天空に届かんばかりに頭を高く掲げ、四肢を大地につけて背中を真(ま)っ直(す)ぐに伸ばし、その雄大な姿はまさに王者のようであり、優雅でありながら力強さを感じさせる。

白狼(フェンリル)から放たれる威圧感たるや、周囲の空間を歪(ゆが)めるほど凄(すさ)まじい。

「特記怪物三号〝白狼(フェンリル)〟——ユリアちゃんは勝てるかな？」

特記怪物——人類が討伐を断念して放置された魔物を指す言葉。

それが今、目の前にいる。

震えが止まらない。

今にも膝を屈しそうなほど凄まじい重圧が肩にのしかかってくる。

あァ——……ユリアは両手で顔を覆った。

諦観からではない。自棄からではない。絶望からではない。

それは――、

「素晴らしいですね」

陶酔からだった。武者震いからの歓喜が表情を歪ませる。

「キリシャさん。あなたはご存じですか？」

「うん？　なにを？」

「特記怪物三号〝白狼（フェンリル）〟は聖法教会では神獣として崇（あが）められています。とある国では聖獣として敬われているとか――では、魔法協会ではどのように扱われていると思いますか」

「さっき言ったように特記怪物でしょ」

「そうです。第二期バベルの塔を崩壊させた大陸の王者、数多くの魔王を屠（ほふ）った大地の支配者、特記怪物六号〝女王〟のように群れることのない孤高の王。誰も討伐できないが故の特記怪物――他国とどうしてこのような違いがあるのかわかりますか？」

「聖法教会は〝白〟だからっていうのもあるだろうけど、あとは魔法協会と敵対してるか、してないか、の違いだね。でも、それがどうかしたの？」

「そんな恐れ、畏れて、崇められる存在が目の前にいるんですよ。興奮するのも無理はないと思いませんか？　でも、本物はもっとすごいのでしょうね」

剣柄（けんつか）を何度も握り直しながら、時には感触を確かめるように刃を振るって、ユリアは恍惚（こうこつ）とした表情のまま奇妙な動作を続ける。

「紛い物だとしても、神に等しき力の一片を感じられるのですから――素晴らしい」

「褒めてくれてありがとう？　それでユリアちゃんはどうするのかな？」

「もちろん、勝たせて頂きますよ。どんなに素晴らしい贋作でも、神獣の偽物なんて存在させておくわけにはいきませんからね」

「………ひっ⁉」

ユリアを見たキリシャは喉を引き攣らせた。

白銀の少女が静かに笑みを浮かべて〝白狼〟を見据えていたからである。

仄暗い光を灯した紫銀の瞳を見た瞬間に、あのキリシャから笑顔が失われた。

「――〝光速〟」

ユリアが詠唱破棄して魔法を行使する。

白狼もまた獰猛な咆哮を上げると、大地を陥没させてその巨軀を消した。

激しい剣撃の音だけが吹き荒れる。

火花が周囲で散り続けるが、キリシャでは両者の姿を捉えることはできない。

「紛い物で私の速度についてこれますか……？」

白狼の力強い爪がユリアの防具を引き裂こうとするが、彼女は巧妙な剣捌きで攻撃を受け流して、その力を利用して反撃を加えていく。

繰り返し、繰り返せば、ユリアの剣が白狼の皮膚に斬り込み、鮮血が噴き出すことで白い毛が真っ赤に染まる。

戦闘は激しさを増していく、白狼（フェンリル）とユリアの間で激しい攻防が繰り広げられる。

ここまでキリシャは一度も瞬（まばた）きをしていない。

ただ一瞬、刹那の中で行われている命の争奪戦。

ユリアは鋭い洞察力と剣術の技を駆使して、白狼（フェンリル）の攻撃を恐るべき速度で躱しながら、致命的な一撃を狙って斬り刻んでいく。

「素晴らしい。紛い物でも〝光速（エクレール）〟で断ち切れませんか。いえ、ここまで再現したキリシャさんを褒めるべきでしょうか……では一つ……試してみましょうか」

ユリアが動きを止めれば、白狼（フェンリル）もまた警戒するように距離をとった。

「散れや桜華　鬼哭（きこく）の闇　蓋世（がいせい）の光　綯（な）い交じる暁暗（ぎょうあん）」

ユリアが長剣の刃に左手を添えれば、鱗粉（りんぷん）のように白銀の粒子が周囲に漂い始める。

濃密で重厚な魔力がユリアから発せられ、空間を圧搾して破裂音を響かせた。

ユリアの背後で一つ、三つ、六つ、膨大な数の白い魔法陣が咲き乱れていく。

「清風に死晒（ころ）せ――　〝光風霽月（ベネディクション）〟」

清涼な声音と共に呟（つぶや）かれた魔法名の後に訪れるは静寂だ。

ユリアの手から長剣が空気に馴染（なじ）むようにして消え失（う）せた。

幾多もの魔法陣もまた花散るように砕けることで地面にひらひらと降り積もる。

優しい風が身体を包み込み、癒やすように頬を撫でていく。

思わず穏やかな表情を浮かべてしまうほど柔らかい風だ。

そんな優しい世界に無粋な色が浸食する。

最初に聞こえたのは苦痛に耐える雄叫び。

キリシャは驚愕の表情を浮かべた。前足を失った白狼が地面に倒れていたからだ。

しかし、すぐさまキリシャの視界は光で埋め尽くされる。

「なにこれ……」

呆然とするキリシャの前で、上下左右四方八方から白狼に降り注ぐ光の刃。

ユリアの膨大な魔力が白狼を中心にして空へ昇るように光の渦を形成していく。

肉片すら残すことのない勢いで白狼は光の刃に切り刻まれている。

逃げることもできず、抵抗もできず、刃向かうことすらできない。

一方的な蹂躙である。

だが、さすがと言うべきか、紛い物であっても特記怪物は消滅せずに大地に倒れ伏すだけでまだ生き長らえることができていた。

「あァ……なんて素晴らしい……耐えましたか……」

主を守ろうとしているのか、紛い物の白狼はキリシャの前に立ち塞がった。

「作られた紛い物であっても自我があったりするんですかね？　とても面白い。でしたら、その忠義に応えて私も出し惜しみはやめておきましょうか」

勢いよく剣を水平に薙いだユリアは、速度を殺すことなく地面に刃を突き刺した。

「光の深淵　鋼の刃　魂を宿せ　我が名は白百合　此処に誓いを刻む」

ユリアの身体の内側――秘めたる場所から魔力が膨れ上がった。

「純白を纏いし憎悪　雪白は漆黒　我が身に宿る愛　其方に与える呪　今こそ解き放つ」

世界が白く染まり始める。

「我が意を示せ　天領　廓大――」

ほんの一握りの者だけが辿り着ける極致。

その一歩を踏み出そうとしたユリアだったが、その詠唱は途中で途切れた。

なぜなら、消滅させるべき敵がいなくなったからだ。

「魔力が枯渇しましたか……」

ユリアが視線を送る先では、青白い顔をしたキリシャが倒れている。

ギフト【幻獣】が生み出す魔物は強力だが手応えは本物より弱かった。

注ぎ込まれた魔力によって強弱がでるのだろう。

そして魔力が枯渇して倒れたということは、キリシャは白狼を作り出すのに相当な無茶をしたということだ。

「最後にお披露目することができず残念ですが……これでよかったのでしょう」

空を見上げたユリアは小さく吐息を零した。

「駄目ですね。白狼と戦えるのが嬉しすぎて目的を見失うところでした」

ユリアの紫銀の瞳が見つめる先にはアルスの姿があった。

「我らが愛しい、愛しい〝黒き星〟。あなたは以前よりも強く輝き始めた」

白い指を伸ばして、それでも空高くに存在する彼には届かない。

悔しそうに、惜しいとばかりに、ユリアは下唇を噛み締める。

「隠したいのに隠せない。傍にいてほしいのに離れていく。思い通りにならない。もどかしい気持ちだけが募っていく。だからこそ愛しい。簡単には触れさせてもらえない。でも、あなたはいつも私を優しく見守ってくれている」

ほう、と陶酔の吐息を洩らして、ユリアは悦楽と情欲に支配された瞳を輝かせる。

「魔法協会にも、聖法教会にも、神々であっても、あなたを誰にも渡さない」

曲げた指を甘噛みしたユリアは表情を恍惚として歪ませる。

「あなたは私だけのもの。私はあなただけのもの」

ユリアは両腕を空に伸ばして、黒衣の少年を包み込むように両手を閉ざした。

それでも捕まえることができず、捕らえることもできず、掴むこともできない。

その結果に白銀の少女は悲しげに睫毛を震わせると笑顔を見せるのだった。

＊

魔法都市東部――〈星が砕けた街（エスペシアル）〉の象徴、潔白宮殿は奇妙な膜に覆われていた。

しかし、城下町に住む人々は、その変化に気づいてはいない。

いつものように平和な時間が街には流れていた。

だからこそ、民衆は気づかない。

巧妙に隠された結界の中の出来事は、一部の者だけが知る権利を有していたからだ。

そんな宮殿の上空では激しい戦闘が行われていた。

「なぁ……クソガキ……てめぇは誰かに武術を教わったりしたか？」

グリムは大鎌を振りかぶり凶悪な攻撃を繰り出すも、二振りの短剣を手にしたアルスは素人同然の動きで全てを弾（はじ）き返した。

「師匠なんていないさ。武術なんて教えてもらえるような環境にいなかったんだ。それでも誰に教わったのかと聞かれたら、独学で学んできたとしか言えないな」

アルスは迫る大鎌の刃を避けながら返答する。その一つの攻撃が空を切ってグリムに大きな隙が生まれたことで、アルスは機敏な動きで素早く斬りつけを試みるも、あっさりと避けられてしまう。

「独学ね。それにしたって、てめェの戦い方はお粗末なもんだ」

苛立ちが多分に含まれた大鎌の鋭い刃は空気を斬り裂き、凄まじい音を立てながら短剣と激しくぶつかり合う。

両者の身体が一瞬の間合いで交差して空気が破裂し衝撃波が生まれた。

グリムは大鎌の長い柄を利用してアルスを引き寄せると、拳を放ってその体軀を貫こうとする。だが、アルスは腕を捻ると軽やかな身のこなしで、あっさりと攻撃を躱して距離をとった。

「なのに、こうして俺と対等に渡り合ってんだから言葉がねェわ。短剣に振り回されてるくせに、的確に俺の急所を狙ってきやがるしよ。どこからどう見ても隙だらけなのに攻撃が当たらねェ。てめェはホントなんなんだよ、気味が悪すぎんぞ」

「オレは耳が良いんだよ。だから戦えるんだ」

「はっ、耳が良いだけで魔王と渡り合えたら世話ねェな」

軽口を叩き合いながらも、二人の戦いは熾烈を極めていた。

大鎌と二振りの短剣が交錯する激しい音が響き渡り続ける。

大鎌の大きな振り幅と間合い、その隙間を縫うようにして短剣の素早い突きが絶え間なく繰り出された。

それでも決着はつかない。

両者とも戦う間にも技を磨き続け、それでも一瞬の隙も相手には許さない。

大鎌の刃は虚しく空を斬り続け、短剣の刺突もまたあっさりと躱されていった。

(こいつは——正真正銘の化物だな)

と、グリムは心の内でアルスをそう評価した。

グリムは魔王だ。誰もが欲する最上の地位にいる。

だからこそ挑戦者は絶えない。

故に天才という存在とは何度も戦ってきた経験がある。

だが、グリムは全てを退けて、天才と呼ばれた連中を凡人へと突き落としてきた。

本物を前にして凡人に成り下がった天才たち——その築き上げた骸の山の上で、グリムは今もなお魔王として頂点に君臨している。

しかし、アルスはそんな逸脱した存在を相手にしながら対等に渡り合っている。

過去の天才たちと比べてもアルスの動きは圧倒的に見劣りしてしまう。

だからこそ、意味がわからない混乱に襲われる。

あまりにもアルスは素人なのだ。

赤ん坊が木の棒を持って振り回しているのかと思うほど雑な動作ばかり、そこに研鑽はなく洗煉された動きもない。

何度、刃を交えても疑問が先行してしまう。

クリストフが殺された場所でアルスと戦った時にも同じ感想を抱いたものだが、未だに答えを見つけることはできない。
だから、グリムは本能的に悟ってしまう。

——こいつは人間ではない。

目の前の少年は人間の皮を被ったナニかだ。
そうでなければ説明ができない。
もはや、彼を語る言葉は持ち得ない。どう説明すればいいのかわからないのだ。
少年と比べられるような対象は存在せず、過去に戦ってきた者と一致することもない。
あまりにも未知で異質すぎる。
（これは……認めたら駄目だなァ。つか、ここで始末しとかなきゃやべェか）
グリムはそう判断を下した。
この気味の悪い生物は、決して世には放ってはいけないナニかだ。
アルスの存在が知られれば世界が変わる。
魔法協会と聖法教会——二強時代の終焉。世界中の国々を巻き込んだ大騒動が起きる。
そんな漠然とした想いがグリムに沸き上がっていた。
（このクソガキも未だ実力を隠してる感じだが……さて、そろそろ俺も本気で戦うか）

思案しながらもグリムは戦闘を続けていた。

アルスは相変わらず気味の悪い動き——時間が経つにつれ慣れてきたが、それでも決定打のない戦いを二人は続けていた。

両者とも一歩も引かずに戦い続けながら、アルスは大鎌の軌道を読んで鋭い斬撃で反撃してくる。そんな力強い一撃を易々と防いでから、グリムもまた改めて攻撃を行おうとしたが、本能が前に進むことを拒否したことで後ろに下がった。

瞬間——眼前を鋭い刃が通り過ぎて前髪を何本か奪っていく。

察知するのがあと少し遅れていれば、グリムの首と胴は離れていただろう。

そんな回避した未来を想像したら背筋を冷たい汗が滑り落ちていく。

だが、沸き上がってきた感情は恐怖ではなかった。

「この感覚は久々だなァ……特記怪物三号〝白狼〟を見かけて以来だな」

生死の境に立った者だけが得られる貴重な感覚。

死を避けることができた時に訪れる快感は何よりも耐え難い。

久しい感情の発露にグリムは思わず嗤う。

グリムが死を感じられるほどの戦いをした回数は片手で数えきれるほどしかない。

なぜ少ないのか、一番の理由は相手が弱かったというのもあるが、魔法協会は基本的に魔王同士の決闘やギルド戦争を認めていないからである。

魔王同士が戦えば被害が甚大に及ぶので、魔法協会が難色を示すのも当然のことだが、最たる理由は他国に付け入る隙を与えないためだ。

現在の魔王たちは歴代でも最強と言われるほど長期政権を築いていた。

つまり力量差があまりないということでもある。

そんな魔王同士が戦えばどうなるか、戦闘が長引いて土地は荒廃、人がいなくなるのは間違いない。そんな戦いもいずれは決着がつくだろうが、その間にも魔王たちのギルドと友好関係を結んでいるギルドが芋づる式に戦いへと駆り出される。

各地で激しい戦いが行われて、多くの民が巻き込まれるばかりか、他の魔王たちも参戦してくるだろう。

そうなれば後は他国も介入して世界大戦の勃発である。

いくら魔王を蹴落としたい二十四理事（ケリュケイオン）にしても全てが無に帰した土地と権力が欲しいわけではないのだ。だから、歴代最強と言われる魔王たちが揃（そろ）っていることで、魔法協会は最近まで平穏無事だったのである。

それがアルスが現れたことで崩れようとしていた。

自身の敗北だけは避けなければならないとグリムは気づいている。

負ければ絶妙な均衡の上に成り立っている平和が崩れてしまう。

二十四理事（ケリュケイオン）たちがこれまで以上に活発に動いて、グリムを不利な立場へ追いやっている状況を見れば一目瞭然だ。

これまでの事を鑑みればグリムを潰そうとしているのは明らかだ。

「はァ……こうなってくると、クリストフも利用されて殺された口だなァ」

そう考えたほうが色々と辻褄が合う。

だからと言って不思議と怒りは湧いてこなかった。

あるのは虚しさだけである。

クリストフが死んでからグリムは色々と彼について調べた。

出てきたのはクリストフが三大禁忌に手をだしていたという事実と、グリムはギルドマスターでありながらそのことを知らなかったという滑稽な話だ。

つまり、誰かに利用されていようが、仕組まれていようが、クリストフの自業自得。

そして、運良く全ての罪をクリストフが背負って死んでいった。

「……本当に道化だよなァ」

クリストフの忠誠心が本物だったのは疑いようのない事実。

けれど、グリムが彼を信じて自由にさせすぎていたから気づけなかった。

クリストフの優先順位は常にグリムを一番にしていたが故に道を踏み外していたのだ。

クリストフは魔王グリムの地位を盤石にするため、三大禁忌の〝魔族創造〟で生み出した人造魔族を討伐させて、グリムのギフトを覚醒させようとしていた。だが、その目論見はクリストフ自身の死という結果で終わりを迎える。

その後は二十四理事（ケリュケイオン）たちから三大禁忌についての責任が追及されることもなかった。

なぜなら、クリストフが独断で〝魔族創造〟を研究していただけで、グリムは一切関与していない。むしろ、グリムは言葉巧みに誘導されて、人造魔族の討伐をさせられていた被害者である――というのが、クリストフが残した資料から導き出された結論だったからだ。

最初からクリストフは全ての罪を背負って死ぬことを覚悟していたのだろう。

究極の自己犠牲によってグリムは魔王の座を追われずに済んだのである。

「全ては俺のためか……本当に忠義者だったなァ。でも、悪ぃな……お前の苦労を無駄にしたわ」

クリストフの計算では、彼が死んだ後にグリムが現れることも想定していたのだろう。

そして、クリストフがしてきた罪を知り自業自得だと切り捨て、そこで無事に終わる予定だったのだろう。

だからこそ、〝ヴィルートギルド〟との戦争は予測していなかったに違いない。

なにより、アルスという想定外（イレギュラー）の登場によって全てが変わった。

本来なら知らぬ存ぜぬを貫き通して〝ヴィルートギルド〟を無視していれば良かったのだが、それはグリムの魔王としての矜持（きょうじ）が許さなかった。

「なぁ、クソガキ……本気でいくぞ！」

クリストフが全ての罪を背負って死んだのは、グリムの強さに不安を抱いたからだ。

ならば、強さを示さなければならない。

目の前の存在に時間をかけるわけにはいかず、全力で叩き潰さなくてはならない。

「〝分身（ミラージュ）〟」

魔法名が呟（つぶや）かれた瞬間——アルスとグリムを濃い霧が包み込んだ。

すぐに霧が晴れて、アルスの前に現れたのは十人のグリムだった。

「へぇ……これがギフト【幻影】か……」

「そうだ。覚えてんだろ。前にてめェと戦った分身だ」

ギフト【幻影】の魔法〝分身（ミラージュ）〟は本体の六割ほどの力しか出せないが、魔力の消費が少なくて使い勝手の良い魔法の一つだ。

強制依頼で〝失われた大地〟の遠征途上にいたグリムが、クリストフに関して調べることができたのも、彼の分身が各地に散っていたおかげであり、前回アルスと戦闘をしたときも一体を派遣していたからであった。

「まあ……六割と言っても第三位階相当の力はあるぜ」

見た目そっくりなグリムとその分身たちがアルスを取り囲んだ。

「なァ、クソガキ、ここからが本番だ！　楽しもうぜ！」

グリムの雄叫(おたけ)び、それが戦いの合図となった。

天空で大鎌を携えた分身九体が、威風堂々と立っているアルスに一斉に襲い掛かる。

大鎌の刃は冷たい光を放ち、その存在感は圧倒的だ。

二振りの短剣を手にしたアルスは機敏な動きで一体目の分身に接近する。

グリムの分身は大鎌を振り回し、その重い刃で短剣を弾(はじ)きながら反撃してきた。

大鎌の重量にも負けず分身の腕は軽やかに動き、刃を縦横無尽に振り回す。

「遅いな」

淡々と呟いたアルスは全ての斬撃を躱(かわ)しながら一閃(いっせん)。

躊躇(ためら)うことなく首を斬り落とした。すると、血も噴き出さずに霧となってグリムの分身体は消えていく。

その様を眺めながら背後に腕を回して、

「〝衝撃(ウエグブラセン)〟」

魔法を放てば頭を吹き飛ばされたグリムの分身体がまた一体消え去った。

アルスはそのまま駆け出すと、グリムの分身体が消え去ったことで生まれた隙間に身を投げて包囲網を抜け出そうとした。

「甘ェよ！　クソガキがァ！」

分身体からの攻撃を避けて脅威から抜け出た先に待っていたのはグリム本体だった。

アルスは側頭部に蹴りを受けて、その威力を殺すこともできず吹き飛んだ。

上空から一直線に地面へ激突する。

あまりの威力に地面は陥没して、砂塵が舞い上がって視界を覆い尽くす。

だが、その程度で魔王であるグリムの攻撃の手が緩むことはなかった。

「はっ、わかってるよ。こんなショボい攻撃で死ぬわけねェよなァ？」

分身体の三体が砂煙に突撃を敢行して、残った四体は陥没した穴を取り囲む。

グリムもある程度の距離をとりながら地上に降りると、火花を散らしている砂煙を眺めた。やはり死んではいなかったと確信すると同時に、三体の分身体の首が目の前まで飛んできて消滅する。分身とはいえ自分の首が転がる姿は気分が悪くなるものだ。

「ここまでしても無傷ってか……本当にこんなクソガキどこに隠れてたってんだよ」

砂煙から飛び出してきたアルスが、陥没した地面の周りで警戒していた分身体に襲い掛かった。短剣を持つアルスは身軽な動きで分身体の攻撃を弾くと、刃を鋭く光らせて、凄まじい勢いで繰り出した突きや切り込みで分身体を屠った。

残り三体となった分身体が一斉に飛びかかるが、四方八方から降り注ぐ斬撃の全てをアルスは弾いた。

金属のぶつかり合う音や風の音が空気を震わせて、両者の殺意が空間を歪ませる。

大鎌の一撃が短剣によって掻き消され、また一体の分身体の首が打ち上がった。

残り二体となった分身体は大鎌の長さを活かして、中距離からの攻撃を試みる。

「〝音速〟」

アルスは魔法を駆使して、分身体との間合いを一瞬で縮めて接近する。

短剣の素早い刺突や回転斬りが次々と繰り出され、分身体の機動力を制限するばかりか、防戦一方となった分身二体はあっさりと斬り刻まれて消滅するのだった。

「なあ……魔王グリム、これが本気か？」

不思議そうな顔でアルスが尋ねてくる。

その表情は困惑に彩られており、まるでグリムの分身体を雑魚にしか思っていない。

否──客観的に見ればそうだ。手も足も出なかったのは事実なのだから。

「それに分身は魔法を使えないみたいだしな。これで本気って言われると困るぞ」

「ははッ、よくわかってんじゃねェか……だが、これで本気だと思われても、こっちだって困るけどな」

アルスの指摘は正解だった。

魔力の消費が少ない代わりに分身体は魔法の使用を制限される。

全く使えないということはないが、せいぜい使えるのは初級魔法程度で、アルスにはかすり傷すら与えられないだろう。

「〝分身〟」

ギフト【幻影】の魔法〝分身(ミラージュ)〟の恐ろしさはここからだ。

魔力の消費が少ないおかげで、ほぼ無制限に自身の分身を量産できる。

つまり、アルスの体力がなくなるまで波状攻撃を加えれば、いずれは力尽きるだろう。

だが、そんな戦い方は魔王らしくない以前につまらない。

「ま、もうしばらく我慢して、こいつらで楽しんでくれ」

新たに生み出した分身二十一体がアルスに向けて攻撃を開始する。

しかし、これまでの戦いの傾向から百体いてもアルスに勝てるとは思えない。

現に目の前で次々とグリムの分身体は消滅させられていく。

だが、ある程度の歯応えはあるのか、アルスの口元には笑みが浮かび上がっていた。

そして最後の一体が消滅した時、

「これで、条件は満たせたか？」

アルスの言葉にグリムは戦慄した。

「あァ？　てめェ……もしかして知ってんのか？」

「聞いたことがあるだけだ。【幻影】には限定魔法が存在すると」

限定魔法とは一定の条件を満たさなければ使用することが敵(かな)わない魔法である。

だが、条件があるだけに非常に強力な魔法となっていた。

「解(げ)せねェな。気づいていながら、なんで阻止しなかった？」

「意味があるのか？　戦い続ければどうせ〝限定解除〟されていただろ」

「そうなる前に、俺を倒すって選択肢もあったはずだぜ？」

「そんなつまらないことはしないさ。オレは言ったはずだ。知らない魔法を見たいんだ」

「……本当に調子が狂うガキだ」

分身体を戦わせていたのは限定魔法を使用するためだ。

今まで一度も使ったことはないが、それでも強力な魔法であるのは間違いない。

本能的に悟っているのだ。

ギフトが強力だということを教えてくれるのである。

そして限定解除をする条件は分身体三十を殺されることであった。

「白煙の幻　砂上の塔　始は依然として指先　終は未(いま)だに爪先に過ぎぬ」

グリムは白髪を風で靡(なび)かせながら、目を細めて鋭い視線をアルスに向ける。

グリムの足下に現れたのは青の魔法陣。美しく、緻密、繊細で優美な線が描かれていく。

幾何学的模様は奇妙な形状をした複雑な文字や造形を刻んでいき鮮やかな青に染め上げていった。

「我が真なる分身――〝幻幻狂狂(エントシュマ)〟」

魔法陣は砕け散る。硝子(ガラス)が散るように大小様々な破片となって周囲に飛んだ。

同時に濃い霧が発生する。

風が吹くことで、すぐさま霧は払われてしまったが、

「待たせたな。これが本当の分身だァ」

グリムは現れた自身の分身二体を満足そうに眺める。魔力のほとんどを持っていかれたが、それを代償に非常に強力な分身を生み出すことができた。

「満足できると思うぜ。第二位階相当はありそうだ」

「へぇ、やっぱり知らない魔法だったか。これが限定魔法……ありがたく〝聴〟かせてもらったよ」

アルスが嬉しそうに奇妙な台詞を述べてグリムの分身体を眺める。

第二位階相当の分身体が二体、それに加えて魔王グリムがいるというのに、アルスの態度は当初から変わることがなかった。

「新しい知識が増えた。お礼にそうだな──オレも見せておこうか?」

アルスが笑顔で吐いた台詞を聞いてグリムの背筋に寒気が迸った。

空気が明らかに変わった。

黒衣の少年が放つ雰囲気が変質していくのを肌で体感してしまう。

首の裏が焦燥感を訴えるようにチリチリと鈍い痒みを発している。

強力に生まれ変わった分身体も理解できているのか後退っていた。

「ちっ、させるかよ!」

なぜだかアルスを自由にしてはいけないと思ってしまった。

だから攻撃を仕掛ける。分身体二体と共に大鎌を振るって、少年が何かしようとしているのを阻止するために全力を尽くす。

そんなグリムの姿を見て、アルスが嬉しそうに、それはもう嬉しそうに、喜悦で口端を吊り上げていた。

「クソガキがッ！　何を笑ってやがんだッ！」

なぜかわからないが一切の余裕がなくなってしまった。

心臓が早鐘を打ち、この先に訪れる未来を見たくないと心が訴えてくる。

有利なはずだ。限定魔法を使用できたことで勝利を確信している。

今もその気持ちに変わりはない。なのに、なぜか焦燥感だけが募っていく。

意味がわからない自身の感情にグリムは吼えた。

「ここで殺しておくぞ。クソガキ！」

両者の戦いは熾烈を極める。

短剣と大鎌が交錯する。

火花が、頻繁に、派手に、艶さえも感じるほどに淡く散る。

鋼の音は響き続ける。

技巧と力量の衝突、荒々しく獣のように命を奪い合う斬撃が飛び交った。

「残念だが拒否するよ。そして、もう終わりにしよう」

アルスが後方に跳躍して距離をとった。

だらり、と両腕を下げたアルスは泰然自若、その笑みは狂悦に染まっていた。

「ユリアたちの戦いも終わったようだ。そろそろ決着をつけないと心配させてしまう」

冷静になって耳を澄ませば気づくだろう。

既に周囲から喧噪が消え去っていること、それは戦闘の終了を意味している。

そして誰もここに来ないということは、グリム陣営に勝者はいないということだ。

なぜなら、ユリアたちは誰一人として、アルスが敗北すると思っていないのだから、ここに援軍として現れることはない。

「あ？」

グリムはアルスの言葉を聞いて何度も頭の中で反芻する。

そして意味を理解できたとき彼は硬直してしまった。

それが間違い。

それが運命を定めた。

それが致命的であったのは言うまでもない。

己の失策を悟ったグリムは動こうとしたが、それよりも早くアルスの魔力が爆発する。

アルスの左眼の結膜に滲む朱と白が混じり合い、角膜が極彩色に煌めいた。

左耳の逆十字が気炎万丈の魔力を纏って燦爛と輝きを増していく。

そして――、

――少年は天を支配する。

「Imperial demesne expansion――」

(天領廓大――)

「――Awaken Woden――」

(――〝天主帝釈〟――)

穏やかな空に浮かんでいた雲が切り裂かれて、膨張した魔力が天空を覆い尽くす。

世界は造り替えられる。

自然が奏で、空が歌い、風が吹き、大地が口遊む。

古き世界は圧倒的な力に蹂躙され、新たな世界が生まれ落ちてくる。

天地開闢、神々の支配領域、即ち天領廓大。

アルスのアルスによるアルスのためだけの世界だ。

潔白宮殿を覆っていた結界が弾け飛んだ。

あまりにも強大な力の前には抵抗することもできない。

「天領廓大だと……」

グリムの眼前には果ての見えない草原だけが延々と広がっている。

どこまでも穏やかで心地良い風が吹いていた。

芸術品のように美しく輝く虹色の天空を含めて、まさに理想を体現した世界だ。

だから、グリムはただただ圧倒されて呆然とするしかなかった。

「天領廓大を詠唱破棄したことに気づいてほしかったんだが――まあ、仕方ないか、とにかく限定魔法のお礼だ。ぜひ、オレの世界を堪能していってくれ」

「なにを言って……しかも、その仮面はギフトの〝具現化〟か？」

アルスの顔が左耳から左眼にかけて半面に覆われている。

漆黒の半面には美しい宝玉が七つあって、陽光を浴びることで日差しを反射していた。

瞳が覗き見える深淵からは極彩色の虹彩が漏れ出ている。

そんな奇妙な半面を撫でたアルスは苦笑した。

「ああ、本当は武器らしいんだけど、オレの【聴覚】はなぜか半面だったんだ」

ギフトは――自身にギフトを授けた神と繋がっているとされている。

とある研究者の説では、ギフトを極めると神がいる神域に誘われるそうだ。

そして神に〝真名〟を授けられることで、その力を地上で顕現することを可能とする。

故に〝天領廓大〟——ギフトを授けた神の領域を地上に展開する究極魔法。

「天領廓大は成功しているから、この半面が神の力を〝具現化〟した存在で間違いないんだ。でも、正直に言えばさ、まだ使い方がよくわかってないんだよな」

「ははッ……そうか、てめェは四人目だったのか！　神の領域に辿り着いた超越者！」

現実に引き戻されたグリムの瞳は激しい嫉妬と憎悪に塗れていた。

〝神童〟と謳われながらも辿り着けなかった領域。

親友であり仲間でもあったクリストフが非道な研究に着手した原因。

自身の無知から多くの犠牲者をだしても辿り着けなかった場所。

それを自分よりも年下の少年が手に入れていた。

嫉妬や憎しみで気が狂いそうになったが、それでもグリムは唇を噛みきって耐える。

魔王の矜持が無様な姿を許すわけがなかった。

「はっ、忘れるところだった。ここがてめぇの天領廓大だとしても関係ねェんだわ。この世界を叩き潰して元の場所に戻るだけのこった」

「だから、その前に面白いものを見せてやる。オレの天領廓大——この世界の摂理をな」

〝天主帝釈〟の〝天領廓大〟が創った幻想世界は、あらゆる魔法を紐解き、あらゆる知識を暴いてしまう。それは世界中の魔導師——天上の神々すら例外ではなく、世界の理である法則すらも無視して、これまで【聴覚】が聞き覚えた魔法を行使できるようにするのだ。

そう、先ほどグリムが行使した限定魔法も、である。

「〝幻幻狂狂(エントシュマ)〟」

詠唱破棄して現れたのはアルスの分身二体であった。

必死になって手に入れた限定魔法、自分だけの特別な魔法だったはず。

それを、あっさりと再現されたグリムは、

「ははははッ！　マジかよっ！　すげぇな！　天領廓大ってのは、そんなこともできるのか！」

怒るでもなく、悲しむでもなく、ただただ楽しそうに笑い続けた。

「絶対に俺も辿り着いてやる！　俺だけの世界を手に入れるぞ。てめぇのおかげで改めて目指すべき場所を再発見できたァ！」

改めて決意することができた。

自分が何を目指していたのか再認識することができたのである。

「感謝するぜ。クソガキ！」

大鎌を構えたグリムは清々(すがすが)しい笑みを浮かべる。

「なァ、決着をつけようぜ！」

己(おの)が分身と共に大鎌を構えてグリムは走り出す。

全力で大鎌を振るい、魔法を行使すると牽制して、アルスの首を刈るべく集中する。

だが、刃を届かせるにはあまりにもアルスの場所は遠かった。

彼が作りだした分身が壁となって近づけない。

あっさりとグリムの分身二体が消滅させられる。

もはや、勝機はない。いや、最初からなかったのかもしれない。

あの日、第三研究所で出会った時から——それでもグリムは抗い続ける。

払い、突いて、斬り、自分の全力を出し続けた。

それでも——、

「あ……がっ!?」

気づけば脇腹に短剣が突き刺さっていた。

「これはシオンを斬った分だ」

冷めた瞳でこちらを眺めるのは黒衣の少年だ。

この程度の傷ならまだまだ戦える。そう思ったが足の力が抜けて地面に膝をついた。

「ただ突き刺すだけじゃ芸がないからな。少し実験に付き合ってもらおう。シオンを見て考えついたんだが、従属化させてない相手の場合、魔力を流し込んだらどうなるのかと思ったんだ。でも、結果は前後不覚に陥るだけで隷属化はできないみたいだな」

頭上から何かを言っているような声が聞こえたが、グリムは意識が朦朧としてはっきりと聞き取れなかった。

「……ちくしょう、キリシャ、すまねぇ……」

自身が信頼を寄せるサブマスターの名を呼べば、グリムの視界は炎に包まれた。

「はっ……なんだよ、幻術まで使え――ッ!?」

意味がわからないとばかりに苦笑すれば、グリムの眼前には逃げ惑う人々が現れた。

家屋が倒壊して、周辺には多くの遺体が転がっている。

激しく盛った炎が全てを燃やし尽くす光景の中で一人の少年が泣いていた。

ああー……グリムは気づいた。かつて同じ光景を見たことがあったからだ。

かつて隆盛を誇ったギルドがあった。

グリムはそこで一人の少年として、世間の理不尽さも知らず幸せに過ごしていたのだ。

だが、ある日、災厄に見舞われた。

ギルドの本拠が〝廃棄番号（アンチテーゼ）Ｎｏ．Ｉ（ナンバーワン）〟に襲撃されて壊滅したのだ。

助けは来なかった。手を差し伸べてくれる者はいなかった。

運良く生き延びることができたのは奇跡だった。

自分以外の唯一の生き残り、瓦礫（がれき）の中から見つけたのはまだ赤ん坊だったキリシャだ。

最初の家族になった彼女を連れて、グリムは魔法都市の退廃地区に辿り着く。

そこでクリストフと出会い、生意気な双子の姉弟――ノミエとガルムを仲間にした。

他にも親のいない子供たちを集めて徒党を組んだ。

やがてグリムに逆らう連中もいなくなり、ギルドを立ち上げて今では魔王と呼ばれるまでに至った。

そこで当初の目標を思い出したのだ。

家族(ギルド)を皆殺しにした〝廃棄番号No.I(アンチテーゼナンバーワン)〟を見つけること、更に自分のような犠牲者を生み出さないように魔族を狩り続けた。

この道を往(ゆ)くと決めた。

誰にも邪魔はさせないと誓ったのだ。

自分が先頭を歩く限り、ついてくる連中は大丈夫だと思った。

けど、違ったんだ。

振り返れば、仲間たちは、それぞれの道を歩み出していた。

だから、気づけなかった。

復讐(ふくしゅう)だけに目を向けていたせいで、仲間が道を踏み外したことに気づけなかった。

「そうだ……俺はまだ死ぬわけにはいかねェんだ」

復讐を忘れることはできない。

それでも生きている限り新たな道を模索することはできるだろう。

自分の気持ちを再認識したせいか、意識がはっきりとしてくる。

グリムが顔を上げれば、アルスが背中を向けて去ろうとしていた。

「なァ……待てよ。クソガキ――」

グリムは一度言葉を止めると、アルスの背中を見据えながら口を開いた。

「いや、アルス……中途半端に放置してんじゃねェよ。まだ決着ついてないだろうが」

振り向いたアルスは少しばかり驚いた様子でグリムを見ていた。

「なんだァ、この程度で俺が死ぬとでも思ったのかよ」

「へぇ……オレの魔力を塗り潰したのか……興味深いな」

「ごちゃごちゃ言ってないで、かかってこいよ」

グリムは大鎌を杖代わりにして立ち上がる。

そんな彼の挑発にアルスは肩を竦めると大地を蹴った。

「そんなに元気なら殴っても大丈夫そうだな」

気づけばアルスが眼前にいた。

そして頬に受ける衝撃にグリムは吹き飛んだ。

「これはカレンの分だ」

気を失って倒れるグリムにアルスは背を向ける。

「殺しはしない。クリストフという悪を野放しにした罪を生きて償うんだな」

アルスの言葉を最後に、グリムの世界は元に戻っていった。

　グリムの敗北を眺めていたのは魔導十二師王の第四冠サーシャだった。

「あらぁ……グリムちゃんてば……負けたのね」

〝天領廓大（てんりょうかくだい）〟によって造り替えられた世界が消えていく様を、興味深そうにサーシャは目を細めて見つめていた。

「あの男の子は聖法教会の刺客かしら？　いえ、それはないはず……エルフは黒を受け入れないわ。なら、二十四理事（ケリュケイオン）？　うぅん……あんな子いたかしら？」

　黒衣の少年の姿を眺めていたサーシャは長い時間悩んだ末に結論を下す。

「もう、こればっかりは、会ってみないことにはわからないわねぇ」

　潔白宮殿の至る箇所から煙が噴き上がっている。

　それでも城下町から動揺は伝わってこない。

　戦いが始まった時に〝結界〟魔法によって外界から切り離されたからだ。

　また〝投影〟魔法によって外からは中の様子が見えないようにされている。

　黒衣の少年の〝天領廓大〟によって両方とも破壊されたが、彼の世界が消え去ると同時に改めて結界が張り直されていた。

「ここまで大規模に戦いを隠蔽するだなんて、どこの組織が暗躍してるのやら、頭が痛くなってくるわねぇ……」

と、言いながらサーシャの視線は移動して、ギルドメンバーに回収されるグリムの姿に固定される。そして、そんな彼らに近づく存在に気づいて目を丸くした。

「懲罰部隊まで出張ってくるなんて……このままじゃマズイわね」

眺めている状況ではないが、今のサーシャは迂闊に動くことはできなかった。

「もうっ！　なんで、こんなに〝眼〟があんのよ！」

強大な気配をいくつもサーシャは感じていた。

彼らの目的がわからない状況で無防備に姿を晒すことなどできない。

口惜しそうに唇を噛みながら、サーシャはただ傍観者になるしかなかった。

＊

グリムが目覚めると、そこには沈痛な面持ちをしたギルドメンバーたちがいた。

「およっ、グリちゃん起きた!?」

定まらない視点の中で、相も変わらず天真爛漫な笑みを浮かべているのはキリシャだ。

しかし、いつもと違うのは目に涙をためていることだろう。

　そんな彼女の頭に手を置いたグリムは撫（な）でてやる。

「なんて顔してんだ」

「だ、だって！」

「泣くんじゃねえよ。それより戦う準備しとけ。まだ終わっちゃいねえ」

　グリムが立ち上がれば、全身を黒いローブで包んだ集団が姿を現した。

「ご同行願います。〝マリツィアギルド〟のマスター、グリム様」

「人の心が折れてるってのに騒がしいな。黙って待ってろよ。綺麗（きれい）に折られたおかげで繋（つな）ぎ合わせてるんだからよ。てめぇらが邪魔したせいで曲がったらどうしてくれんだ」

　グリムの前に現れたのは二十四理事（ケリュケイオン）直轄、懲罰部隊と呼ばれる集団だ。

　主に魔法都市の法を破った者たちの前に現れる。

「ご同行願います。〝マリツィアギルド〟のマスター、グリム様」

「同じ言葉繰り返してんじゃねェよ。馬鹿か、俺は魔王だぞ。指図すんな」

「では、力尽くとなりますが？」

「上等だァ」

　グリムが言えば、キリシャを含めた幹部たちやギルドメンバーが戦闘態勢になる。

「はっ、だから負けるのは嫌なんだよなァ。粋がる馬鹿が増えやがる」

　グリムは吐き捨てるように言うと後頭部を掻（か）き毟（むし）った。

グリムは敗者だ。
本来なら、魔王の座をアルスに譲らなければならない。
だが、魔法協会が定めた法によってそれはできない。
だからこそ、弱ったグリムから簒奪しようと、懲罰部隊が現れたのだろう。
ならば、負けるわけにはいかない。
アルスが再び魔王の座に挑戦する時――この座を明け渡すために。
「てめえらじゃ、荷が勝ちすぎる」
魔王の座をアルスに明け渡したら、次はグリムが彼に挑戦するのだ。
だから、それまでは魔王の座は守り続けよう。
再び頂点に返り咲くために。
「今の俺は強えぞ！」
グリムは獰猛な笑みを浮かべると、懲罰部隊に向かって駆け出すのだった。

＊

「それにしても、お姉様たちはどこにいったのかしら……魔法協会の使者も消えてるし、教えてくれないと戦争が終わったかどうかわかんないじゃないの」

潔白宮殿の中庭に〝ヴィルートギルド〟は集まっていた。

この場に、まだ集まっていないのはユリア、アルス、エルザの三人だけだ。

「さっきアルスがグリムを倒したのを見たから終わったのは間違いないさ」

カレンとシオンは背中合わせに座って、他愛もない会話をしながら空を眺めていた。

穏やかな風に身を委ねながら、会話を続けていれば、ふとシオンは思い出す。

「せっかくの機会だから聞いておこう。カレンは、どんな魔導師になりたいか決めたのか？」

かつて魔導師になったばかりのカレンにシオンが問いかけた言葉。

その時は元王女としての責務や、魔法都市に慣れるのに精一杯でカレンは答えることができなかった。

「ええ、決めてるわよ」

「そうか、なら、良かったら聞かせてもらおうか」

心地良い春風を受けながらシオンは微笑(ほほえ)んだ。

「なぁ……カレンはどんな魔導師になりたい？」

「困っている人に手を差し伸べられる、そんなカッコいい魔導師よ」

カレンの視線の先には、黒衣の少年が手を振りながら近づいてくる姿があった。

＊

小さな丘の上で〈星が砕けた街（エスペシアル）〉を眺める影が二つ。

その内の一つは聖法十大天〝第九使徒（テイサ）〟ヴェルグ。

彼はとある人物の前に跪（ひざまず）いていた。

白いフードを被（かぶ）った〝第一使徒（ワヘド）〟と呼ばれる聖法教会の最高権力者。

「魔王の一角が落ちて、〝黒き星（フラヴン・アース）〟がこちらに転がるか……」

「ええ、時間の問題かと思います」

「素晴らしいことだ」

恍惚（こうこつ）の息を吐いて、〝第一使徒（ワヘド）〟の目はアルスに向けられていた。

「少年は遠からず魔王へ至るだろう」

「はい」

「我らの計画、我らの悲願、全てが成就するぞ」

堪えきれないとばかりに〝第一使徒（ワヘド）〟は喉を鳴らした。

「天才？　神童？　彼の前では全てが無駄だ。誰も並び立つことができない」

〈星が砕けた街（エスペシアル）〉を粉砕するように何度も拳を宙で振りかざす。

「ああ、ようやく、見つけた。我らが聖帝（ゼウス）、我らが導き手、我らが頂きを」

独り言を呟（つぶや）き続ける〝第一使徒（ワヘド）〟にヴェルグは何も言わない。

だが、ふと奇妙な気配に気づいて立ち上がる。

「あなたが〝第一使徒（ワヘド）〟ですか……」

鈴を転がすような綺麗な声音にヴェルグだけじゃなく〝第一使徒（ワヘド）〟もまた振り返る。

そこに立っていたのは白銀の美少女。

清楚（せいそ）な雰囲気を漂わせながらも、その表情は蠱惑的（こわくてき）な微笑に占められている。

「誰だ？」

「聖法教会〝聖女〟ユリア・フォン・ヴィルートです」

小さく会釈したユリアが頭をあげれば、その美しい顔は妖艶に彩られていた。

「ふふっ、彼の存在は今日をもって隠しきれなくなりました」

腰に差した剣を引き抜いたユリアは唇を舐（な）めると〝第一使徒（ワヘド）〟に告げる。

「私も表舞台にでる覚悟ができたというわけです」

剣先を〝第一使徒（ワヘド）〟に向けたユリアは凄絶な笑みを浮かべた。

「大事なアルスを守るためにも――」

狂気に彩られた瞳には、どこまでも仄暗（ほのぐら）い炎が燃え盛っていた。

――あなたは死んでください。

あとがき

「無能と言われ続けた魔導師、実は世界最強なのに幽閉されていたので自覚なし　3」略して「むじかく3」は楽しんで頂けたでしょうか？

読者の皆様に楽しく読んで頂けていれば、これに勝る喜びはありません。

今回はあとがきを2P確保できたので、色々とお話をさせていただこうと思います。

結構前になりますが、むじかくのバレンタイングッズが発売しました。

気になる方はオーバーラップストアをチェックしてみてください！

他にもテレビCMの放映がされていたり……こちらも見逃した方はオーバーラップのYouTubeチャンネルを覗くとどういったCMだったのか確認できたりします。

あとはコミカライズも気になっている方が多いかと思います。

詳細はオーバーラップ公式HP、または著者のTwitterなどで逐次公開していくので、気が向いた時にでもチェックしていただけますと幸いです。

ここから先は少しばかりネタバレを含むかもしれませんので、あとがきから読むって方は物語を読み終わってから目を通すといいかもしれません。

それでは次巻について少し触れておこうかと思います。

今巻である程度の情報——ユリアの秘密や特記怪物などが出揃ったので、次巻からは物語が加速度的に盛り上がっていきます。

もちろん厨二(ちゅうに)も増し増しで熱くお送りします。アルスもまた活躍しますし、あの方々も登場したりして、今巻で本性を見せた青髪の美女もまた笑顔を魅せることでしょう。

次巻もまた読者の皆様に楽しんでもらうためにも全力で執筆させていただきます。

それでは残り行数も僅かとなりましたので、謝辞を述べさせて頂きます。

mmu様、魅力的なイラストの数々は、私の厨二(ちゅうに)心の原動力となっています。誠にありがとうございます。

担当編集Y様、今巻はご迷惑をおかけしました。それなのに色々と配慮していただき非常に助かりました。本当にありがとうございました。

編集部の皆様、校正の方、デザイナーの方、本作品に関わった関係者の皆様、おかげで三巻を発売することができました。本当にありがとうございます。

読者の皆様、本作をお手に取り、読んで頂けたこと心より感謝とお礼を申し上げます。

今後もより熱く滾(たぎ)らせた厨二(ちゅうに)を発信していきますので、応援よろしくお願い致します。

それでは、またお会いできる日を心待ちにしております。

奉

無能と言われ続けた魔導師、実は世界最強なのに幽閉されていたので自覚なし 3

発　行　2023年7月25日　初版第一刷発行

著　者　奉
発行者　永田勝治
発行所　株式会社オーバーラップ
〒141-0031　東京都品川区西五反田 8-1-5
校正・DTP　株式会社鷗来堂
印刷・製本　大日本印刷株式会社

Printed in Japan　ISBN 978-4-8240-0556-4 C0193

作品のご感想、ファンレターをお待ちしています

あて先：〒141-0031　東京都品川区西五反田 8-1-5 五反田光和ビル4階　ライトノベル編集部
「奉」先生係／「mmu」先生係

PC、スマホからWEBアンケートに答えてゲット!

★この書籍で使用しているイラストの『無料壁紙』
★さらに図書カード（1000円分）を毎月10名に抽選でプレゼント!

▶https://over-lap.co.jp/824005564
二次元バーコードまたはURLより本書へのアンケートにご協力ください。
オーバーラップ文庫公式HPのトップページからもアクセスいただけます。
※スマートフォンと PC からのアクセスにのみ対応しております。
※サイトへのアクセスや登録時に発生する通信費等はご負担ください。
※中学生以下の方は保護者の方の了承を得てから回答してください。

オーバーラップ文庫公式 HP ▶ https://over-lap.co.jp/lnv/